AF211445

Roger Skagerlund

Mare Balticum Novell

Gävle

har fallit

Omslagsbild: Shutterstock

Omslagsbearbetning: Roger Skagerlund

Förlag: BoD – Books on Demand, Stockholm, Sweden

Tryckt: BoD – Books on Demand, Norderstedt, Tyskland

ISBN: 978-91-7851-028-3

Första boken:

Pansarnäve

Kapitel 1

Ön Lövgrund
Inloppet till Gävle
Eftermiddag 5:e maj 2017

Det hade varit en småblåsig och ganska kall majdag och Peter Gising ångrade lite smått att han lagt *Marbella II* – en Tiara 2900 Coronet från 2007 – i sjön så tidigt, men det var så dags att tänka på det nu.

Fundersamt tittade han på Rocky – hans och hustruns tre år gamla labrador – som skällande sprang längs stranden på öns ostsida, strax norr om Revudden. Hunden var deras glädje i livet eftersom det aldrig hade blivit några barn och så här på ålderns höst kändes det ibland en smula tomt, särskilt vid de större högtiderna. Rockys livlighet och totala hängivenhet var därför till en stor tröst.

Peter visslade och hunden vände omedelbart tillbaka och kom rusande mot sin husse, glatt viftande på svansen. Glädjen över att kunna springa lös, fri från kopplets bojor, gick inte att ta miste på. Ändå lystrade hunden alltid på kommando och hade inte trilskats med sina ägare sedan han var valp.

Peter böjde sig ner och klappade tillgivet hunden på huvudet. Rocky belönade honom med en våt tunga som slickade hans kind. Det gick inte att motstå. Han gick ner på huk och slog armarna om hunden som villigt lät sig omfamnas. Den flämtande andedräkten

7

mot halsen kändes skön. Peter slöt ögonen och drog in Rockys karaktäristiska doft.

Ett ljud fick honom att rynka på ögonbrynen. Det lät som forsande vatten. Vatten som trängdes undan av ett skrov, men han hade inte sett någon båt. Förvirrat öppnade han ögonen och reste sig upp. Det knakade oroväckande i knäna när han gjorde så, men han var tvungen att stilla sin nyfikenhet.

Det blåste in mot stranden och ljud kunde bäras över långa avstånd, ändå tappade han hakan av förvåning över vad han såg när han tittade ut över havet.

En ubåt steg just till ytan ett hundratal meter från stranden och Peter, som tillbringat över fyrtio år inom marinen innan han gick i pension två år tidigare, kunde direkt se att detta inte var en svensk ubåt. Skrovet var längre, bredare och hade ett torn som kraftigt skilde sig från de svenska ubåtarna av *Södermanland*-klass.

Utan att kunna tro sina ögon identifierade han ubåten som en äldre atomubåt av *Sierra 1*-klass, av Ryssland dock kallad för *Barrakuda*-klass. Hon var byggd av Sovjetunionen under 1980-talet och utrustad med *Raduga* Ch-55 kryssningsrobotar – av Nato benämnda som S-10 *Granat* – med minst sexhundra kilometers räckvidd och möjlighet till att bära kärnvapen med upp till tvåhundra kiloton i sprängverkan.

Medan Peter chockad såg på öppnades ubåtens luckor och manskap började välla upp på däck. Snabbt sjösattes flera svarta gummibåtar som fylldes med soldater och materiel. Det var först när dessa gummibåtar gjorde loss från ubåten och började styra in mot stranden som han kom till insikt med att han kunde befinna sig i akut livsfara.

Det var mindre än tvåhundra meter över till öns andra sida där *Marbella II* låg ankrad i den lilla hamnen och Peter var fast besluten att ta sig dit så fort som hans gamla ben kunde bära honom. Med ett kort kommando till Rocky fick han labradoren att följa honom när han vände om och sprang. Samtidigt fumlade han med telefonen. Detta måste definitivt rapporteras till fjärde sjöstridsflottiljen i Berga. Förtvivlat tryckte han på telefonens snabbkommando, men fick ingen signal. Det tog några ögonblick att förstå att telefonnätet låg nere.

Flämtande nådde han skogen och försvann in mellan stammarna. Bakom honom nådde den första gummibåten fram till stranden och släppte av sin last med soldater som utan problem hoppade ner på den grusiga marken. Ett befäl pekade mot skogen och två man tog upp jakten på den flyende pensionären och hans hund.

Resterande trupp gjorde fast båten och bildade en skyddande linje ifall det mot förmodan skulle finnas beväpnade svenskar på ön, men inga sådana uppenbarade sig och inom några minuter hade alla fem båtar släppt av sin last om totalt tjugo ryska, stridslystna soldater som omedelbart började lasta ur de tunga lådor som medfördes. Ute på havet hade ubåten redan gått i u-läge för att förbereda skjutning av sina kryssningsrobotar.

***

Det var en andfådd Peter Gising som några minuter senare stapplade ut ur skogen i jämnhöjd med Lövgrunds kapell. Framför honom låg en öppen gräsyta med ett antal korsande stigar och längre bort, närmare vattnet, fanns flera byggnader och båthus, men det intresserade inte Peter.

Istället tog han höger med sikte på den naturliga småbåtshamnen med sin brygga där båten låg förtöjd. Med hög röst skrek han till de fåtal båtägare som befann sig i närheten att de skulle gömma sig eller fly eftersom ryssen var på väg.

Människorna tittade förvånat på den gråhåriga mannen som skrek osammanhängande, samtidigt som han viftade vilt med armarna över huvudet och sprang mot bryggorna. Några rynkade bekymrat pannan medan andra snabbt avfärdade honom som en galning. Vissa noterade den svarta labradoren som sprang vid mannens sida utan att ge ett ljud ifrån sig.

Det var inte många som såg de två kamouflageklädda soldaterna som kom ut ur skogen bakom den skrikande mannen. De som gjorde det var ett yngre par som låg på en filt invid kapellet. Mannen var runt trettio och kvinnan något eller några år yngre. De hade först tittat efter den skrikande galningen, men vänt sig om när instinkten sa dem att något hände i skogen bakom dem. Mannen var den som först såg soldaterna. Eftersom han gjort sin GMU* några år tidigare kunde han direkt se att männens uniformer inte var de som användes av svenska soldater – inte ens SOG använde det kamouflagemönster som uniformerna uppvisade. Sedan drogs hans blick till vapnen med sina karakteristiska banan-magasin. Han kände igen dem. Han hade till och med hållit i en Kalasjnikov AK-102 under sin GMU och fått en snabb utbildning på vapenmodellen som nu riktades mot honom.

Innan han hunnit öppna munnen för att ropa ut en varning blixt-rade mynningen till och två kulor slog in i skallen där de trängde in genom skallbenet och förvandlade hans hjärna till en blodig massa. Döden var barmhärtigt nog omedelbar.

Efter att ha likviderat mannen och kvinnan riktade soldaterna om sina vapen mot människorna runt omkring dem och med korta, kontrollerade eldskurar, dödades de intet ont anande helgfirarna.

Peter hörde skottlossningen och förväntade sig att närsomhelst få en kulkärve i ryggen, men genom något gudomligt ingripande träffades han inte. Flämtande nådde han fram till båten där Gunilla just stack upp huvudet från ruffen för att fråga vad som stod på. När hon såg sin man kasta sig ombord, tätt följd av Rocky frågade hon inte – hon förstod.

"Starta motorn och ta oss härifrån!"

Hon nickade mot sin man som slet åt sig en kniv och kapade förtöjningarna.

Motorn spann igång på första försöket och Gunilla drog på gas just som en av de fientliga soldaterna riktade sitt vapen mot dem. Kulorna splittrade vindrutan runt förarplatsen, men missade Gunilla med en hårsmån. Instinktivt duckade hon och sköt gasreglaget i botten så fort Tiaran var fri från bryggan.

Bogsvallet byggdes snabbt upp när båten sköt fart. Flera kulor slog in i bordläggningen, men som genom ett under träffades ingen av dem. När de var utom skotthåll kom Peter flämtande fram och satte sig på den vita läderstolen intill henne.

Gunilla tittade uppbragt på sin man. Omedvetet sökte hennes blick av hans kropp i jakt på blodfläckar som skvallrade om att han var skadad. Lättad konstaterade hon sedan att han verkade oskadd, även fast håret stod på ända och han flämtade värre än Rocky en varm sommardag.

"Vad i helvete var det där?"

Han besvarade hennes fråga med en tom blick innan han sa:

"Det där var förtrupperna. Snart har vi en rysk invasionsarmada ute på redden och jag slår vad om att den lokala försvarsledningen inte vet någonting."

Kapitel 2

Polskflaggade containerfartyget Gdansk
5,5 distansminuter öster om Gävle hamn
Eftermiddag 5:e maj 2017

Kapten Armand Edelman var, sitt namn till trots, en ryss som fötts i det lilla ryska samhället Novy Port 48 år tidigare då landet fortfarande hade hetat Sovjetunionen och haft världens största krigsmakt vid sidan om USA.

I den avlånga viken som mynnade ut i Karahavet hade han som femåring tagit sina första, skakiga årtag i sin fars gistna eka och med det hade havet fångat honom.

1985 - som fjunig sextonåring – hade han skrivit in sig i rullorna för den ryska Östersjöflottan och gjort sin första tid som däcksmatros ombord på en korvett av *Molnija*-klass. Två år senare flyttades han över till en *Krivak*-fregatt och där började han även klättra i graderna.

Vid tiden för Sovjetunionens fall i december 1991 hade han nått löjtnants grad, men sedan slog det tvärstopp. Det döende riket kämpade förtvivlat för att överleva upplösningen när forna allierade kastade sig i armarna på Nato. Att skjuta till pengar till militären var inte Boris Jeltsins primära prioritering.

Den en gång så mäktiga flottan förföll och Armand tvingades se sin framtida karriär smulas sönder och smälta bort likt en snöboll i Helvetet. Desperat hade han letat andra försörjningsalternativ och

12

ett sådant hade praktiskt taget fallit i hans famn under sommaren 1995.

Som kapten på en kolpråm hade han bevittnat ett knivöverfall i en mörk hamngränd i den polska staden Leba. Utan att tänka på konsekvenserna hade han kastat sig över knivmannen och slagit ner honom. Sedan visade det sig att offret, vars liv han räddat, var den lokala FSB-chefen och tillika ambassadtjänstemannen Boris Kamykov.

Kamykov hade genast förstått att Armand var precis den han sökte och plötsligt var Armand åter anställd av ryska staten – denna gång som spion. Även om konfrontationerna mellan Öst och Väst inte längre var av samma kaliber som under det kalla kriget så hade Armand vid det här laget utfört åtskilliga våta jobb, bland annat en talliumförgiftning av en rysk dissident i exil. När planerna för *Operation Mare Balticum* togs fram hade Kamykov – som nu tillhörde den ryska krigsledningen – krävt att Armand Edelman skulle vara den som förde befälet över det fraktfartyg som skulle landsätta de första pansartrupperna i Gävle och nu stod han alltså på *Gdansks* brygga och blickade ut över det gråa havet, livrädd för att få höra varningsklockorna berätta att en svensk ubåt just skjutit en torped mot dem.

Även om *Gdansk* till det yttre såg ut som vilket slitet polskt fartyg som helst var hennes inre fullproppat med elektronik och det känsliga sonarsystemet skulle direkt reagera om en ubåt fyllde sina torpedtuber och sköt mot dem. Om så skedde kunde de bara hoppas på att fartygets motmedel skulle eliminera hotet, för *Gdansk* var inte snabb – hennes toppfart var endast arton knop, men oftast gick hon betydligt långsammare än så.

Armand sneglade på klockan som hängde på väggen i den ruffiga bryggan. De höll tiden, vilket var viktigt. De fick inte nå hamn för tidigt – eller för sent – då detta skulle kullkasta planerna.

Istället tittade han ut över däcket där ett par hundra containers stod lastade. Hundra av dessa innehöll T-80 och T-72 stridsvagnar,

13

de övriga var lastade med ammunition samt andra, tunga vapen. Under däck trängdes femhundra soldater tillsammans med sin packning.

Snart skulle de slippa ut ur sitt dystra fängelse för att krossa det initiala motståndet i Gävle – ett motstånd som han visste skulle bjudas av bland annat 18:e Hemvärnsbataljonen – svenska låtsassoldater enligt hans uppfattning. Dock hade han större respekt för delar av 193. jägarbataljonen som enligt uppgift hade förlagts till Gävle

Armand tvekade däremot inte en sekund över utgången – svenskarna skulle dö.

En matros klev fram, gjorde ställningssteg och sa:

"Kamrat kapten. Vi närmar oss målet. Anhåller om att få väcka trupperna."

Armand slängde en sista blick ut mot Gävlebuktens grova sjö innan han vände sig mot matrosen.

"Det är gott, soldat. Förbered männen på att det är nära förestående."

"Ja, kamrat kapten."

Mannen gjorde honnör och försvann sedan från bryggan. Armand tog ett djupt andetag. Det var dags för den sista delen av planen.

***

Marbella II studsade på vågorna.

Peter hade nu tagit över ratten efter att ha kontrollerat skadorna. Kulorna hade genomborrat skrovet ovanför vattenlinjen och Tiaran läckte inte. Även motorn hade underligt nog klarat sig, trots att två hål i bordläggningen visade hur nära det varit.

Gunilla satt bredvid sin man, vit i ansiktet och med hårt sammanpressade käkar. Hon hade till slut förstått vad som var på väg att hända.

Krig.

Ordet kändes främmande, kallt och grymt. Hon visste mycket väl att landet inte hade varit i krig sedan *Konventionen i Moss* den fjortonde augusti 1814 då fred slöts mellan Sverige och Norge, vilket banade väg för den union som sedan fredligt upplöstes 1905. Mer än tvåhundra år av fred var just på väg att brytas och som det såg ut var det den gamla arvfienden Ryssland som åter var på väg att slå in fredsporten.

Trött ruskade hon på huvudet i ett försök att få chockens dimmor att släppa, men utan större framgång. Istället såg hon på sin man som med pannan i djupa veck koncentrerat stirrade framåt.

"Vad kommer att hända nu? Varför var det ryska soldater på Lövgrund? Vad skulle de där att göra?"

Peter var tyst några sekunder innan han svarade.

"Med bärbara sjömålsrobotar kan du behärska hela Gävlebukten från Lövgrund. Du kan även lobba in granater över hamnen med tunga granatkastare. Det är givetvis bara en gissning från min sida, men den baseras på fakta. Under 1980-talet hade vi krigsspel som gick ut på just det, att ryssarna befäste öar i Gävlebukten, bland annat Lövgrund, för att effektivt stoppa undsättningsförsök från havet."

Han tystnade. Framför dem låg nu ett slitet, polskt fartyg som gick för halv maskin. I aktern kunde man uttyda att hon hette *Gdansk*. En solkig, polsk flagga fladdrade håglöst i vinden. Hela skeppet andades hopplöshet, men det var något med henne som drog till sig Peters intresse. Containrarna som stod lastade på däck var ovanligt stora, något som han under normala förhållanden inte skulle ha reagerat på, men i dag var inte förhållandena normala.

Han skulle just vrida om ratten för att köra i en båge runt fartyget när en man klev fram till relingen. På axeln bar han något som på avstånd mest liknade ett rör, men Peter visste mycket väl att det inte var något vanligt rör. Det han såg var en rysk RPG-29, ett raket-gevär med en termobarisk laddning.

Skytten riktade vapnet mot *Marbella II* och avfyrade laddningen. Peter hann inte reagera förrän granaten detonerade mot sittbrunnen och förvandlade Tiaran till ett glödande eldklot. Skonsamt nog var döden ögonblicklig för de båda människorna i båten.

Kapitel 3

Det var två förbannade timmar kvar av skiftet och givetvis skulle den där slitna, polska containerfraktaren behaga anlöpa hamnen i tid för en gångs skull.

David Rasha suckade samtidigt som han tittade ut genom det skitiga fönstret i containerterminalens kontor. Ute på redden kunde han ana konturerna av *Gdansk* som han visste var en ganska liten fraktare, under 700 TEU:s*. David slet åt sig kikaren, muttrade över den smutsiga rutan, och spanade ut över havet. *Gdansk* stävade sakta, nästan majestätiskt, fram genom den måttliga sjögången. Hon såg inte ut att vara fullastad. David uppskattade att det på fartygets däck fanns mellan två till trehundra containers på en yta med plats för mer än det dubbla.

"Måste vara ordernedgång på maskindelarna", muttrade han tyst för sig själv med hänvisning till den rapporterade skeppslasten. Maskindelar kunde betyda mycket, men när fartyget kom från Baltikum innebar det oftast delar till traktorer eller till och med hela traktorer.

Han kvävde en gäspning och riktade kikaren något till höger. Ute på piren såg han två svenska stridsfordon, 9040C. Inte mycket om ryssen bestämde sig för att komma, men definitivt mer än vad man var van vid.

17

Den militära närvaron hade ökat märkbart under våren och inom hamnområdet visste han att det fanns svenska soldater upp till kompanistorlek och de vapen han såg från sitt kontor var bara några av de som placerats ut för att om möjligt freda Gävles hamn vid händelse av krig.

Det var delar av 192. mekaniserade bataljonen från I 19* som ÖB avdelat för Gävle hamn. Soldaterna leddes av en major som David inte mindes namnet på, men som hade gjort ett väldigt gott intryck på honom de få gånger de träffats. Mannen var effektiv, med ett gott öga för vad som var möjligt med en gång och sådant som var möjligt först på sikt. Med andra ord hade han förstärkt hamnförsvaret med de medel som fanns tillgängliga.

David riktade åter kikaren ut mot redden.

Gdansk verkade ha slagit stopp i maskinen. Han rynkade pannan och började vända sig in mot rummet för att höra om det kommit något radioanrop från fartyget med en förklaring till varför man ankrat upp mitt i farleden.

Han kom inte så långt. En dånande explosion skakade om golvet och tryckte in glasrutorna så att splittret skar som knivar genom luften. Det var bara tack vare att han vänt bort huvudet som hans syn skonades. Istället kastades han till golvet av den kraftiga tryckvågen.

Omskakad försökte David resa sig, men tryckvågen hade uppenbarligen påverkat innerörat, för balansen ville inte infinna sig. Hjälplöst föll han på sidan och blev liggande som en upp och nedvänd krabba med ringande öron. Under honom vibrerade golvet och flera explosioner hördes på avstånd.

***

De två stridsfordonen stod på piren vid Fredrikskans med femtio meters lucka och kanonerna riktade ut mot havet. Fänrik Frank Stillner satt med huvudet uppstucket genom stridsluckan i sin

9040C* och tittade uttråkat ut över havet. Långt ut på redden såg han ett fartyg och om alla papper stämde skulle det vara en polsk containerfraktare – havets motsvarighet till ett godståg – som var på väg att löpa in i hamnen.

När Frank blivit utnämnd till chef för skyttegrupp fyra, som de två 9040C med tillhörande manskap kallades, hade han känt en stor förväntan. Det var hans första riktiga befäl sedan han blivit fänrik och i sin fantasi hade han målat upp bilder av hur han skulle utföra hjältedåd vid den förmodade ryska invasionen och därmed snabbt stiga i graderna. Nu – efter lite drygt en månad i Gävle hamn – hade upphetsningen lagt sig. Här hände ingenting som var till gagn för den militära karriären. Det var grått hav, avskavda containrar samt fula fartyg med ännu fulare besättningar.

Han hade tyckt att det militära var en mansdominerad arbetsplats, men besättningarna ombord på dessa havsgående godståg bestod uteslutande av män. Den enda kvinna han hade sett var en traversförare i hamnen och hon var tydligen både lesbisk och nästan dubbelt så gammal som han själv, så inte fanns det överdrivet mycket att titta på direkt.

Dessutom hade någon lustigkurre bland hamnarbetarna börjat kalla honom Frank Wagner, efter en känd polisagent från en av dessa oändliga polisserier som spottades ut från den svenska motsvarigheten till Hollywood. Det blev inte bättre av att han hade vissa utseendemässiga likheter med skådespelaren som gestaltade denna Wagner. Han hade därför slutat prata med hamnpersonalen som rörde sig omkring den lilla skyttegruppen eftersom ord som "tjallaren", "polisinformatören" och "gangstern" hade börjat trötta ut honom.

"Chefen." Orden kom från skytten. "Någon belyser oss med laser."

Frank rycktes tillbaka till verkligheten. Först tänkte han att det var någon lustigkurre med en laserpekare som skulle försöka göra

19

sig rolig på deras bekostnad, men skyttens allvarliga röst skvallrade om att det var värre än så.

"Ta oss bort från målområdet." röt han till föraren. Dessa ord var den sista medvetna handling som Frank Stillner utförde. Sekunden därpå träffades deras 9040C av en pansarbrytande robot som guidats in med laser från *Gdansk*. Några sekunder senare drabbades den andra CV90:an av samma öde, samtidigt som de första granaterna från de tunga granatkastarna på Lövgrund började slå ner i hamnen.

Granatkastarna använde sig av hundratjugomillimeters, självstyrande granater med GPS-navigering av samma typ som Archer*-systemets Excaliburgranater. Det var därför med kuslig precision som de slog ned bland de militära skyttegrupperna i hamnen. De containerbaserade attackrobotarna ombord på *Gdansk* slog ut de pansrade fordonen medan Sierra-ubåtens *Raduga*-robotar sökte sig längre in mot land för att slå mot hårda, militära mål i och omkring Gävle.

Kriget hade börjat!

Kapitel 4

Det var definitivt något i görning.

Örlogskapten Peter Gadd hade följt hydrofons rapporter gällande den ansamling av ryska fartyg som just nu höll på att samlas ute på internationellt vatten i Bottenhavet, nordost om Gävle. Sonarmatrosen hade plottat hela tjugotvå fartyg inom en krets av endast tjugo sjömils radie och just som han skulle beordra *Uppland* att gå till periskopdjup, ropade matrosen ut att mål tjugotre just kommit inom sonarräckvidd.

"Nytt mål – benämns mål tjugotre. Identifierad som *Udaloj*-klass. Troligen *Admiral Levtjenko*. Vi har två – repeterar två - jagare av *Udaloj*-klass inom femton distansminuter *Upplands* position. Mål åtta, *Admiral Pantelejev* samt mål tjugotre, *Admiral Levtjenko*. Vi har en – repeterar en – kryssare av *Slava*-klass, mål arton, *Marskalk Ustinov*. Övriga mål bestäms som civila."

"Det är uppfattat, matros."

Gadd tuggade tankfullt på underläppen. Än hade ingen krigsförklaring getts, men med denna ansamling av fartyg utanför den svenska territorialgränsen kunde man lätt förvänta sig att en invasion var nära förestående. Han fattade sitt beslut.

"Hydrofon. Avstånd till närmaste krigsfartyg?"

21

"*Admiral Pantelejev*, chefen. Tolv distansminuter."

"Okej. Periskop och antenn upp. Jag vill veta vad som händer."

HMS *Uppland* steg sakta mot ytan, men lät aldrig tornet bryta vågorna. Istället skickades den passiva antennen upp tillsammans med periskopet. Gadd lät ögat svepa runt horisonten. På bara en sjömils avstånd såg han minst två bulkfartyg som låg för ankar och vid horisonten kunde han ana än fler fartygssiluetter.

"Periskop ner. Något från Berga?"

"Vi är i krig, chefen. Ryska stridskrafter har angripit Gävle. I Stockholm har rysk trupp landsatt, liksom på Gotland."

Matrosen var alldeles vit i ansiktet och underläppen darrade lätt när han meddelade sin kapten den hemska nyheten.

Peter Gadd drog ett djupt andetag. För sin inre syn kunde han se de scener som just nu utspelades på flera håll i det rike som han svurit att försvara. Lugnt sa han:

"Högsta stridsberedskap. Torped – ladda femtiotreorna. Kom ihåg att det här är det vi har tränat på. *Prudencia et audacia* ..."

"Försiktighet och mod", svarade besättningen unisont när de hörde kaptenen uttala *Upplands* devis.

"Försiktighet och mod. Nu sätter vi några femtiotreor i den där Udaloj-skorven och får Ivan att ångra att han kom till de här farvattnen med vapen i handen.

HMS *Uppland* dök till sextio meter med Sterlingmotorn inkopplad. Nästan lika ljudlös som en fantom gled hon genom det gråa havet och närmade sig sakta sitt byte.

"Chefen. Samtliga mål startade just motorerna. Det blev ett himla liv i vattnet."

"Avstånd till målet?"

"Arton hundra meter."

"Närmare."

Två minuter senare rapporterade hydrofonmatrosen att *Admiral Pantelejev* nu befann sig endast sexhundratrettio meter från dem. Gadd nickade innan han sa.

22

"Två torpeder mot mål åtta. Dyk sedan till åttionio meter, kurs två-fem-sex."

HMS *Uppland* riste till när den komprimerade luften tryckte ut de två femtiotre-centimeters torpederna som omedelbart fann sitt mål. Gadd visste att jagaren hade hört dem i samma stund som de fyllde sina tuber och nu stod de emot en ubåtsjägare som varit världsledande inom ubåtsjakt – på 1980-talet. Sedan dess hade det hänt saker och med *Upplands* Stirlingmotor skulle ubåten vara näst intill omöjlig att lokalisera, särskilt med alla andra motorljud som just nu fyllde havet.

"Torpederna har låst på mål. Nittio meter kvar."

Det gick några evighetslånga sekunder, sedan skakades havet av först en detonation och sedan direkt, en till.

"Inströmmande vatten. Mål åtta tar in vatten. Ljud av skrovsammanbrott."

Det dödsdömda fartygets sista protester ekade genom havsdjupet när skotten slets sönder och hon med tillkämpat lugn började sjunka.

"Mål tjugotre har ökat varvtalet på sina motorer. Hon gör varv för tjugotre knop, riktning vår skottposition."

"Då lär hon inte hitta så mycket." Peter Gadd skrockade belåtet.

Uppland gled genom vattnet och var redan över en distansminut från sin skottposition. Nu gällde det att manövrera för att få in ett nytt skott.

"Vi sätter ett par femtiotreor i de där bulkfartygen. De transporterar förmodligen ammunition och soldater vilket vi hellre ser på havets botten än på torra land i Moder Svea."

***

Anatolii Kuzmin var en rysk kapten av tredje rangen. Just nu stod han på *Admiral Levtjenkos* brygga och skar tänder av ilska medan han såg hur ammunitionslagret ombord på systerfartyget flög i

23

luften. Däcksplåtar slungades tiotals meter upp i skyn innan de spreds ut över havsytan där de snabbt försvann i djupet.

Skelettet efter *Admiral Pantelejev* följde snabbt efter och snart var det bara lite oljespill, flytande bråte och enstaka överlevande besättningsmän kvar i vattnet. *Levtjenkos* RIB-båtar var redan sjösatta för att undsätta kamraterna och jagaren var nu ute efter att sänka den förbannade svenska ubåt som låg bakom katastrofen. Ilsket undrade han var deras egen ubåt av Lada-klass befann sig. *Krasnodar* var den senaste generationen av ryska diesel-elektriska ubåtar och en av de tystaste som någonsin konstruerats. Hon om någon borde kunna få fatt på den undflyende svensken.

Minuterna segade sig fram utan att hydrofon kunde rapportera något, men sedan hördes en röst genom intercom-systemet när en upphetsad matros ropade:

"Svensken fyller sina tuber, sju distansminuter nordväst vår position."

Kuzmin riktade kikaren åt det håll som rösten meddelat.

"Helvete. Inte *Camela*", svor han när bulkfartyget syntes genom linsen.

Camela, en Estlandregistrerad bulklastare, hade tusen man tätt packade i sina lastrum. Tusen man som skulle kastas mot Gävles försvarare.

"Full fart i maskin. Två RBU-6000* mot mål. Upp med helikoptern."

Admiral Levtjenko omvälvdes av rök när de två ubåtsjakt-raketerna lämnade sina ramper och jagade mot målet, men innerst inne visste Kuzmin att det var lönlöst. Svensken var redan borta och raketerna skulle bara göra ett tillfälligt hål i havet och på sin höjd döda lite fisk medan den svenska ubåtskaptenen hånskrattade åt honom från någonstans under Östersjöns vågor.

Femton sekunder senare träffades *Camela* av två tunga torpeder.

Kapitel 5

Det hade blivit oroväckande, spöklikt tyst.

Med ringande öron, mörbultad kropp och otaliga blödande sår efter kringflygande glassplitter, reste sig David Rasha sakta upp till sittande.

Världen snurrade och han kände sig lätt illamående. Förtvivlat blinkade han upprepade gånger i ett försök att få en vågrät horisont och efter några minuter började yrseln sakta att klinga av.

När han trodde att han skulle klara av att resa sig tog han stöd mot skrivbordsskivan och hävde sig upp på fötter. Sedan blev han stående i ytterligare en minut med slutna ögon för att tvinga tillbaka illamåendet.

"Vad i helvete var det som hände?"

Frågan ställdes rakt ut i rummet, men han förväntade sig ändå någon form av respons från kollegan Johan Melker som han delade kontoret med. När svaret uteblev vände han sig försiktigt om för att sedan inse att Johan aldrig mer skulle kunna besvara några frågor.

En glasskärva stack ut från tinningen. Blodet hade strömmat ner över ansiktet och först kletat ner skjortan innan det fortsatt att droppa på golvet när tyget inte längre kunde suga upp mer.

25

Kollegan hade fallit av stolen och låg upptryckt i en onaturlig ställning mot väggen med ögon som förvånat stirrade ut i evigheten.

Den synen var för mycket.

Med krampande mage sjönk David ner på golvet och kastade upp det han ätit ett par timmar tidigare. Den sura magsaften brände i halsen, men krampen i magen vägrade ge med sig. Till slut fanns inte mer att spy upp och äcklad kröp han bakåt, bort från den stinkande pölen på golvet.

Vad skulle han göra?

Att ingen kommit rusande till deras hjälp var väl ett tecken, så gott som något, på att allt inte stod rätt till. Först nu kände han den kväljande doften av brandrök. Det stank av brinnande olja, fotogen och något annat ... något som fick honom att tänka på grillpartyt från helvetet. Med uppbådande av alla sina krafter tog han sig bort till fönstret där vassa glasskärvor fortfarande satt kvar i ramen likt spretande hajtänder. Hjärtat bultade kraftigt när han tittade ut.

Vid piren hade *Gdansk* just lagt till. En landgång träffade precis marken och redan medan den ännu var i luften skyndade människor nedför den. De flesta höll något i händerna och han insåg efter några korta sekunder att han tittade på beväpnade soldater som störtade i land från det polskregistrerade fartyget.

Några av de obeväpnade personerna skyndade bort mot containerkranarna, medan de beväpnade sökte upp skytteställningar där de skulle kunna skydda sina obeväpnade kamrater som av allt att döma skulle börja lasta av containrarna från fartyget. David insåg att han just blev vittne till början av en fientlig invasion. Han var för långt borta för att kunna se några nationalitetssymboler, men med tanke på den ryska retoriken som hårdnat alltmer under den gångna vintern låg det inte långt bort att gissa sig till att det var den ryska vit-blå-röda trikoloren som prydde uniformerna.

Snabbt drog han undan huvudet. Tankarna surrade som bålgetingar i skallen, men en sak var säker. Hittade ryssarna honom här kunde han nog hälsa hem. I bästa fall blev det ett ryskt fångläger och i värsta fall en kula genom skallen. Men ändå – han måste varna militären.

Försiktigt kröp han fram till skrivbordet och fick tag på den trådlösa telefonen. Den hade numret till Gävleborgsgruppen som ett snabbkommando och med darrande fingrar tryckte han på knappen innan han insåg att linjen var död. Det var med andra ord inte möjligt att påkalla hjälp.

David såg sig om i rummet. Det fanns inte mer han kunde göra där och snart skulle tillräckligt många ryssar ha kommit av den där båten för att de skulle börja genomsöka området lite noggrannare. Det var att dags att ta sig därifrån.

Han stack ut huvudet i den korta korridoren utanför kontoret. Det fanns ett rum till på vänster hand och till höger låg det öppna fikarummet. I fikarummets motsatta vägg fanns en nödutgång ut till en skranglig gallertrappa som ledde ner till marken. Problemet var att om han öppnade dörren skulle han utlösa ett daglarm – ett ljud som onekligen skulle dra till sig soldaternas intresse.

Han gick fram till skrivbordet. I översta lådan låg en rulle packtejp som han tog upp. Beväpnad till tänderna med tejp skyndade han ner genom korridoren och tittade ut genom det oförstörda fönstret.

Precis utanför gick en väg, sedan växte det några buskar innan man kom ut på ett femhundra meter brett, öppet område som brukade tjäna som uppställningsplats under högsäsong – det var det inte nu. Inte en enda container fanns det att gömma sig bakom, men det var enda vägen ut och David hade inte mycket att välja på.

Snabbt drog han tejpremsor över fönstret innan han krossade det med hjälp av en köksstol. När han skrapat bort de vassa skärvorna klev han ut på trappan och tog sig ner till marknivån.

Inga soldater inom synhåll. Han skulle kunna klara det.

Nedhukad skyndade han sig över vägen och fram till de spretiga, låga buskarna utan att någon ropade på honom. Om han nu sprang nästan rakt norrut, längs med Oljevägen, skulle han ha byggnaden som skydd mot upptäckt under en längre tid än om han genade rakt över det öppna området. David tog ett djupt andetag. Han var fyrtiotre år gammal och även om han inte var någon atlet var han ändå i tillräckligt god form för att klara av en snabb språngmarsch. Problemet var snarare att det inte gick att springa ifrån en kula, men här kunde han inte sitta. Med en tyst bön riktad till någon halvt mytomspunnen gudom reste han sig och började löpa.

***

Den lätta vibrationen genom skrovet som vittnade om att fartyget just lagt till vid kaj fick Armand Edelman att släppa ut luften ur lungorna, samtidigt som han blev påmind om att han förmodligen hållit andan den senaste minuten.

Landgången hade inte mer än hunnit träffa kajen innan de första soldaterna var på väg över den för att säkra det absoluta närområdet. De följdes tätt efter av den personal som skulle se till att containrarna lastades av i rätt ordning och hamnade på rätt plats.

Armand stannade kvar på bryggan. Där hade han god uppsikt över det som hände och hans främsta uppgift var nu mot fartyget. De specialutbildade Spetsnaz-operatörerna som sprungit i land var mer än väl kapabla till att klara uppgiften att säkra piren.

Istället riktade han uppmärksamheten mot de stora container-kranarna som skulle lossa lasten. De stod intill piren och hade tack och lov klarat sig från att träffas av den eld som legat över målet för att slå ut de svenska soldaterna. Rykande kratrar i betongen visade var granater hade landat och attackrobotarna, som avfyrats från *Gdansks* specialcontainrar, hade utan problem slagit ut strids-fordonen. Han hoppades att kryssningsrobotarna hade hittat sina mål längre in mot land. Både mjuka och hårda mål hade

28

attackerats. Även fast robotarna var tillförlitliga var det ingen hundraprocentig garanti att de allihop skulle ha funnit sina mål och svenska förband kunde i detta nu vara på väg mot hamnen över oförstörda broar och knutpunkter.

Den första containern halades just upp i luften och svängdes ut över fartygets sida. I samma stund som den landade på marken sprang personal fram och öppnade stålportarna för att köra ut den första T-80* stridsvagnen. Kranföraren var redan på väg för att hämta nästa. Armand log. Hittills hade allt gått som planerat.

Kapitel 6

AK5:an slog mot axeln när han kramade avtryckaren. Knappt sjuttiofem meter bort ryckte den civilklädda mannen med AN-94 karbinen till och föll ihop i en livlös hög på den lilla gräsmattan utanför det taggtrådskrönta stängslet.

Kapten Lennart Stålnacke från 193. jägarbataljonen vid Norrbottens regemente I 19 drog tillbaka skallen bakom husknuten i samma stund som den fallne Spetsnaz-operatörens stridskamrat öppnade eld. Kulorna vispade genom luften utan att göra någon skada.

Stålnacke skickade en tacksam tanke till högre makt som hade fördröjt mördarna, vars uppdrag förmodligen hade varit att tillfoga den skada som kryssningsmissilerna inte lyckats med, nämligen att mörda den militära ledningen.

När de första missilerna hade brakat in över Gävle och slagit sönder broarna över Gavleån, samt förstört mycket av stadens övriga infrastruktur, hade den militära ledningsgruppen på Hälsinge regementes kasernområde redan gått till sina krigsplaceringsplatser. När elfirmabilen sedan anlänt hade jägarsoldaterna som stannat kvar genast fattat misstankar och öppnat eld när föraren vägrat att stanna för inspektion.

Den första eldskuren hade slagit in genom kylaren och träffat motorblocket, vilket hade fått chauffören att kränga åt sidan och tvärbromsa innan dörrarna slagits upp och fyra beväpnade operatörer kastade sig ur bilen. En hade dödats direkt av en välriktad kula från Stålnacke. Bara sekunden senare föll en annan operatör till marken med en kula i magen. Nu hade han dödat den tredje och endast en spetsnaz fanns kvar av de fyra som anfallit.

Han vände sig mot sina två stridskamrater, en löjtnant med bister uppsyn och en yngre fänrik. Båda männen var – liksom Stålnacke själv – kamouflagemålade i ansiktet och bar full stridsmundering, inklusive skyddsväst och sex magasin skarp ammunition.

"En fi kvar. Du, Mendez", han nickade mot fänriken, "går bakvägen runt byggnaden. Jag och Stenman drar på oss eld härifrån, sedan tar vi den djäveln i en kniptång."

Jorg Mendez nickade innan han skyndade ner längs den avlånga byggnaden. Stålnacke tittade fram runt knuten. Mellan dem och ryssen fanns två stycken gråa salutkanoner, en tavla med Hälsinge regementes vapensköld, samt det helt meningslösa stängslet.

Bilen mördarna kommit i stod med rykande motor mitt i korsningen Stenhammarsvägen och den allésmyckade Regementsvägen in mot området. På gatan låg två döda ryssar samt en sårad som inte rört sig på flera minuter. Dessvärre låg där även en död svensk jägarsoldat som inte hunnit ta skydd när eldstormen bröt ut. Snett bakom Stålnackes position brann det friskt i det gamla kanslihuset som träffats av en kryssningsmissil, något som skulle ha kunnat sluta i en katastrof om man inte redan hade utrymt.

"Nu djävlar Stenman. Nu tar vi honom."

Löjtnant Stenman nickade och kontrollerade magasinet.

"Semper fi", muttrade han.

De båda männen kastade sig runt husknuten. Stålnacke siktade in sig på kanonerna där han kunde ta skydd bakom lavetten. Svagt anade han ryssen som hukade bakom bilen. När jägarna rusade fram öppnade operatören eld, men kulorna missade. Stenman besvarade elden och ryssen tvingades dra tillbaka huvudet för att inte få det bortskjutet. Stålnacke sjönk ner bakom den närmaste kanonens lavett och sköt rakt mot bilen för att tvinga ryssen att förbli där han var. Han hoppades att Mendez lyckats forcera taggtråden utan att förstöra uniformen alltför mycket.

Stenman kastade sig ner bakom den andra kanonen, samtidigt som han med van hand tryckte i ett nytt magasin i vapnet. Förhoppningsvis satt ryssen och tryckte bakom framhjulen för att undvika att bli träffad. Stålnacke sköt mot bilens framparti och såg hålen som slogs upp i plåten där kulorna skar in.

"Skadad?"

Stenman ruskade på huvudet, flinade mot Stålnacke och slet loss en handgranat från stridsvästen. Lugnt osäkrade han granaten och lobbade den över stängslet. Den lilla, dödliga tingesten studsade mot asfalten, träffade bilens framhjul och exploderade.

Detonationen ekade mellan huskropparna, men åtföljdes inte av något eldklot eftersom sådant endast förekom i Hollywoodfilmer. Spränghandgranat 2000 består av nittio gram högexplosivt hexotol, omlindat med en stålspiral som vid detonation ger runt elva hundra sönderslitande splitterdelar. Dessutom innehåller verkansdelen också tvåhundratrettio små stålkulor som ytterligare ökar splitterverkan. I ett slutet rum, som till exempel ett skyttevärn, är det ett fruktansvärt vapen. Här, ute i det fria, var inte effekten lika dödlig, men väl psykologisk.

När Stålnacke tittade upp såg han att fordonet hade fått en hel del nya hål samt att framskärmen slitits loss. Ingenting rörde sig och för stunden var det helt tyst. I ögonvrån såg Stålnacke hur Mendez just tog sig upp ur diket vid sidan av vägen och sprang fram mot målet.

Fänrikens vapen höjdes och två mynningsflammor blixtrade till, sedan föll Mendez framåt. Stålnacke var på fötter redan innan mannen hunnit träffa marken.

32

Utan att bry sig om taggtråden, litandes till sina kevlarhandskar, kastade han sig upp på stängslet och klättrade över. Något hakade fast i uniformsjacken, men han brydde sig inte. Det fanns flera nya jackor i närmaste förråd, men det fanns bara en fänrik Jorg Mendez. Ett rispande ljud hördes när tyget gav efter och så var Stålnacke över. Med vapnet redo skyndade han fram till Mendez, just som denne hostande satte sig upp och började känna på skyddsvästens keramplatta.

"Hur gick det?"

"Fullträff mitt på plattan. Kulan gick inte igenom, men det kickade som en hästspark."

Stålnacke flinade. Han visste hur det kändes att ta en fullträff i västen. Han hade råkat ut för samma sak själv året innan i Irak när en Daesh-soldat hade skjutit honom från nära håll. Inte bara en, utan två gånger, bara för att djävlas. Hade inte SOG-operatören *Trigger* fått tag på en kniv och huggit ner Jihadisten bakifrån, skulle inte Lennart Stålnacke stå här idag.

"Jag vet. Det gör ont som satan, men du överlever."

"Mer än man kan säga om honom." Mendez nickade mot Spetsnaz-operatören som låg på marken i en växande pöl av blod som fortfarande rann från två hål i halsen och huvudet."

"Bra jobbat, fänrik."

Båda männen tittade upp mot löjtnant Stenman som stod och blickade ner på den döda fienden. I det bistra ansiktet syntes skuggan av ett leende när han böjde sig fram och slet loss mannens dödsbricka.

"Ivan Stenkovi, född 1990. Ja du Ivan, det sista du såg innan du dog var svenskt stål och det biter fortfarande."

Stenman stoppade brickan i fickan innan han mötte Stålnackes blick.

"Hur vill chefen göra? Hemvärnet är på väg till sina skyddsobjekt, regementet är utrymt och staben är på väg till Hamrångeberget. Dags för oss att ansluta till resten av 193:e?"

33

"Ja, här gör vi inte så mycket nytta. Vi har med största sannolikhet fler eldstrider att utkämpa innan det här är över."

Kapitel 7

Kullsand, norr om Fredrikskans
Gävle hamn
Kvällen 5:e maj 2017

Den försiktiga majgrönskan slöt sig omkring om honom när David Rasha nådde fram till Kullsandsskogen. Han hade lite svårt att tro att han hade klarat hela den öppna sträckan utan att ha anropats av de ryska soldaterna, eller helt enkelt bara fått en kula mellan skulderbladen.

Han lutade sig mot en trädstam och hämtade andan innan han tittade tillbaka för att se om någon förföljde honom. Den stora blå lagerbyggnaden i hamnens utkant tog upp större delen av synfältet, men bortom byggnaden såg han hur container efter container lyftes av *Gdansk.* Han noterade även att ju fler ryska soldater som kom av båten, desto mer utvidgade de sin säkra halvcirkel och om han stannade kvar i skogen skulle de snart upptäcka honom. Det var med andra ord dags att hitta flåset igen och fortsätta norrut.

David visste att det på andra sidan trädkorridoren låg några spridda hus som man nådde via Bönavägens dragning genom området. Om han följde vägen västerut skulle han så småningom komma in i villastadsdelen Strömsbro.

Ett djupt andetag, en snabb blick tillbaka och sedan joggade han på darriga ben längre in i skogen. David hade inte hunnit ens femtio

35

meter innan två mörka skuggor tycktes växa fram ur grönskan. Någon tacklade honom från sidan så att han störtade till marken. När han såg upp stirrade han rakt in i den hotfulla mynningen på en automatkarbin. En ilsken röst väste:

"Vem är du? Legitimation."

Rösten talade svenska med norrländsk brytning och trots den obehagliga stämningen kunde inte David låta bli att skratta, så lättad blev han.

"Jag är svensk. Jag heter David Rasha och jobbar i hamnen. Hann inte få med mig plånboken när jag stack, men hamnen kryllar av ryssar som håller på att lasta av några hundra containrar från en båt som heter *Gdansk*."

Soldaten med automatkarbinen tycktes slappna av en smula när han hörde Davids felfria svenska. Sedan blev han allvarlig igen.

"Res dig sakta. Håll ut armarna från kroppen och inga hastiga rörelser. Grenberg, sök igenom honom. Har han radioutrustning eller något liknande på sig är han inte den han utger sig för."

En av soldaterna som stått i bakgrunden klev fram. Det målade ansiktet visade bara ögonvitorna när han utan pardon sökte över Davids kropp med valkiga nävar. När han var klar vände han sig till befälet.

"Han är ren, fänrik."

"Bra Grenberg. Följ honom tillbaka till ÅSA 1. Går han själv kanske nästa grupp skjuter först och frågar efter legitimation sedan."

Soldaten Grenberg gjorde honnör och nickade sedan åt David att han skulle gå först. När de kommit utom hörhåll vinkade fänriken till sig de män som fortfarande höll sig dolda, samtidigt som han gick ner på knä. Sex man slöt upp runt honom.

"Ni hörde vad han sa. Fi lastar ur ett containerfartyg i hamnen. Det är stor sannolikhet att dessa containrar innehåller pansar och andra tyngre vapen. Våra kamrater är döda och Sverige är i krig. Dags för oss att slå tillbaka."

36

Soldaterna nickade allvarligt och fänriken fortsatte:

"Gillman. Anropa staben och meddela läget. Det är av stor vikt att vi sätter in ett riktat anfall mot hamnen snarast, innan fi biter sig fast."

"Det är uppfattat, fänrik."

Radiotelegrafisten nickade och anropade sedan över den starkare sändaren för att meddela fänrikens begäran.

***

Återsamlingsplatsen låg trehundra meter norrut, vid den lilla gården invid Bönavägen. Dolda under träden stod ett flertal stridsfordon och några bandvagn 309, samtliga noga maskerade med nät.

Soldaten Grenberg anmälde sig till en bister major, tillhörande 18:e hemvärnsbataljonsstaben. När majoren fått klart för sig vem David var, tackade han soldaten som vände om för att skynda tillbaka till sin grupp. David bjöds in i huset där ägarparet villigt hade låtit militären upprätta en improviserad stabsplats i köket. När de satt sig ner på var sin sida av köksbordet, spände majoren blicken i David innan han sa:

"Jag är major Sten Hällkvist, Gävleborgsgruppen. Som du nog förstår är riket nu i krig med Ryssland. Det har riktats förödande anfall mot huvudstaden, mot Gotland samt mot Halmstad. Även större delen av den svenska västkusten söder om Dalälven har attackerats med kryssningsrobotar av allehanda slag. I Finland har ryssen gått över gränsen och finnarna slåss sedan ett par timmar tillbaka i ett desperat krig för att försöka stoppa den ryska framryckningen. Finskt artilleri har skördat stora framgångar och finnarna har ju betydligt fler kanonrör än vad vi har. Därför är det viktigt att du kan berätta så utförligt som möjligt om containerfraktaren i hamnen. Vi misstänker att den innehåller ryskt pansar, men även dolda specialvapen i form av kryssningsmissiler och luftvärn. Så vad kan du berätta för mig?"

David slöt ögonen några sekunder. När han åter öppnade dem började han återge vad han sett, så utförligt som möjligt. Majoren lyssnade noga, medan en soldat förde snabba anteckningar vid sidan om.

När han var klar satt major Hällkvist tyst några sekunder, till synes i djupa tankar på det som han nyss hört.

"Är du säker på antalet containrar?"

"*Gdansk* är byggd för att kunna frakta sjuhundra containrar. Nu var hon inte ens halvfull och även om jag inte räknade efter så uppskattar jag antalet till mellan tvåhundra och tvåhundrafemtio containrar."

"Inte ens ryssen kan slänga in tvåhundrafemtio stridsvagnar enbart i Gävle, så det finns mer än bara pansar i de där lådorna. Hur rörde sig soldaterna som du såg?"

"Som om de visste exakt var de skulle. Ingen tvekade en sekund."

"De har förmodligen övat på en rekonstruerad plats, uppbyggd efter satellitfoton. Stor sannolikhet att det var spetsnaz. Det är inga korgossar vi pratar om, utan fulltränade mördare. Skulle inte ha haft något emot en handfull SOG-operatörer nu."

Majoren suckade, men ryckte sedan snabbt upp sig.

"Vi får möta dem med vad vi har. Pbat har fem Stridsvagn 122* och sedan har vi våra 9040C. Det måste räcka för ett första slag mot fi."

Kapitel 8

Svenska ubåten HMS Uppland
Östersjön utanför Gävle
Kvällen 5:e maj 2017

Det hade onekligen varit några spännande timmar sedan HMS *Uppland* sänkte *Admiral Pantelejev* och bulkfartyget. De kvarvarande ryska krigsfartygen hade haft all sin sonarutrustning i vattnet, därtill tillkom ett antal helikoptrar. Fartygen kunde de undvika, för det hördes tydligt när dessa närmade sig. Värre var det med helikoptrarna.

Plötsligt kunde sonaroperatören uppfatta ett plask på ytan, vilket betydde att en ubåtsjakthelikopter just doppade sin hydrofon och vid ett av dessa tillfällen hade plasket åtföljts av det, för en ubåtsbesättning, så fruktade ljudet av femtiokilos sjunkbomber som träffade havet. Den första detonationen skedde otrevligt nära och ruskade om *Uppland* som ett barns skallra.

Allt löst for i golvet och sjukvårdarna hade fått se över stukningar, blåmärken samt en utslagen tand. Nästa bomb exploderade lite längre bort, men tryckvågen var tillräckligt stark för att det skulle knaka oroväckande i konstruktionen.

Peter Gadd hade beordrat ner ubåten till maxdjup och nu låg de på den mjuka sandbotten etthundratrettiosju meter under ytan och avvaktade medan den ryska konvojen stadigt avlägsnade sig. När havet var tyst gav Gadd order om att man skulle starta

Upplands stirlingmotorer och sakta stiga till periskopdjup. Han ville dels spana av det omgivande havet för att se att ingen jagare låg för död maskin och väntade på dem, dels höra hur kriget gick.

För det senare förberedde han en krypterad snabbsändning över det skyddade radiokommunikationssystemet Saturn, som utnyttjade det digitala DAB-nätet*.

Ubåten reste sig sakta från sin vagga på botten och steg till strax under ytan innan antenn och periskop skickades upp den sista biten. Peter Gadd spanade av det gråa havet och kunde snabbt konstatera att det var lika tomt som ett IOGT-möte i Mackmyra. Han beordrade periskop ner, men lät antennen vara uppe för att hinna ta emot svar från den svenska krigsledningen. När radiooperatören nickade att han var klar, drogs antennen ner och *Uppland* sjönk ner under det första termiska skiktet på femtio meters djup innan Gadd frågade ut telegrafisten vad som framkommit.

"Visby har troligtvis fallit. Delar av regeringen är på flykt och längs hela sydkusten pågår strider. Ryssarna har använt aerosolvapen* mot civilbefolkningen för att skapa maximal panik – allt för att hindra mobiliseringen. Vi har tagit tunga förluster, speciellt på land och i luften, men flottan har bitit ifrån sig bra och mycket ryskt tonnage har gått till botten sydost om Gotland."

"Flottförluster?"

"Minst en korvett, samt ett flertal stridsbåt 90 som sänktes vid hamnen i Visby."

"Det är gott matros. Order följer." Han tittade upp och spände ögonen i besättningen. "Vi går efter den ryska konvojen, in mot Gävle och gör slut på våra torpeder innan vi bunkrar. Maskin – arton knop tack. Vi behåller nuvarande djup."

***

Krasnodar var den senaste av Rysslands nya diesel-elektriska ubåtar i *Lada*-klassen. Hon var kölsträckt och byggd på Admiraltejskijevarvet och sjuttiotvå meter lång. I u-läge gjorde hon tjugoen knop, var beväpnad med 533-millimeters torpeder i sex tuber samt kunde vid behov även skjuta missiler via torpedluckorna.

Hennes trettioåtta man starka besättning leddes av en legendar bland ryska ubåtskaptener. Den fyrtioåtta år gamla Oleg Tarasov, internt känd som den yngsta kapten någonsin som i simulerad strid hade sänkt en amerikansk attackubåt av *Los Angeles*-klass, tjugotre år tidigare.

Tarasov var normalt sett en tystlåten, grånad herre som endast mätte etthundrasextioåtta centimeter i strumplästen och som oryskt nog aldrig drack vodka. Däremot hade han en fäbless för äkta, handrullade Havannacigarrer och det var med en sådan man oftast såg honom. Till och med under uppdrag hade han en otänd Havanna mellan tänderna eftersom han påstod sig fungera bättre under stress på så vis.

När nu *Krasnodar* låg tre distansminuter bakom, samt cirka trettio meter under *Uppland,* kunde Tarasov för sin inre syn tydligt se den svenska ubåten som gled fram likt en rovlysten skugga genom havet. Han visste att svensken hittills hade sänkt en rysk jagare samt ett bulkfartyg lastat med trupp. Han förbannade att de hade blivit försenade på grund av andra svenska sjöstridskrafter som varit i farten i havet längre söderut. De hade kommit försent för att kunna rädda de fartyg som redan låg på botten, men banne mig att Tarasov tänkte låta svensken sänka några fler skepp.

"Avstånd?"

"femtusen femhundrafyra meter, kapten."

"Närmare. Vi ser till att hålla oss i skuggan av hennes akter."

***

"Chefen. Larmrapport."

41

Peter Gadd vände sig till sonarbefälet som anropat.

"Ja, fänrik."

"Vår cirkulära sonar uppfattade just ett ljud cirka tre distans-minuter akterut. Trolig ubåt."

"Nationalitet?"

"Okänt, men den ligger i attackposition och är extremt tyst. Enda anledningen till att vår sonar hörde den var att någon tappade något ombord."

"Denne någon gjorde oss en stor tjänst, även om den där för-modade ubåtens kapten förmodligen kölhalar den stackars mat-rosen just nu. Gissning?"

"Deras nya *Lada*-klass. Den enda diesel-elektriska ubåt ryssarna har som är så här tyst. Jag hör svaga kavitationsljud. Hon matchar vår hastighet."

"Om det är deras nya *Lada* kan det vara antingen *Krasnodar* eller *Petrozavodsk*. De fanns båda i Östersjön när skiten bröt ut. Rorsman – fjorton grader västlig kurs. Ner fyrtiofem så att vi kommer under nästa skikt!"

"Fjorton väst, ner fyrtiofem. Uppfattat chefen."

Gadd tittade på hydrofonbefälet medan *Uppland* långsamt kom till sin nya position.

"Hon följer efter."

"Bekräftat. Fientlig ubåt sydost vår position. Gör klart för strid."

Kapitel 9

Inre Fjärden, väster om Fredrikskans
Gävle hamn
Kvällen 5:e maj 2017

En ensam fiskmås skrek hest. Ljudet bars över hamnbassängen och gjorde att Kalle Frisk började huttra. Skriet fick honom att tänka på någon gammal skräckfilm från Universal Studios där en blodtörstande Bela Lugosi drog fram genom ett dimhöljt London i jakt på unga oskulder att suga livet ur.

Han grimaserade åt sig själv. Bela Lugosi hade spelat sina skräckroller med bravur och pålats till döds av Van Helsing redan 1931, för att sedan uppstå i nästa roll. Om Kalle Frisk och hans grupp på tre stridsvagnar skulle råka ut för ett liknande öde ikväll skulle de knappast få en ny chans i morgon.

Den ryska styrkan hade etablerat sitt brohuvud i hamnen och långsamt börjat expandera. Ryska T-80 stridsvagnar hade rullat västerut och redan tagit oljedepåerna vid Margretelund, men vid järnvägsbron över Inre Fjärden hade det tagit stopp.

Det svenska hemvärnet hade minerat den smala landtungan som sträckte sig över fjärden och två T-80 hade slagits ut innan de övriga gjort halt för att invänta minröjare. Kalle Frisks uppdrag var att skydda de svenska jägarsoldater som just nu apterade sprängdeg i rikliga mängder på bron som band samman de två landtungorna. Syftet var att tvinga ryssarna att ta sig norrut, bort från tättbebyggt område och ta slaget vid golfbanan och den brutna

43

terrängen runt Jonstorp och Källhagen medan övriga områden hastigt höll på att evakueras.

I den bästa av världar hade svenska JAS-plan redan bombat området, men i besparingsiverns spår hade det inte funnits tillräckligt med Gripenplan till alla uppdrag och försvaret hade därför dragits samman för att möta lufthot i Mellansverige, något som lämnat allt norr om Dalälven tämligen öde.

Åtminstone öde vad gällde den svenska jakten, tänkte Kalle Frisk när två MiG-31 dånade fram över hamnen och släppte bombkapslar över området runt Jonstorp. Han visste vad de där bombkapslarna kunde åstadkomma mot oskyddade infanterister och han led med de svenska soldaterna i terrängen nordost om hans egen position.

Själv var han och hans grupp kraftigt maskerade med hjälp av sitt *Barracuda* kamouflagenätssystem som effektivt bröt upp stridsvagnens konturer och reducerade den infraröda värmestrålningen. Det gjorde dem inte osynliga, men betydligt mycket svårare att upptäcka än om de inte haft *Barracudan* monterad.

Det sprakade till i Ra 180-radion och en röst sa tyst:

"Banditer på ingång. Ser två … fel, jag ser tre stycken T-80 på väg över näset."

Kalle tittade ner på skärmen till sitt TCCS-eldledningssystem där de ryska vagnarna nu syntes tydligt efter att spanaren plottat dem. Lugnt gav han laddaren order om att ladda med pilprojektil och hörde de övriga vagncheferna upprepa ordern. Lugnt stängde han stridsluckan.

"Ettan till Vadarna. Besök på väg in. Status?"

"Vadare 1 till ettan. Allt klart. Vi drar oss tillbaka och utlöser."

"Det är uppfattat. Höj tempot. Besökarna är inte långt borta."

"Väldigt taget. Skott kommer."

Kalle tittade ut genom sitt periskop. De tre stridsvagnarna stod bland träden direkt norr om själva industriområdet, intill vattnet och hade god uppsikt över landförbindelsen. Enligt avstånds-

44

mätaren hade han fyrahundratrettiotre meter fram till den närmaste bropelaren och om T-80:orna skulle hinna rulla över innan jägarna utlöst laddningen skulle det vara som att skjuta på sittande fågel. Enda kruxet var att de ryska vagnarna hade reaktivt pansar. Om det ville sig riktigt illa var det T-80U med Kontakt-5 block, *Drozt* skyddssystem – som på T-90 allmänt kändes igen under namnet *Arena* – samt var bestyckade med 9M119 *Reflecks* pansarvärnsrobotar. Det sprakade till i radion.

"Fler banditer på ingång. Räknar till totalt sju – repeterar sju – banditer."

"Uppfattat. Ligg lågt *Overwatch*."

"Ligger jag lägre så är jag redan begravd", kom det kallsinniga svaret.

Kalle kunde inte låta bli att flina. Spanaren var en luttrad veteran från Afghanistan som lett in eld mot Al Quaida-ställningar redan under George Bush den yngres krig mot terrorismen i början av 2000-talet. Givetvis i strid med svensk allianspolitik och allt det där, men det som svenska folket, och framförallt den svenska regeringen, inte kände till, det kunde de heller inte må dåligt av. Han misstänkte att både den där sossen som satt som statsminister nu och hans blå företrädare både skulle sätta kaffet i vrångstrupen om de vetat om allt vad svenska operatörer gjort under alla de gudabenådade utlandsuppdragen.

Det var tur att Sverige hade sina veteraner i dag. Det var i alla fall några som visste hur man förde krig.

"Vadare 1 till chefen. Några synpunkter på eldöppnande?"

"Spräng den där förbannade bron bara, Vadare, så är jag nöjd."

"Som chefen vill."

Kalle tittade ut genom periskopet. I ena stunden låg vattnet i fjärden lugnt och stilla med kvällssolens strålar gnistrande på ytan likt diamanter. I nästa stund lyftes marken runt bron upp som om en berusad jätte bestämt sig för att leka med den. Betongsliprar, järnvägsskenor, grus, jord och sand spreds ut i en koncentrisk cirkel över fjärden. Nöjt konstaterade han att även den främsta T-80 vagnen spreds ut över det glittrande vattnet.

"Skytten – eld."

Stridsvagnens slätborrade hundratjugomillimeterskanon dånade till och skickade iväg en underkalibrig volframkarbidpil vars drivspegel slets loss så fort ammunitionen lämnat eldröret. Med närmare femtonhundra meter i sekunden tillryggalade projektilen de fyrahundratrettiotre meterna på en tredjedels sekund och slog in i frontpansaret på den T-80 som dykt upp som ett hett mål i skyttens eldledningssystem.

Tyvärr gjorde Kontakt-5 blocken sitt jobb och spred ut anslagsenergin så pass att träffen aldrig slog igenom kompositpansaret. Inte heller projektil nummer två slog igenom, men den tredje pilprojektilen träffade på en redan skadad yta och penetrerade pansarskalet.

Trycket inne i stridsvagnen ökade dramatiskt, vilket höjde värmen till flera hundra grader under den första sekunden efter träffen. Vagnchefens lucka var den som först brast och slungades upp, men när det hände var besättningen redan kremerad.

Kalle Frisks laddare hade snart laddat ny granat. Det av *Celsius Tech System* utvecklade eldledningssystemet *Tank Command & Control System* – allmänt förkortat till TCCS – hade redan letat nytt mål och kanonen skickade iväg en projektil, men nu kom T-80:orna in i striden.

Den första pansarvärnsroboten for in mellan träden och missade Frisks vagn med en hårsmån till godo. Istället detonerade den mot ett bakomvarande träd – något som skickade träsplitter i alla riktningar när stammen sprängdes i bitar. Nästa robot träffade vagn två och pansaret – som saknade de reaktiva klossar som skyddade de ryska vagnarna – klövs itu.

Kalle förstod att det var bättre fly än illa fäkta och gav order om tillbakadragande. *Galix*-rökkastarna svepte in de två kvarvarande stridsvagnarna i en tjock, grå dimma medan de skyndsamt backade ur positionen.

Nu gällde det att ta sig norrut, runt vattnet, och ansluta till huvudstyrkan som skulle möta den ryska pansarnäven när den skulle försöka bryta sig ut från hamnområdet

Kapitel 10

Sätravallen
4 km väster om Gävle hamn
Kvällen 5:e maj 2017

"Det ska fan till att föra krig utan vapen." Lennart Stålnacke nickade sitt stilla medhåll med den grånade majorens utbrott. Det svenska försvaret hade väckts för sent, tilldelats för dåliga resurser och var illa koordinerat. Och detta trots att Gävle varit ett förstaslagsmål i all förkrigsplanering.

Till för drygt en månad sedan hade det enbart varit Gävleborgsgruppens hemvärn som skyddade staden, men sedan – när världsläget kärvade ihop sig än mer och Ryssland börjat dra samman sina trupper i det västliga militärområdet – hade ÖB gett order om att 192. mekaniserade bataljonen*, jämte 193. jägarbataljonen*, skulle skydda Norrlandskusten på sträckan Gävle-Sundsvall-Umeå.

Då 192. MekB består av två pansarskyttekompanier med stridsfordon 9040C och två stridsvagnskompanier stridsvagn 122, hade ÖB placerat första pansarskyttekompaniet och första stridsvagnskompaniet i Gävle, medan de två andra kompanierna förlagts till Sundsvall-Umeå

För insatser norr Umeå ansvarade 191. mekaniserade bataljonen.

När sedan kronprinsessan gjorde ett besök i Gävle hade överstelöjtnant Rolf Hedemo, befälhavare över Gävleborgsgruppen, valt

48

att testa förbandens mobiliseringsförmåga i samband med besöket. På så vis kunde Gävleborgsgruppens hemvärn samverka med bataljonerna från I 19*. Aldrig tidigare under den militära historien hade två separata beslut varit så lyckosamma. Om de nu bara hade haft flygunderstöd och artilleri till hands också.

"Ingen idé att slösa energi på att önska resurser som inte finns. Vi får göra det bästa vi kan med det vi har."

Majoren – Stålnacke trodde han hette Hedquist – nickade och tittade ut över den tomma Sätravallen där två *Blackhawk* helikoptrar just stigit till skyn efter att ha lastat ombord två skyttegrupper.

"Kapten har rätt. Saknar vi artilleri kanske vi kan använda oss av stridsvagnarna istället. Hur långt skjuter en sådan där plåtburk?"

"Plåtburken kostar runt sextio miljoner. Eldledningssystemet kan finna mål upp till fyratusen meter eller mer vid gynnsamma förhållanden. Vad tänker majoren på?"

"Jag tänker på att vi borde kunna sätta eld på oljedepån. Utan *Archer* så kanske några spränggranater från era stridsvagnar kan räcka. Med hamnen full av brinnande olja borde Ivan få problem, eller vad tror kaptenen?"

"Vi skulle förmodligen starta en eldstorm som sveper bort hela Fredrikskans och kanske Gävle med."

"Om det stoppar ryssen är jag villig att ta den chansen. Hur många spränggranater ryms det i de där vagnarna?"

"Varje 122:a kan bära fyrtiotvå granater i stacken samt en i loppet, men allt kan inte vara spräng, för då kan man inte verka mot andra stridsvagnar."

"Men fyra vagnar som hostar iväg tio spränggranater var mot oljehamnen. Det ger fyrtio nedslag."

Stålnacke tänkte. Majorens förslag var djärvt, men om de skulle ha en chans att stoppa det här så var det värt risken. Själv kunde han inte fatta beslutet och major Kahli, chef för 192. mekaniserade bataljonen, fanns på annan plats.

"Kan majoren söka Kahli via radion och lägga fram planen?"

"Inga problem gosse. Det fixar jag direkt."

Major Hedquist vände och gick bort till radiotelegrafisten. Stålnacke stod kvar och tittade mot himlen. På avstånd hördes stridsmullret från svenska och ryska förband som drabbade samman. Rapporterna sa att ungefär hälften av *Gdansks* containrar hade hunnit lastas av innan en grupp jägare, utrustade med pansarskott, hade sprängt kranen.

Nu fanns det dock mer än en kran i hamnen, men förlusten var kännbar och sänkte bataljonens stridsvärde tillfälligt, något som svenskarna hade utnyttjat till max. De snabba stridsfordonen hade svept in och skjutit på allt som rört sig för att sedan lika snabbt försvinna. Den gamla klyschan om *eld och rörelse* gällde i allra högsta grad den svenska insatsen. Detta hade försenat ryssen, men inte stoppat honom och snart skulle nya trupper tillföras från havet där spanare rapporterat om annalkande fartyg.

Skulle man göra något så måste det göras nu.

Major Hedquist kom tillbaka och leendet avslöjade honom som en usel pokerspelare.

"Major Kahli gav sitt godkännande. Vi använder våra fyra *Leoparder* som improviserat bandartilleri och tänder eld på hamnen."

"Det är djävligt uppfattat, major."

***

"Vad fan? Är de inte kloka? Ska vi tända eld på Gävle igen?"

"Igen? Gävle brann väl 1869 sist? Det kanske är dags för lite svedjebränning."

Kalle Frisk skrattade åt sin skytt. De hade just mottagit order om att verka mot oljehamnen med spränggranater. För att få bäst effekt ville chefen, major Kahli, att de fyra stridsvagnarna skulle ta sig till området runt Hagen för att från två kilometers håll mata in granater mot oljecisternerna i hamnen.

I området pågick strider och ryskt pansar tryckte på för att ta sig i genom inneslutningen, men än höll de små, lättrörliga svenska skyttegrupperna tillbaka. Mycket tack vare en kombination av stridsfordon, pansarskott och mineringar.

Att fyra svenska stridsvagnar skulle kunna stå emot minst femtio ryska T-80/T-72 var det ingen som trodde, men genom att utnyttja områdets resurser kunde man i alla fall fördröja framryckningen och orsaka svidande förluster för fienden.

"Inventering. Hur många granater har vi kvar?"

"Trettioåtta i stacken och en i röret, chefen."

"Pil och spräng?"

"Tjugofem pil, resten spräng."

"Uppfattat Hansson. Ladda pil första skottet. Jag vill slå hål på de där konservburkarna. Sedan följer vi upp med spräng."

"Taget, chefen."

Laddaren skrattade ansträngt. Jonas Hansson var yngst, och även vagnens senaste medlem. Han hade kommit till dem direkt efter sin GMU, vilket var för fem veckor sedan. Kalle Frisk tänkte att han verkligen hade döpts i eld och blod. Det var starkt av ynglingen att hålla ihop så bra, trots de bistra omständigheterna.

"Då så. Då åker vi iväg på vår utflykt. Håll i er, det kan bli skumpigt."

Kapitel 11

Svenska ubåten HMS Uppland
Östersjön utanför Gävle
Kvällen 5:e maj 2017

"Chefen. Mål tjugofyra ökade just varvtalet. Hon gör varv för tjugo knop."

"Avstånd?"

"Tretusenfyrtioåtta meter och närmar sig."

"Torped. Var beredda med våra två småfiskar."

"Fyrtiorna är redo, chefen."

Uppland fullbordade sin sväng. Nu hade de *Krasnodar* på sin styrbordssida och Gadd hoppades på att få första skottet. Lugnt sneglade han på sonarbefälet som tittade upp och nickade.

"Båda torpederna – eld!"

Upplands båda ubåtsjakttorpeder lämnade sina tuber och jagade genom det mörka vattnet.

"Dyk femtio och kom till ny kurs två-fyra-ett."

"Femtio ner. Ny kurs två-fyra-ett."

"Larmrapport. Mål tjugofyra har skjutit två torpeder."

"Störtorped."

Störtorpeden sköts ut och matade fram sin styrtråd när den vek tvärt mot hotet. Istället för en kraftfull sprängladdning hade störtorpeden komprimerad luft i noskonen. När utlösaren briserade bildades ett stort moln av små bubblor, som i en läskedrycksflaska som skakas. I den bästa av världar skulle en fientlig torped reagera på bubblorna på samma sätt som en radarstyrd jaktrobot på ett remsmoln.

"Mål tjugofyra sköt också ut störtorped."

"Status torpeder?"

"Våra går mot målet. Tolv hundra meter kvar." *Krasnodars* går mot oss med arton hundra meter kvar.

"Väg av under skiktet."

"Vår störtorped har exploderat. En av *Krasnodars* torpeder detonerade bland bubblorna. Tvåan är på väg mot oss. Våra båda torpeder klarade bubblorna. Går mot mål. Femhundra meter kvar."

"Tvåans torped. Avstånd?"

"Åttahundra meter från oss."

"Högsta fart. Gå mot botten."

Uppland skakade till när dieselmotorerna vaknade till liv och skickade kraft till propellern. Kraftiga kavitationsljud ekade genom havet när *Uppland* dök mot botten, ljud och rörelse som uppfattades av torpedens passiva målsökare. Peter Gadd höll i sig och kompenserade för *Upplands* branta dykning. Botten låg på ett hundrasextiotvå meters djup, tolv meter djupare än konstruktörerna av ubåten rekommenderade, men han tog hellre några bucklor i tryckskrovet än den fulla kraften av en 533-millimeters torped.

"Torped på trehundra meter. Botten femtio meter."

"Rorsman. Ta upp henne först när fören skrapar i. Inte en centimeter tidigare."

"Uppfattat, chefen."

"*Upplands* torpeder?"

"Hundra meter till mål. Målet gör kraftiga undanmanövrer."

"Håll koll på målet. Jag vill veta om hon träffas."

"Torped etthundrafemtio meter och närmar sig. Botten femton meter."

***

Han hade aldrig blivit besegrad förr och Oleg Tarasov tänkte fan inte låta sig besegras av någon andefattig svensk kustmatros i en tjugo år gammal skorv.

Att båda de svenska torpederna hade undgått deras egen störtorped var mycket irriterande och han ville inte skjuta iväg deras sista trumfkort riktigt än. Svagt hörde han hur sonarbefälet rapporterade den svenska ubåtens försök att undkomma sitt öde.

"Hon går rätt ner mot botten, kamrat kapten."

"De försöker förvilla torpeden med bottenekot. Skjut ny torped."

"Vi har inte målet låst."

"Jag skiter fullständigt i om vi har målet låst eller inte. Skjut torped mot svensken. Skräm dem."

"Uppfattat, kamrat kapten."

När torpeden lämnade tuben kunde Tarasov höra hur den första av de svenska ubåtsjakttorpederna i princip skrapade emot *Krasnodars* tryckskrov. Han beordrade skarp babordsgir och i sista sekund kom de ur tvåans bana.

"Kapten. Torpeden vänder."

"Dyk. Full fart."

Krasnodar la sig nästan på sidan när den vände mot botten. I vattnet kunde surret från torpederna höras allt tydligare när de närmade sig ubåten.

"Detonation kapten. Vår torped detonerade."

"Jag kunde höra det, men vad detonerade den mot? Några skrovljud? Inströmmande vatten?"

"Ingenting kapten. Vår sonar är tillfälligt utslagen på grund av detonationen."

"Vår torped tre?"

"Den irrar. Hittar inte mål."

Tarasov skulle just säga något när den svenska torpeden träffade aktern. *Krasnodar* krängde till. Det gnisslande ljudet av metall som vek sig ekade genom skrovet och följdes av ljudet från inströmmande vatten. Tarasov hoppades att ingen besättningsman slarvat med att stänga skotten, samtidigt som han kände för de män som jobbat i maskinrummet. Torpeden hade uppenbarligen träffat just där propelleraxeln gick in i skrovet och öppnat upp ett hål som skulle sänka dem.

"Hur långt har vi till botten?"

"Sjuttio meter kapten. Sandbotten."

"Alla gör sig beredda på sammanstötning."

Tarasov höll i sig hårt när en tanke slog honom. Var hade svenskarnas andra torped tagit vägen?

***

Botten kom *Uppland* till mötes med en skrämmande hastighet, men inte lika skrämmande som den ryska torpeden som nu närmade sig lika obönhörligt som en bödel mot en dödsdömd.

Peter Gadd bet ihop käkarna så hårt att det värkte i kindmusklerna när han gjorde sig beredd på det som snart skulle komma.

"Tio meter till bottenkontakt."

"Håll henne stadig, rorsman."

"Fem meter till bottenkontakt."

"Nu, väg av."

Uppland lyfte nosen, men inte tidigare än att skrovet skrapade i sandbotten och rev upp ett enormt slammoln. Propellern piskade ilsket och sedan kändes det som om ubåten kastats in i en centrifugerande tvättmaskin. Aktern lyftes upp och *Uppland* stod nästan lodrätt på nosen innan hon sakta snurrade runt och slog i botten med styrbordssidan först.

Ett skrapande metalliskt ljud hördes när den trasiga propellern slets sönder och delarna kastades ut i det upprörda havet.

Ett kort oväsen ersattes av tystnad – dödens tystnad.

Under några sekunder var alla lampor släckta, sedan tändes den röda nödbelysningen och lyste upp ubåtens inre. Gadd tänkte att nu var de som Jona – fångade i valfiskens buk.

Kapitel 12

Container Freight Station Fredrikskans
Gävle hamn
Kvällen 5:e maj 2017

Glassplittret som täckte durken på *Gdansks* brygga skar sönder huden på Armand Edelmans handflator, men hellre det än att utsättas för den finkalibriga elden från de svenska soldaternas automatkarbiner. Försiktigt lyfte han blicken och såg sig omkring. Precis intill honom låg rorsman Puntalev död. En stor del av mannens bakhuvud saknades där den wobblande kulan från ett svenskt vapen hade trängt in genom höger kind, för att sedan plocka med sig en del av hjärnan ut genom det knytnävsstora hålet strax bakom vänster öra.

Tyst svärande över de ryska elitsoldaternas oförmåga att hålla svenskarna borta, kröp Armand fram till kontrollbordet och stack upp huvudet. Vinden som blåste in genom de sönderskjutna bryggfönstren träffade hans ansikte när han skaffade sig en snabb överblick av hamnområdet.

De förvridna resterna av den första containerkranen stod i stel givakt intill fartyget. Kropparna av både ryska och svenska soldater låg utspridda längs kajen. Ett hundratal meter från *Gdansk* brann ett svenskt stridsfordon. Hamnkontoret hade träffats av minst en granat - det taggiga hålet i väggen talade sitt tydliga språk.

57

Två utslagna T-80 stridsvagnar stod på kajen med hundra meters mellanrum medan spetsnazkommandot, i skydd av ännu funktionsdugliga stridsvagnar, tryckte på norrut när de drev tillbaka det senaste av de svenska anfallen. Svenskarnas taktik liknade den finska. De rullade in med sina stridsfordon, kamouflerade med *Barracuda*-kamouflage, och omringade en liten skyttegrupp ryska soldater eller stridsvagnar i en *motti*. Sedan öste de på med all eldkraft de kunde uppbåda genom både sina bärbara pansarvapen och stridsfordonens fyrtiomillimeterskanoner.

Inte ens T-80:s *Drozt*-system kunde klara av den intensiva elden som från kort avstånd slog mot pansaret som en hagelstorm mot ett växthus. Till slut gav pansarkärlet vika och vagnen slogs ut. När det skedde försvann de svenska trupperna lika fort som de kommit och Armand hade själv sett svenska soldater som på cykel försvunnit mot skogen bortom hamnen. Under tiden slog andra svenska förband till för att binda trupp som inte kunde förfölja de flyende.

Man hade även tagit förluster väster om hamnen, men kontrollerade nu oljecisternerna som varit ett av delmålen för att säkra bränslet till stridsvagnarna. Armand hoppades att den svenska marinen inte hade varit lika framgångsrik här i norr som han över radion hört att den varit i södra delen av Östersjön där förlusterna av landstigningsfartygen i *Ivan Gren*-klassen var ett hårt slag mot den ryska invasionsplanen.

Han vände blicken åt nordväst. Svarta rökpelare som strävade mot himlen avslöjade var andra pansarfordon hade slagits ut och mullret från hundratals vapen blandades till en dödssymfoni som han kände till alltför väl. För tillfället var hamnområdet tillsynes fritt från fientliga soldater. En ny containerkran rullade fram för att fortsätta lossningen av materielen.

Fartyget darrade till när en container ändrade läge innan den lyftes upp i luften och svängde ut över relingen. Bakom honom jobbade sjukvårdare med att ta hand om de skadade, men Armand brydde sig inte om dem. Han var mer intresserad av hur lossningen fortskred.

De hade redan förlorat ett tiotal stridsvagnar, kanske ännu fler och de svenska linjerna hade inte brutits såsom planeringen förutsatt. Tvärtom verkade det finnas betydligt fler soldater på plats och med bättre utrustning än vad den ryska militära underrättelsetjänsten, GRU, hade påstått.

Enligt dem skulle det absolut inte finnas några svenska stridsvagnar i Gävletrakten, utan dessa hade enbart setts längre norr ut. Att det nu fanns stridsvagnar, bevisade ytterligare en gång att soldaten på slagfältet inte kunde lita på vad skrivbordsgeneralerna sa.

Irriterat ruskade han på huvudet och tittade ner på sina svidande handflator där blodet blandades med smetig olja. Gjorde han inget åt det där kunde han få en kraftig inflammation om det ville sig illa. Armand kallade till sig en av sjukvårdare för att få händerna rengjorda och omlagda.

***

Framför stridsvagnen fanns en smal, gräsbevuxen yta innan Hamnledens tvåfiliga asfalt skar genom terrängen och skilde dem från det som till för några timmar sedan hade varit en vacker golfbana med två vattenbunkrar ut mot leden.

Nu var golfbanan, samt det omkringliggande området, förvandlat till ett slagfält där krigets alla vedervärdigheter kunde beskådas. Genom sitt periskop såg Kalle Frisk brinnande fordon – företrädesvis svenska stridsfordon och pansarbandvagnar – som likt förvridna skelett skräpade ner de gröna greenerna. Ett utbränt vrak, som en gång varit en rysk MiG-31:a, hade skjutits ned och kraschat precis vid skogskanten vid Gestrins väg.

Svenska soldater hade förvandlat sandbunkrarna till improviserade skyttevärn och ljudet av automatkarbinernas ettriga knackande trängde genom pansarluckorna där de sedan ekade dovt mot hans trumhinnor. Eller inbillade han sig det? Kunde ljudet verkligen tränga igenom det tjocka pansarskalet och hans headset? Kalle var inte säker. Hjärnan kunde lura honom och själv skapa den ljudkuliss som han visste fanns där. En ljudkuliss som utan tvekan slog mot de oskyddade soldaternas sinnen. En kuliss som ökade på kortisolutsöndringen och skärpte soldatens styrka och uppfattningsförmåga under en begränsad tid, men som efter långvariga strider började bryta ner kroppen, och därmed istället urholkade stridsförmågan.

I Afghanistan hade han sett hur det hade påverkat soldaterna. De lämnade ofta slagfältet i vågrätt läge, medan andra aldrig mer skulle bli sig lika. PTS, eller post-traumatiskt stressyndrom, åt upp den drabbades själ och var en inkörsport till en livstid av psykiskt lidande och obalans.

Kalle Frisk tog ett djupt andetag.

De tankarna ville han inte ha i detta känsliga läge av striden.

Istället sa han högt:

"Mål, ettusen niohundrafemtio meter. Ammunition – pil, spräng, spräng. Repetera."

Från sin plats framför honom i tornets högra sida svarade skytten.

"Mål konfirmerat. Ettusen niohundrafemtio meter."

"Ammunitionstilldelning – pil, spräng, spräng."

Kalle nickade åt laddarens konfirmering.

"Samtliga vagnar. Mot respektive mål – eld."

De fyra stridsvagnarnas samtida eldöppnande rullade ut ett mullrande dån över slagfältet medan pilprojektilerna jagade genom luften. Samtidigt laddades kanonerna om.

***

60

Värmevågen slog emot Armands oskyddade nacke där han stod på *Gdansks* bryggvinge för att bättre överblicka lossningen.

Först trodde han svenskarna hade briserat ett taktiskt kärnvapen innan han kom på att detta inte var någon kärnvapennation. Svenskarna hade tvärtom haft en fredsrörelse fylld av Lenins nyttiga idioter som skanderat att man aldrig fick gå med i Nato, eftersom ett medlemskap skulle öppna upp svensk mark för amerikanska kärnvapen riktade mot öster. Armand visste givetvis att det var paranoid skit-mentalitet. Inget Natoland skulle mot sin vilja få kärnvapen stationerade på sitt territorium, men så länge som de solkiga fredsduvorna trodde på propagandan hade landet hållits utanför det skyddande paraply som Nato gav. Ett svenskt medlemskap skulle ha omöjliggjort detta krig, men det förstod inte de där så kallade fredsivrarna.

Han snodde runt och tittade mot väster där ett mindre svamp-moln just höjde sig mot himlen. Det var kanske inte ett kärnvapen, men det var nästan lika katastrofalt – oljehamnen hade just antänts.

Ännu en darrning gick genom skrovet och han såg hur de närmaste byggnaderna svajade när en mullrande detonation rullade mot dem. Värmestrålningen slog emot honom som ett hammarslag och Armand vacklade bakåt, stötte emot dörren in till bryggan och kastade sig halv förblindad in genom öppningen. Svagt hörde han män skrika i smärta, fasa och uppgivenhet, alltmedan de som befann sig närmast oljehamnen antändes av värmevågen.

Kapitel 13

Skåräng, Gävle
Svensk improviserad stabsplats
Kvällen 5:e maj 2017

"Gud har tröttnat på oss och lämnat fältet fritt för Satan att spela sitt spel."

David Rasha stönade fram orden där han stod lutad mot sidan av en ledningsbandvagn 410, som i sin tur stod väl maskerad i skogspartiet norr om Sätraängens korttidsboende. Alldeles nyss hade en lågsniffande SU-30 *Flanker-C* fällt en bombkapsel mot den närliggande Lilla Sätraskolan som nu stod i brand. David var glad över att barnen redan hade evakuerats med hastigt inkallade bussar som transporterat framtidens hopp längre in i landet. Förhoppningsvis till en plats dit krigets giriga skelettfingrar ännu inte hade nått.

Men vad gjorde det? Kriget pågick och det var bara en tidsfråga innan det svenska motståndet var brutet. Han hade sett ledningsbefälens miner när de summerade sina tillgångar och ställde dem mot vad som slängdes mot dem. Deras enda chans var att förhindra fortsatt landstigning och tydligen använde man sig av en gammal rysk taktik som både Karl XII och Napoleon råkat ut för – Den brända jorden.

Den svarta röken låg som ett tjockt lock över hamnområdet där oljecisternerna hade antänts. Röken stack i halsen och skulle under alla andra omständigheter ha beskrivits som hälsofarlig, men här – och nu – gav den ett svagt hopp om framgång.

David kliade sig på halsen.

När han gjort lumpen i början av nittiotalet hade man redan övergått från den gamla fältuniformen m/59 till den nya m/90 – som av en lustigkurre genast döptes om till komposthögen. Vapenutbildningen genomfördes på gamla AK5, KSP58 samt spränghandgranat m/56.

När befälen på plats hade insett att David Rasha gjort militärtjänst hade de genast åberopat första kapitlet i lagen om totalförsvarsplikt och tilldelat honom vapen och uniform. Därför stod han nu iförd en begagnad m/90 där intorkat blod efter den förra ägaren fortfarande prydde delar av högra sidan och ärmen. Stridsväst 12, med tunga keramplattor, tyngde ner honom tillsammans med sex magasin 5.56 ammunition.

Han hade blivit beordrad att fungera som närskydd för den improviserade staben under en fänrik Ljungman och därför stod han nu lutad mot stabsfordonet, blickandes ut mot den mörka himlen över hamnen.

Hans tankar avbröts av en soldat som kom rusande. Med andan i halsen ropade han:

"Inkommande."

Samtidigt hördes det dova smattret från flera tunga helikoptrar som närmade sig från öster. David sökte av himlen och där såg han dem. Två Mi-8 *Hip* kom på låg höjd in från havet och skyddades av en siluett som det inte gick att ta miste på – den gamla Mi-24 *Hind,* attackhelikoptern som Hollywood älskat att avbilda under 1980-talet.

Han visste att *Hinden* var tungt bepansrad och rymde en dödlig arsenal av vapen under sina korta, trubbiga vingar. Dessutom kunde den medföra åtta fullt utrustade soldater. Mi-8 var en transporthelikopter som kunde ta tjugofyra passagerare och just nu var två av dessa på väg rakt mot dem – totalt fyrtioåtta man, plus eventuellt åtta till i *Hinden*.

Det här såg inte bra ut.

***

Wladimir Korolov tittade sammanbitet ut genom cockpitfönstret. Två klick längre fram såg han landningszonen, skolans fotbollsplan. Utan att behöva kontrollera det visste han med säkerhet att hans andrepilot, Fjodor Gagarin, just nu var beredd på att avlossa raketkapslarna vid minsta tecken på fientlig aktivitet i och omkring LZ. De kom från en rysk bulkfraktare som var på väg in i Gävlebukten för att – tillsammans med flera andra fartyg – tillföra trupp till invasionsföretaget. När de sett rökmolnet över hamnen insåg de att det svenska motståndet var hårdare än väntat. Befälhavaren ombord på den medföljande robotfregatten gav därför order om att luftlandsätta trupp bakom de svenska linjerna för att tvinga svenskarna till ett tvåfrontskrig, något som de med stor sannolikhet inte skulle vara beredda på.

Mi-24:an flög nu förbi dem och när Gatlingkanonen i dess för började spreja den redan brinnande skolbyggnaden och det smala trädpartiet intill fotbollsplanen, ansåg Wladimir att området var säkrat.

Hastigt lät han helikoptern sjunka ner till dess hjulen snuddade vid marken. Då var de första ryska soldaterna redan ute och på väg bort från zonen. På mindre än trettio sekunder hade männen lastat ur och han drog upp helikoptern i en brant stigning.

"Helvete." utbrast Fjodor Gagarin tiondelen av en sekund innan något slog in i helikoptern, strax bakom kabinen. En explosion rullade som en tidvattenvåg genom chassit och motorn dog direkt. Korolov släppte spakarna och drog bak benen när Mi-8:an föll som en gråsten tillbaka mot marken.

Stöten vid kraschen fortplantades upp genom ryggen och han kände ett häftigt hugg av smärta, samtidigt som världen snurrade runt. Tjutet av söndersliten metall ekade mot hans trumhinnor och något slog med stor kraft i hans hjälm, vilket skickade in honom i en befriande medvetslöshet.

När den stora helikoptern lade sig till vila på sidan var Korolov inte medveten om den stickande doften av bränsle som sipprade in i kabinen. Han var inte heller medveten om gnistan från den trasiga instrumentpanelen som antände flygbränslet. Däremot var han under några korta sekunder väl medveten om att de tärande flammorna omvälvde hans kropp när smärtan slet upp honom ur medvetslösheten.

Korolov dog fastspänd i sitt säte. Intill honom hade Gagarin dött redan innan kraschen då ett splitter från granaten som träffat dem hade slagit sönder hans hjälm och trängt in genom skallen. Även Andrej, färdmekanikern, hade dödats av explosionen och de slapp därför känna smärtan av att kremeras levande.

Kapitel 14

Svenska ubåten HMS Uppland
Östersjöns botten, utanför Gävle
Kvällen 5:e maj 2017

Få saker är så skrämmande som att vara fångad i en sjunken ubåt på havets botten, utan möjlighet att ta sig upp till ytan. Peter Gadd var inte klaustrofobisk. En ubåtskapten kunde inte vara det, för då skulle han inte kunna verka inom sitt gebit, men det här var annorlunda. Det här var krig och de var officiellt sänkta, även om delar av ubåtens tryckskrov fortfarande var opåverkat. Däremot var sannolikheten till assistans närmast obefintlig eftersom han visste att *Belos*, marinens ubåtsräddningsfartyg, befann sig i södra Östersjön och aldrig skulle hinna fram ens under fredstid.

Med ett stön tog han stöd mot durken för att resa sig, hajade till av den plötsliga smärtan i bröstkorgen som kom sig av ett eller flera brutna revben, och nöjde sig istället med att rulla över på rygg.

Tidigare hade hans sinnen varit överbelastade av det chockartade trauma som själva sänkningen medfört, men nu började den första chocken att lägga sig. Peter kände försiktigt över bröstet till dess han fann de skadade revbenen, höll om skadan och masade sig upp i sittande ställning.

Väl sittande kunde han bättre överblicka situationen. *Uppland* hade haft tjugofem besättningsmän ombord – arton officerare och sju matroser. Av dessa kunde han snabbt räkna bort de som tjänstgjort i den förstörda aktern, kanske så långt fram som till andra sidan skottet mellan kommandocentralen och AIP-rummet*.

Eftersom all tillgänglig personal hade varit i tjänst kanske han hade femton personer kvar att oroa sig över.

Med dessa beska siffror i huvudet började han se sig om. Ubåten låg på botten med styrbordssidan ned. Rakt framför sig kunde han se rorsmans plats. Emma Kallor hängde fastspänd i sin stol, medvetslös och han kunde ana bröstkorgens hävningar när hon andades. Till höger om honom stönade någon lågt vilket betydde att han inte var ensam överlevande. En röst viskade genom tystnaden:

"Chefen. Lever ni?"

"Ja tack, korpral. Än lever jag. Hur är det med dig själv?"

"Blåslagen, halvdöv men utan betydande skador av större art", löd svaret.

"Finns det fler överlevande?"

Ytterligare röster hördes och längre bort, mot det främre skottet, såg Peter hur någon av matroserna prövande ställde sig upp, vajade till och tog stöd mot skrovet. Sedan rörde sig personen sakta mot aktern och sjönk ner intill Peter Gadd.

"Var sitter chefens skada?"

"Gillman, jag har brutit minst ett revben på vänster sida."

"Får jag se."

Matrosen drog försiktigt upp chefens vita skjorta och betraktade skadan innan han sa med låg röst:

"Okej. Chefen har en kraftigt utbredd blånad på vänster sida. Är rädd för att det är mer än ett revben som gått. Jag ska ta av dig skjortan och linda skadan, men först ska chefen få smärtstillande. Är det okej?"

"Det är okej Gillman. Gör så. Övriga – order. Gör en skadekontroll samt skicka upp en sändare som meddelar marinen vad som hänt och var vi befinner oss."

"Uppfattat, chefen. Vi ordnar det."

Gadd vände sig åter till matrosen och försökte le, men presterade mest ett grin.

"Det är vått på durken. Läcker vi?"

"Bry dig inte om det nu, chefen. Låt oss andra ta hand om det."

Gillman stack en injektor i Gadds arm och snart spred sig en varm känsla genom kroppen när morfinblandningen började verka. Försiktigt drog Gillman av skjortan och bandagerade Peters bröstkorg. När han var klar viftade han med handen framför Gadds ansikte.

"Är chefen fortfarande med mig?"

Peter Gadd nickade sömnigt. Han hade glömt bort hur trött man blev av morfin, men smärtan hade klingat av till ett dovt molande och han försökte koncentrera sig på matrosen.

"Nu har jag gjort vad jag kunnat för stunden. Måste se om fler behöver hjälp. Är det okej att lämna chefen en stund?"

"Gå. Gör det du ska."

Gillman reste sig och kröp bort till nästa patient i samma stund som en löjtnant kom fram.

"Skaderapport. Vad vi kan förstå är allt akter om AIP-rummet vattenfyllt. Det ger minst fyra döda där. I AIP är båda tjänstgörande döda och här har vi två döda och fem skadade, chefen inräknat. Med andra ord: åtta döda, fem skadade samt tolv man som kan stå på benen."

"Uppfattat. Signalbojen?"

"Släppt. Nu vet marinen vad som hänt, men vi lär inte kunna vänta någon hjälp."

"FU?"

"I det skick vi befinner oss i nu är det tveksamt om ens de tolv utan allvarliga skador skulle klara en fri uppstigning, men jag ska kontrollera saken närmare."

"Gott, gör så."

Peter slöt ögonen och lät sömnens mörker omfamna honom. Nu fick hans underlydande ta egna initiativ så länge.

***

Sammanstötningen med sandbotten skakade ytterligare om *Krasnodar*. Ett skrapande metalliskt ljud skvallrade om skrovbrott och Tarasov, som ivrigt höll sig fast i periskopet, kände sig fångad inuti en enorm bastrumma.

Han skulle just konstatera att han faktiskt fortfarande levde när den andra av de två svenska torpederna hittade fram till sitt mål och detonerade mot skrovet, strax under *Krasnodars* torn.

Detonationen slet sönder tryckskrovet och skickade en stötvåg in genom ubåten, tätt följt av inströmmande vatten som med högt tryck fyllde skeppets inre. Tarasov dog ögonblickligen vid explosionen och hann därmed inte uppleva den slutliga katastrofen som utplånade återstoden av hans besättning.

Kapitel 15

Området kring Skåräng, Gävle
Svensk improviserad stabsplats
Sent på kvällen 5:e maj 2017

Hackandet från en medeltung kulspruta fick David Rasha att dra ner huvudet, samtidigt som kulorna från fienden slog in i sandsäckarna så gruset yrde. "Fi trycker på med avsutten trupp, norr Sätraängen. Styrka: Runt femtio man, lättare vapen."

Den unga radiotelegrafisten skrek ut orden för att de skulle höras över stridslarmet. David såg sig omkring. Läget var prekärt där de befann sig i den lilla skogsdungen. Ryssen hade lyckats lasta ur de båda Mi-8:orna och försent hade en soldat fått bäring med sitt pansarskott. Granaten hade träffat strax akter om rotorn, vilket slagit ut helikoptern som störtat till marken. Förlusten för ryssen, förutom helikoptern i sig, inskränktes dock till pilot, andrepilot och färdmekaniker.

"Det hade varit värdefullt att ha fått in den träffen lite tidigare", spottade han ur sig. Nu var båda helikoptrarnas last ursutten och stötte fram mot dem. Även om ryssen inte hade några tyngre vapen var de numerärt överlägsna den lilla stabsgruppen med sitt närskydd som endast bestod av de två stabsbandvagnarna samt en *Galten* med vapenstation.

Nordväst om deras position låg Lilla Sätraskolan med gräsklädd fotbollsplan. En smal väg gick rakt igenom området och söder om vägen fanns också en mindre grusplan där den ryska helikoptern nu låg och brann. Sedan mer gräsplan innan Stora Sätraängsskolan tog vid. Allt detta avskärmat bakom en smal trädkorridor med en åtföljande väg. Mellan svenskarna och vägen fanns öppen åkermark.

Delar av den ryska truppen låg på andra sidan vägen och engagerade svenskarna i nedhållande strid och om David Rasha inte var född i farstun så var huvuddelen av de ryska trupperna på väg att kringgå dem. David vände sig försiktigt om. Det gällde att inte sticka upp för mycket av huvudet ovanför värnkanten för då tilldrog man sig de båda ryska kulsprutornas uppvaktning.

Om ryssen, i skydd av trädskärmen, förflyttade sig rakt söderut skulle de snabbt kunna ta sig in i villaområdet på Skakelvägen, sedan korsa trädpartiet söder om åkern och över till Majvägen innan de vände norrut igen, något som skulle föra huvuddelen av fientlig trupp i ryggen på svenskarna. Om – eller när – så skedde, skulle nedkämpningen vara snabbt avklarad.

Närskyddet bestod av fyra omgångar, sexton man, uppdelade i åtta grupper. Varje grupp hade två pansarskott, handeldvapen samt handgranater. David var femte hjulet under vagnen, eller snarare soldat nummer sjutton, som tilldelats vakttjänst direkt vid stabsomgången som bestod av fyra lägre befäl, ledda av en kapten som verkade ha tillbringat mer tid bakom skrivbordet än i fält. Detta indikerades av det tilltagna omfånget på magen som hängde över bältet och spände ut den bylsiga m/90 jackan. Något annat som indikerade avsaknaden av fälterfarenhet var att nämnda kapten koncentrerade skyddet mot det omedelbara hotet, det vill säga de två kulsprutorna. Det var endast på fänrik Ljungmans egna initiativ som en omgång hade avdelats för att skydda ryggen. En omgång– fyra man – mot kanske fyrtio stridsvana ryska soldater. David kunde bara se en utgång av denna strid och det var ingen ljus framtid han skymtade där.

"Fi håller på att överflygla oss." Han skrek detta till signalisten som uppenbarligen själv hade kommit till samma slutsats då han nickade och svarade:

"Jag vet, men uppenbarligen vet in kapten Karlsson detta."

"Ljungman?" Frågan hängde i luften några sekunder innan svar hördes över radion:

"Fänrik Ljungman här. Vad vill ni, Rasha?"

"Fi överflyglar oss. Det är för få man som engagerar oss här. Huvuddelen av truppen är sannolikt på väg att ta sig runt åkern, söder vår position, för att falla oss i ryggen."

"Uppfattat, Rasha. Order följer: Ta ännu en omgång och anslut till oss, söder Majgården."

"Söder Majgården. En omgång. Uppfattat. Kapten Karlsson?"

"Rasha, du och närskyddet är underställt mig. Jag är ordergivare. Kapten Karlsson får ta upp detta med mig efter striden."

"Det är taget. Rasha slut."

David kröp bort till kadetten Sjöström som ledde omgång fyra och klappade honom på axeln.

"Order från fänrik Ljungman. En omgång plus mig till söder Majgården."

Kadetten nickade att han uppfattat och två minuter senare ålade sig fem man ur stridskontakten och in bland träden där de sedan hukande skyndade söderut.

***

Löjtnant Fabi Ponomariov ledde den trettioåtta man starka styrkan som skulle utgöra anfallsspets mot svenskarnas södra flank. Man hade inte förväntat sig något motstånd vid landningsplatsen, som av ett ryskt attackflygplan redan hade bekämpats med kluster-bomber. Nedskjutningen av helikoptern hade därför kommit som en obehaglig överraskning. Extra obehaglig eftersom det var

72

samma helikopter som han själv som siste man hade lämnat bara sekunder innan den hade träffats av det svenska vapnet och dråsat i backen, nästan rakt över de debarkerade soldaterna från 74:e motoriserade skyttebrigaden. Nästa pansarskott hade riktats mot Mi-24:an som skadats, men inte skjutits ned. Istället hade piloten tvingats avbryta uppdraget för återgång till bas och därmed hade Ponomariov och hans soldater lämnats ensamma.

Ganska snart hade man insett att det endast var en mindre styrka de hade mot sig, men en styrka som måste slås ut. Han hade därför kontrollerat kartan och därefter snabbt kommit till samma slutsats som David Rasha – södergående kringåtgärd.

När de nu i grupper om två tog sig in i villaområdet söder om stridsområdet kunde han se hur de svenska civilpersonerna som bodde där hade evakuerat i något som antagligen var ren panik. En dörr stod och slog i vinden, en resväska hade spytt ut sitt innehåll av kläder över en gräsmatta och en bil hade krockat med en lyktstolpe. Bilen var borta, men lyktstolpen lutade i en farlig vinkel över vägen och hotade med att närsomhelst brytas av. Fabi tog en omväg runt den för att inte oavsiktligen dödas på ett synnerligen vanhedrande vis.

Husen var små, låga enplansvillor i rött tegel med vidbyggda garage. Stilen andades femtiotal och få, om ens några, yttre förändringar av arkitekturen tycktes ha genomförts sedan husen byggdes. Han noterade ett garage där takets vindskivor målats i en gräll, ljusblå färg istället för den bruna som avsetts av arkitekten.

Ponomariov kunde inte hålla tillbaka ett flin. Det var inte enbart den sovjetiska arkitekturen som var trist, men visst var de lummiga trädgårdarna mysiga. När svenskarna var besegrade kanske han skulle förvärva ett hus som något av dessa – de nuvarande ägarna skulle ändå inte ha någon användning av dem.

Tankarna avtog när de kom till slutet på gatan. Här skulle de vika av mot öster genom en smal trädkorridor innan de kom in i ett nytt

73

villaområde där de sedan skulle arbeta sig norrut igen för att slå ihop fällan runt svenskarna. Han gav order över internkommunikationssystemet och soldaterna följde den.

***

"Chefen. Jag har rörelser i skogsdungen väster Majvägen."

"Uppfattat. Avvakta."

Kadetten Sjöström bekräftade ordern innan han vände sig mot David.

"Ser ut som att du hade rätt och kapten Pösmunk fel."

"Är du säker på att du stängde av radion?"

Kadetten skrattade nervöst, men kontrollerade för säkerhetsskull att inget av det han sa oavsiktligen gick ut till resterande styrka.

"Hur många?"

Frågan kom från soldaten som var Sjöströms grupp-tvåa.

"Okänt, men fler än de åtta jag hittills räknat in", muttrade David samtidigt som han blinkade för att skärpa blicken. "Varför har ingen av oss en kikare?"

"Bra fråga. Ställ den till materieluppsyningsmannen efter avslutat uppdrag."

"Använd mobilen."

"Vad?"

"Mobilen. Slå på kameran, zooma in och titta på skärmen." föreslog tvåan, David kom inte ihåg hans namn och ville inte släppa målet med blicken för att titta på namnlappen. Sjöström löste problem när han sa:

"Bra initiativ, Jonsson."

Bilden blev kornig i det dåliga ljuset, men fullt möjlig att se när Sjöström plockade upp sin mobil ur bröstfickan på jackan och riktade in den.

"Inget kamouflage, rena uniformer. Det här är nyinsatta trupper, men de rör sig med stridsvana. Se – ingen klumpar ihop sig, fin lucka, växelvis förflyttning. Det här är inte ett förband i kategorin två eller tre. Det här är välutbildade killar."

"Vet vi vilka de är?"

"Motoriserat eller mekaniserat arméförband ur västra militärdistriktet. Svårt att säga vad eller vilket. Ryssen har ju några att välja på." Det sista sa Sjöström med en bitter underton.

"Order?"

"Vi avvaktar tills vi har dem närmare inpå. Då sker bekämpning med handeldvapen och sedan tillbakadragande till ny eldställning. Inget ställningskrig á la kapten Pösmunk – eld och rörelse är det vi ska utnyttja. Du Rasha känner området så du får leda oss."

"Uppfattat."

Sjöström lät ordern gå ut till den andra gruppen och stämde av med fänrik Ljungman som bekräftade. Nu var det bara att vänta på att ryssarna skulle komma inom lämpligt bekämpningsavstånd.

Kapitel 16

Karskär
Gävle hamn
Midnatt, natten till 6:e maj 2017

Den intensiva hettan från den brinnande oljedepån, tillsammans med den giftiga röken, hade tvingat Armand Edelman att lätta ankar och ta sig bort från piren vid Fredrikskans och istället korsa fjärden för att försöka lägga till vid Karskär. Vid det laget hade brinnande petroleum runnit ut i vattnet och övertänt hela hamnområdet. Armand var tacksam för att merparten av stridsvagnarna hade hunnit lossas innan svenskarna gläntade på porten till helvetet. De som hunnit bemannas hade tvingats norrut, men kvar på kajen stod ett tiotal T-72:or kvar, utlämnade till den tärande elden som åt sig allt närmare piren.

När *Gdansk* närmade sig kajen, som låg mindre skyddad från havet än den ursprungliga, kunde han genom den krossade vindrutan se svenska stridsfordon som närmade sig i hög fart genom industriområdet. Med hes röst gav han order om att den container som innehöll pansarvärnsrobotarna skulle aktiveras.

Några av de soldater som aldrig hunnit debarkera fartyget vid Fredrikskans sprang fram till containern och snart öppnade sig den ena stålsidan och visade sitt innandöme. Avfyrningsrampen för de modifierade pansarvärnsrobotarna, 9K114 *Sjturm-S,* svängde ut och inom några sekunder meddelade skytten låsning på mål och första roboten sköt iväg.

Med fyrahundra meter i sekunden tog det knappt två och en halv sekund att nå målet. Roboten gjorde en störtdykning och träffade det svenska stridsfordonet ovanifrån, något som pansarskyddet inte var designat för att klara av. Redan i samma stund som detta skedde var robot nummer två på väg. Inom femton sekunder stod två svenska stridsfordon i brand, vilket tvingade ansvarig chef att snabbt dra tillbaka resterande CV90 efter att stridsgrupperna urlastat.

De svenska soldaterna tog skydd bakom byggnaderna, men när *Gdansks* två containermonterade 14,5-millimeters kulsprutor öppnade eld, tuggade dessa sig lätt igenom de tunna väggarna och tvingade soldaterna att kasta sig raklånga på marken. Samtidigt dök de första siluetterna av fler ryska fartyg upp ute på redden. *Gdansk* passerades på låg höjd av fyra P-500 *Bazalt*-robotar, avskjutna från *Marskalk Ustinov*. Robotarna dånade in över land mot mål som Armand inte kunde se. Några sekunder senare lystes himlen i väster upp och det mullrande dånet från krevaderna kom rullande strax därpå.

Marskalk Ustinov följde upp robotangreppet med eld från sina AK-130 allmålskanoner. Granaterna for visslande förbi norr om *Gdansk,* riktning mot de svenska ställningarna.

Krigslyckan hade ännu en gång svängt till ryssarnas favör.

***

Den första ryska roboten slog ner rakt på stabsbandvagnen som näst intill vaporiserades. Trots att Lennart Stålnacke befann sig drygt femtio meter från detonationsplatsen kastades han omilt omkull av den kraftiga tryckvågen från explosionen. Splittret ven genom luften och ett regn av jord, sten och grus hamrade mot honom och direkt därpå kom nästa nedslag.

Stålnacke såg inte vad som var målet för robot nummer två. Hans hörsel och balans var tillfälligt utslagna och illamåendet fick hans mage att göra uppror. Förvirrat insåg han att han inte visste vad som var upp eller vad som var ner.

Vibrationer i marken indikerade på nedslag av artillerigranater som, tillsammans med rök från branden i hamnen där vinden nu vänt, skapade ett post-apokalyptiskt förebud om stundande nederlag.

Någon började slita i honom, men han var helt oförmögen att ge någon respons. Han var svagt medveten om kraftiga händer som slet upp honom från marken och halvt bar, halvt släpade undan honom från platsen där han fallit.

***

Kalle Frisk och hans fyra kvarvarande stridsvagnar hade efter attacken mot oljehamnen rullat norrut längs Hamnleden innan de svängde höger in på Bönavägen för att möta det ryska pansar som nu tvingades norrut för att undkomma elden. Den första kontakten fick de i höjd med Gröndal där två ryska T-72 kom rullande.

Frisks vagn sänkte den ena ryssen med en pilprojektil i tornet och vagn två slog ut den andra fienden. Sedan hann de ytterligare tvåhundra meter innan de såg den första T-80:an. Både Frisk och vagn två sköt samtidigt och stridsvagnen slogs ut, men i dess kölvatten kom fler fiender varför Frisk beordrade spridning och individuell bekämpning.

Frisks stridsvagn sökte sig in i skogen vid Sydhagen när skytten rapporterade mål fyrahundra meter rakt föröver längs en röjd brandgata. Sekunden därpå lämnade pilprojektilen eldröret och träffade den ryska vagnen i gallret som skyddade drivhjulen. Bandet slets genast av och stridsvagnen blev stående stilla, men uppenbarligen inte försvarslös.

Tornet svängde över mot dem och en eldsflamma blixtrade till från mynningen. En dov klang hördes från frontpansaret och vagnen krängde till.

"Blindgångare. Den gled av oss", ropade skytten med något som närmast kunde liknas vid förvånad eufori. "Räkna inte med att vi ska ha samma tur två gånger. Nytt skott." Kanonen dånade och en blixt sköt ut från fiendevagnen. Frisk suckade. Att ta liv var inget han gillade och varje utslagen vagn representerade tre döda fiender, vilket i sin tur betydde att tre mödrar aldrig skulle få återse sina söner, barn som aldrig skulle få sitta i sina fäders knä eller hustrur som nu var soldatänkor. Krig var en vederstygglig uppfinning, skapad av människan strax efter att hon plockade upp den första stenen från marken för att göra sig en yxa. Det fick honom att må illa, men hellre dem än oss, fortsatte han tankegången.

En T-80 dök upp ur skogen till vänster om dem. Deras kanon var riktad bort från fienden, medan den ryska skytten hade den svenska stridsvagnen direkt i siktet. Frisk reagerade instinktivt och slog till rökkastarna, men inte tillräckligt snabbt.

En granat från den ryska T-80:an slog in i deras torn och plötsligt var det slut på tur för Kalle Frisk och hans tre man i vagn ett.

Kapitel 17

Sätraåsen, norr om Folkparksvägen
Rester av Stabskompaniet
Natten till den 6:e maj 2017

Kulan slog in i trädet så att barken yrde bara centimeter från David Rashas ansikte och han drog kvickt tillbaka huvudet. Det knallade till när fänrik Ljungman sköt iväg ett lysbloss som tillfälligt illuminerade den mörka nattskogen och avslöjade tidigare dolda detaljer.

"Två banditer, höger stora stenen."

Kommandot ekade i hans öra. Samtidigt öppnade fänrik Ljungman eld med sin granatkastartillsats som skickade iväg en fyrtiomillimeters granat mot målet. Detonationen och de hjärtskärande skriken bekräftade att minst en, troligen båda ryssarna var utslagna.

David vågade sig på att titta, alltmedan lysblosset sakta dalade ner mot trädtopparna i sin lilla fallskärm. Ingen moteld avlossades, men för säkerhets skull blev det ändå bara en snabbtitt. En flyktig rökpelare steg upp från den plats där granaten kreverat, men inga mänskliga lämningar syntes, ändå hördes den skadade ryssen kvida – inte skrika. För det var skadan troligen alltför allvarlig.

Ett nytt lysbloss sköts iväg och en hes röst ropade över radion: "Fler banditer klockan tio, inkommande."

Han tittade i den annonserade riktningen. Mycket riktigt såg han rörelser mellan trädens skuggor. David fick upp karbinen till axeln och pressade in avtryckaren. Vapnet hackade till två gånger och fastnade sedan i sistaskottspärren. Snabbt slet han ut det förbrukade magasinet och stoppade i sina sista trettio skott innan han frigjorde spärren.

Nu kom det svarseld från ryssarna. En kula susade genom luften framför hans ansikte, så nära att han kände vinddraget som skapades av den snabba projektilen. Andra kulor slog in i tallen han gömde sig bakom.

"Det kan inte vara meningen att jag ska dö här, i ett skogsparti som är några fotbollsplaner stort", muttrade han med en växande klump i magen. Över radion hörde han andra soldater, de få som återstod av stabskompaniets skyddsgrupp, som rapporterade in var fienden ryckte fram. Det stod ganska klart för David att den överflygling som han varit rädd för tidigare, nu hade slagit igen omkring dem.

Det hade varit några intensiva timmar från det att han och kadetten Sjöström med omgång fyra hade dragits tillbaka för att skydda stabens rygg. Attacken från ryssen hade varit brutal och den svenska linjen hade svajat, hållit emot, men sedan brustit. Kapten Karlsson hade dödats ganska tidigt i striden och befälet övertogs av en löjtnant, Hamid Ashid, som uppenbarligen hade mer vana vid sådana här förhållanden än vad kaptenen hade haft.

Utan att tveka hade han gett order om att bryta lägret. Längre än så hade han tyvärr inte kommit innan ett ryskt pansarskott hade förvandlat *Galten* till en hög brinnande skrot. Oturligt nog hade löjtnanten suttit i terrängbilen och gett order över radion när detta hände och än en gång hade befälshierarkin ändrats.

Fänrik Ljungman stod näst i tur att ta upp fanan och utan några förskönande omskrivningar hade han gett order om reträtt. Enda reträttvägen var åt öster och där hade man först tvingats över det öppna gärdet.

De båda bandvagnarna fick därmed skydda soldaterna med sina tunga kulsprutor, modell 88, som var vagnarnas beväpning. Mitt ute på gärdet hade ryssarna fått träff på den bakre bandvagnens bakvagn, vilket vred sönder midjestyrningen och ställde vagnen där den stod.

Sålunda sargade kom de av gärdet vid Skrindans förskola på Sicksackvägen 11, bara för att genast bli påskjutna av rysk trupp som kom söderifrån. Här förlorade man två soldater innan vapenstationen i den kvarvarande bandvagnen tvingade tillbaka fienden.

Sedan hade striden fortsatt förbi bostadsområdet där de fåtaliga svenskarna haft ett visst övertag då de kom först till skyddade positioner, men bandvagnen hann aldrig i skydd innan nästa pansarskott förvandlade den till en gravplats för sin tre man starka besättning.

Fänrik Ljungman hade åter tvingats vika bakåt, in i skogen vid Sätraåsen. David hade fått splitter från en granat i västen, men klarat sig utan andra skador än blåmärken och nu hade de naglats fast där de var.

Svenskarna hade bildat en ojämn cirkel, eller igelkott på militärspråk, och stred nu för att försöka reducera fienden så mycket som möjligt, men ju mer ryssen tryckte på, desto snävare blev cirkeln.

Hans ställning var utsatt. David befann sig i en av utbuktningarna i den tänkta cirkeln och hade de flesta svenskar bakom sig. Ingen av dem hade annan mörkerutrustning än lysgranaterna, medan ryssarna uppenbarligen hade mörkerglasögon. Visserligen tappade dessa i betydelse så länge som man kunde hålla lys i luften, men tillgången på lysgranater var begränsad. Att i detta läge försöka lämna eldställningen var inte möjligt, speciellt inte när nedhållande eld från en lätt kulspruta dränkte in området med små ilskna bålgetingar av stål och bly. Han insåg att den militära utbildning han fått tjugo år tidigare inte hade innehållit detta scenario. I alla övningar som företagits under hans lumpartid hade Sverige vunnit kriget. Nu var man uppenbarligen förlorare.

På hans högra sida, fyra meter bort, skrek fänrik Ljungman till och föll till marken. David behövde inte titta två gånger för att inse att fänriken var död. Över radion hördes nu sergeanten Anna Näsroth kommendera eld upphör. "Det tjänar inte längre något till att fortsätta striden. Vi kapitulerar." När han vände sig om såg han Anna resa sig med händerna över huvudet. "*Sdacha!*" ropade hon. "Vi ger oss."

David suckade, slängde ifrån sig vapnet och reste sig sakta med händerna i vädret innan han klev runt trädet och tittade mot de ryska soldaterna som närmade sig.

Uppgivet accepterade han att befrias från sin pistol och bajonett för att sedan omilt fösas ihop med de andra i en klunga. En man med kort, mörkt hår och klarblå ögon närmade sig. Av kragspegelns två stjärnor att döma var han löjtnant och han gick direkt fram till Anna Näsroth, kontrollerade hennes gradbeteckning och sa sedan på felfri engelska.

"Jag får gratulera sergeanten till ett väl genomfört försvar. Är ni högsta kvarvarande befäl?"

Anna nickade bittert, utan att svara och löjtnanten fortsatte:

"Jag är löjtnant Fabi Ponomariov, chef för 3:e kompaniet, 74:e motoriserade skyttebrigaden vid den Ryska Federationens styrkor. Jag tar er härmed som krigsfångar efter att ha besegrat er i strid. Var vänlig och skilj ut officerarna från de meniga och samla dem kring dig, tack."

Anna kallade till sig de kvarvarande befälen. När det var klart nickade Ponomariov uppskattande.

"Tvärtemot vad ni förmodligen har hört kommer ni att behandlas enligt tredje Genévekonventionen gällande krigsfångar. Det innebär, som ni säkert vet, att ni kommer behandlas humant, hållas inlåsta i POW-läger samt att vi kommer göra vårt bästa för att meddela era överordnade om er status så att dessa sedan kan meddela era anhöriga. När vi inom kort drar oss tillbaka ska de meniga soldaterna också få chansen att ta hand om era döda kamrater."

Anna mötte lugnt den ryska löjtnantens blick.

"*Spasibo.* Det uppskattar vi."

Ponomariov log ett ansträngt leende innan han sänkte rösten och sa tyst, så att bara Anna kunde höra honom.

"Om det är till någon tröst så finner jag detta krig lika motbjudande som ni förmodligen gör, men som soldat har man inte alltid lyxen att välja sina uppdrag."

Med de orden rätade han på ryggen, tog två steg bakåt och sa med myndig röst:

"Officerarna följer mina sergeanter. Övriga meniga kvarstannar för att ta hand om de döda. Framåt marsch."

Befälen började röra på sig, medan soldaterna hölls tillbaka. När cheferna kommit ur synhåll vände sig löjtnanten mot dem.

"Ta med era döda kamrater så att de kan begravas på korrekt sätt. Följ sedan era befäl."

Kapitel 18

Skogen vid Sydhagen
Norr Gävle hamn
Natten till den 6:e maj 2017

Dånet från stridsvagnarna hade tonat bort i fjärran och det var länge sedan som granaterna slutat slå ner och skaka marken så kraftigt att det troligen gav utslag hos Seismologiska Institutet i Uppsala.

Det som återstod var den fräna, stickande doften av brinnande diesel och metall samt den söta, äckligare doften av bränt människokött.

Lennart Heed klättrade försiktigt ner från det jakttorn dit han tagit sin tillflykt när hela skiten brakade loss och skickade en pansarnäve av dödligt stål genom hans skog. Lennart var sextioåtta år och något av en institution i trakten. En lokalkändis som *Gefle Dagblad* hade skrivit en lång artikel om så sent som i december året innan. Han hade aldrig varit gift, men detta till trots fanns det ett antal personer i Gävletrakten som bar Lennarts gener i sig.

Det som gjort honom till lokalkändis var dock inte de många faderskapsmålen, utan istället hans brinnande naturintresse som gjort att han skrivit hundratals insändare i tidningen om att den mänskliga påverkan på naturen måste mildras, för annars kunde det bara gå åt ett håll – något som de smältande polarisarna och uppluckringen av Sibiriens permafrost var tydliga tecken på.

När kriget startade hade han som vanligt varit ute i naturen, denna gång vid Hocksjömossen där han mätt PH-halten i vattnet och studerat de häckande fåglarna. De första explosionerna hade låtit som avlägset åskmuller, vilket gjort att han till en början inte hade reagerat, men till slut insåg han att något var väldigt fel och hade med onda aningar börjat bege sig hemåt.

Eldbollen som rullat mot himlen hade fått honom att stanna upp. Den brinnande oljehamnen var som en megafon som skrek att skiten nog hade träffat fläkten rejält denna gång. Lennart hade sökt sin tillflykt till tornet där han tryckt sig mot de tunna golvbräderna medan han bad om att ingen granat eller stridsvagn skulle komma hans väg och tydligen hade gudarna bönhört honom.

När han nu stod på marken och såg sig om insåg han att det var många människor som dött denna dag. Inte långt från jakttornet, inne bland de mörka träden, stod en svensk stridsvagn 122 med öppna luckor och en tydlig träffbild i pansaret.

Lennart gick med trevande, försiktiga steg närmare. Hans *Megalight*-ficklampa kastade ett skarpt ljusfinger framför honom. Skogen var stilla. Naturen höll andan och allt man hörde var vinden i trädkronorna. När han stod precis bredvid vagnen hörde han ett ljud som bara kunde vara en människa som kved.

Förvånansvärt vigt, med tanke på hans ålder, klättrade Lennart upp på vagnen och kröp fram till den första öppna luckan och riktade ljuskäglan ner genom hålet. Det han såg där kunde inte vara upphovet till kvidandet och han kröp till nästa lucka.

Ljudet kom mycket riktigt från en människa, eller det som var kvar av den människa det en gång hade varit. Branden hade bränt igenom pansarjackan innan det halongasbaserade eldsläcknings-systemet hade kvävt elden. Det var omöjligt att säga vad som var klädrester och vad som var bränt, mänskligt kött.

Det röd-svartbrända ansiktet lutade åt sidan och han tittade på den sargade kinden, något som fick hans mage att göra uppror, men med en viljeansträngning tryckte han tillbaka den sura magsaften innan den lämnade strupen.

Mannen – han utgick från att detta var en man – satt på den plats som var vagnchefens. Den första luckan han krupit fram till hade suttit på tornets andra sida och där kunde omöjligt någon ha klarat sig med livet i behåll. Men här – på den högra sidan – hade vagnchefen på något förunderligt sätt överlevt, fast till vilken nytta? Frågan var om sjukvården skulle ha kunnat rädda honom ens i fredstid. Nu, med det aktuella skadeläget, var det inte troligt. Det var otroligt att han ens lyckats öppna luckan efter träffen.

Lennart hade aldrig funderat över vad som var rätt eller fel när det kom till barmhärtighetsmord, men i detta fall kunde det bara vara rätt. Med en sista blick på den skadade svenska soldaten drog han sin kniv, stötte den genom mannens tinning och vred om. Kroppen ryckte spasmodiskt till några gånger innan den blev lika slapp som en repstump.

"Förlåt, men du har det bättre där du är nu", viskade Lennart innan han drog ut kniven och klättrade ner från stridsvagnsvraket. Blodet torkade han nödtorftigt bort mot mossan innan han sakta började gå åt nordost, bort från den omedelbara krigszonen och den massiva dödsdansen som där pågick.

Kapitel 19

Skarvberget
E4:an nordväst Gävle
Tidig morgon 6:e maj 2017

Löjtnant Stenman satt på en halvrutten stubbe och betraktade tankfullt Lennart Stålnacke som halvlåg på marken, lutad mot ett träd. Intill dem stod Jorg Mendez med sitt vapen redo, samtidigt som han sneglade bort mot deras enda, kvarvarande *Galten* terrängbil.

"Vi klarar att ta oss ur fiendens inringning i Gävle, vi har fler hål i plåten än en schweizerost, men här stoppas vi av något så banalt som en punktering." Jorg Mendez fnös åt det uppenbara i resonemanget medan de två meniga gjorde sitt yttersta för att snabbt laga skadan så att de kunde komma vidare.

"Vet du inte var vi är?" frågade Stenman kryptiskt, samtidigt som ett leende smög fram över hans ansikte. Mendez vände sig om och betraktade sin närmaste chef. Stålnacke var fortfarande inte helt kontaktbar efter granatchocken och tycktes sova.

"Vi är på E4, norr om Gävle. Så mycket vet jag."

"Men du vet inte *var* på E4:an vi är?"

"Uppenbarligen inte. Vad menar chefen? Driver han med mig?"

Stenman, som sällan hade långt till skratt, frustade till och slog ut med armen mot den omgivande terrängen.

"Vi är i trollen, vildvittrorna och alvernas land. Det var kanske en vittra som förstörde vårt däck och tvingade oss av vägen."

"Ursäkta. Men vad pratar chefen om?"

Löjtnanten reste sig upp och sträckte på kroppen för att bli kvitt stelheten i lederna innan han fortsatte.

"När man byggde den här vägen var det många kloka gummor och gubbar i trakten som ifrågasatte varför man drog en väg över vättarnas marker. Vissa menade att här, vid Skarvberget, bodde trollen och de ogillade starkt att störas av människorna. Andra hävdade att sedan länge döda människors andar var bundna till den här platsen medan somliga hänvisade till tomtar, vittror och allsköns oknytt. Faktum är också att den här vägsträckan ofta kallas för *Dödens väg.*"

"Dödens väg? Är inte det *Qadisaya Expy* i Bagdad – världens farligaste väg?"

Stenman tittade uttryckslöst på sin underlydande i flera sekunder och fortsatte sedan:

"I statistiken är just det här vägavsnittet extra hårt drabbat av allsköns olyckor. Oförklarliga punkteringar", han nickade bort mot terrängbilen, "motorstopp, avåkningar, bilar som börjar brinna med mera. Detta menar lokalborna beror på de övernaturliga fenomen som pågår här. Fenomen, eller väsen, som vi stört när vi drog vägen över deras heliga mark."

"Jag tror chefen har sett en och annan amerikansk skräckfilm för mycket", fnös Mendez.

"Kanske det, men vad har du för världslig förklaring till punkteringen?"

"En kula i däcket. Inte ens punkteringsfria däck kan köra hur långt som helst efter en fullträff.

"Soldaterna har inte hittat några sådana spår."

"Stenman. Sluta skräm upp pojken."

De vände sig om. Stålnacke hade hasat sig upp till sittande ställning. Blicken var slö och det syntes att han inte hade återhämtat sig, men tonen i rösten gick det inte att missta sig på.

"Hjälp mig upp och berätta sedan vad som hänt."

"Jag tror det är bäst chefen förblir sittande", svarade Stenman, plötsligt allvarlig. "Det är ett smärre under att han klarade sig när robotarna slog ut stabsfordonen. Stötvågen borde egentligen ha dödat dig och skulle ha gjort så också om det inte stått en terrängbil i vägen."

"Men vad *hände* Stenman?"

"Den korta versionen. Vi tuttade eld på hamnen. Ryska pansarfordon involverades i strid med våra pansarfordon. Vi förlorade. Ryskt artilleri engagerade våra trupper. Vi förlorade. Ryska soldater stötte fram mot våra linjer. Vi förlorade. Ryssarna tillfördes förstärkningar från havet. Vi förlorade. Ryska robotar utplånade vår stab, chefen skadades, jag och Mendez bar in chefen i *Galten* och sedan körde vi av bara helvete. Ett ryskt skyttekompani tog upp förföljandet, men övertalades av våra CV90 att inte fortsätta med det. Vi tog E4:an norrut och här, vid Skarvberget, sprängdes vårt däck av okänd anledning. Soldaterna Bom och Fred byter just nu däck. Jag gav order till resten av styrkan att fortsätta till ÅSA vid Hamrångeberget. Historien slut."

"Stenman kan verkligen plocka ut det viktiga i en historia."

Stålnacke kunde inte hålla tillbaka ett snabbt leende. "Vad var det för snack om tomtar och troll?"

"Åh, bara lite lokalhistoria om Skarvberget."

"Trevlig sådan efter vad jag förstår."

"Man ska aldrig utmana naturen som vi gjort", svarade Stenman med likgiltig min. "Till slut slår naturen tillbaka."

"Det ser mer ut som ryssen slagit tillbaka." Mendez suckade och kvävde en gäspning. "Skulle behöva kvarta snart. Vi har varit igång i närmare ett dygn."

"Vi får sova i berget sedan. Just nu behövs alla öron och ögon."

Stålnacke nickade i riktning mot terrängbilen.

"Jag tror bestämt att soldaten Bom viftar klartecken. Hjälp mig bort så vi kommer härifrån någon gång."

Kapitel 20

Svenska ubåten HMS Uppland
Östersjöns botten, utanför Gävle
Morgonen 6:e maj 2017

Luften hade långsamt blivit fuktigare, kallare och allt tyngre att andas alltjämt som syreinnehållet minskade. Efter chefernas inventering och skadegenomgång hade man kommit fram till att systemen ombord skadats allvarligt i explosionen och att lufttankarna, som var tänkta att förse besättningen med frisk luft före en fri uppstigning, inte fungerade. Alla försök till reparation hade varit fruktlösa och nu hade man valet mellan att göra en fri uppstigning utan möjlighet till *bra luft* – något som allvarligt kunde bidra till dykarsjuka – eller att långsamt kvävas ombord.

Läget var kritiskt och efter att alla försök till att reparera de nödvändigaste systemen misslyckats, samlades cheferna runt Peter Gadd och berättade ocensurerat hur deras situation såg ut. Gadd lyssnade och skulle just säga något när han avbröts av en serie knackningar mot skrovet.

"Det är morse."

Löjtnant Kvick spände hörseln och översatte sedan det han hörde.

"HMS *Uppland*. Finns det överlevande?"

"Svara för helvete, karl." flämtade Gadd och grimaserade sedan åt sina brutna revben. Kvick slet till sig en hammare som de tidigare

91

använt att knacka på skotten med för att på så vis förstå om utrymmet på andra sidan var vattenfyllt. Nu använde han den i stället för att knacka ett meddelande tillbaka.

"Vi är fem skadade och tolv friska."

Det blev ett kort uppehåll innan en ny serie knackningar kom. Kvick översatte:

"Kapten Jens Överman på HMS *Furusund* här. Vi ska få ut er. Dröj."

Männen tittade på varandra. HMS *Furusund* var från början en experimentell minutläggare som sedermera byggts om till dykeri- och bärgningsfartyg. Hon hade bland mycket annat varit med och – tillsammans med HMS *Belos* – bärgat den av ryssarna nedskjutna DC-3:an ur havet. Att hon funnits i närheten var lyckligt, frågan var dock hur deras räddare skulle få upp dem ur havet.

Svaret på frågan kom några minuter senare då en ny serie knackningar ekade genom ubåten.

"Vi kommer försöka docka med vår Argus-farkost. Avvakta."

Nästan direkt efter att knackningen upphört ekade det till när något tungt träffade skrovet. Efter ännu en minut kom knackningen tillbaka.

"Lyckad dockning, främre luckan."

De tittade på varandra. Kvick var den som fann sig snabbast. Han skyndade fram till luckan och knackade på den. Några sekunder senare hördes en knackning tillbaka. De överlyckliga besättnings- männen började omedelbart öppna luckan manuellt och efter vad som kändes som en evighet stack ett gladlynt ansikte ut genom hålet och en röst sa på bred Östgötska.

"Argus är inte så stor så jag kan bara ta två åt gången. Vi börjar med de skadade."

De två svårast skadade matroserna lyftes snabbt in i farkosten. Innan luckan stängdes flinade mannen mot dem.

"Vänta nu snällt på att jag kommer tillbaka."

***

Den grå morgonhimlen lystes upp av den stigande solen. Peter Gadd låg på *Furusunds* fördäck med en filt över sig medan löjtnant Kvick satt bredvid med en outgrundlig min i ansiktet. Det trånga utrymmet på däck var fyllt av utrustning, en kran, däckskanonen och minor som besättningen varit i färd med att lägga ut i farleden in mot Gävle när deras nödanrop via radiofyren uppfattades.

Nu hade minutläggningen avbrutits och ubåtsräddning hade inletts – hela tiden med hotet om fiendens stridskrafter hängande över dem. Än hade man vare sig sett fartyg eller flygplan, men risken ökade för varje minut som de uppehöll sig i området att ryska spaningsplan skulle se deras radareko och dirigera attackplan för att slå ut dem.

Argus hade just lyfts ombord efter att siste man hämtats upp och kapten Lindeman gav order om att vända fören mot Åland för att gå till skydd i Finbofjärden på öns norra sida. Där skulle de sedan manövrera sig mellan de många kobbarna och skären fram till Marsund och den lilla byn Öra där de skadade männen och kvinnorna kunde transporteras vidare till Mariehamn för vård.

Åland var en demilitariserad zon och ännu hade ryssen respekterat detta, så ön låg som en fredad post mitt i krigszonen som Östersjön utgjorde sedan i går eftermiddag.

De två dieselelektriska Scania DSI 14-motorerna dundrade igång och *Furusund* började omedelbart att röra på sig. Dessvärre var hennes toppfart endast drygt elva knop, vilket fick Peter Gadd att känna det som att de fortfarande låg för ankar.

"Undrar om kriget är över för vår del nu?"

Gadd vred på huvudet och betraktade Kvick.

"Hur menar löjtnanten?"

"Förre ÖB sa att vi hade resurser för en veckas krigföring – sju dagar. Den första dagen har gått och det är sex dagar kvar innan

Sverige i teorin har förbrukat sina resurser. I praktiken kommer nog kriget vara över snabbare än så. Vi kommer aldrig hinna tillbaka för att på nytt sättas in i striderna utan får nog åse slutet av det här äventyret från åskådarplats."

"Förmodligen, men vad får dig att tro att inte Nato kommer gå in?"

Kvick spottade över relingen, sträckte ut ena benet framför sig och svarade:

"Chefen vet att det tar tid att bygga upp styrkan. Visserligen ligger 2. hangarfartygsflottiljen med USS *George H.W. Bush* i standby väster om Danmark och bara den fartygsgruppen har väl lika mycket jakt som hela Sveriges flygvapen, men räcker det till?"

"Ja du Kvick. Det återstår att se."

De två ubåtsmännen tittade ut över det stilla havet där endast de vita vågtopparna rörde sig. I både väster och i öster pågick kriget, men här, just nu, var allt stilla.

Andra boken:

Dödläge

Kapitel 21

Östersjön
Norr om Åland
Förmiddag 6:e maj 2017

HMS *Furusund* stävade genom den krabba sjön i elva knops fart.

Söder om dem låg Åland, ännu inte drabbat av kriget i Östersjön, men med risken att dras in för varje timme som striderna fortgick.

Peter Gadd, före detta chef ombord den svenska ubåten HMS *Uppland*, låg omsvept av en filt på fördäcket till den ombyggda minutläggaren och spanade oroligt av himlen och det omkringliggande havet.

Som ubåtsman kände han sig naken och utlämnad när han befann sig på ett ytfartyg och önskade att han i stället skulle kunna smyga fram obemärkt hundra meter under de vita vågorna som slog mot *Furusunds* stäv. Att sedan fartyget tillhörde ett av långsammaste i den svenska flottan, med undantag för eventuella roddbåtar, gjorde inte saken bättre.

De elva knopen kändes mer som tomgången hos en parkerad bil. Med tanke på den fientliga flygverksamheten mot det svenska fastlandet var det ett under att inget stridsflyg ännu hade dykt upp på himlen för att bekämpa dem.

Peter visste att i samma stund som en rysk pilot bestämde sig för att utöka dagens score-card var de rökta. *Furusunds* enda beväpning, bortsett från minorna, var en klen tjugomillimeterskanon som möjligen skulle kunna göra livet lite besvärligt för en klumpig attackhelikopter, till exempel MIL Mi-24 *Hind*, men som inte skulle kunna göra mycket åt moderna jakt-/attackplan med rätt vapen under vingarna.

"Än så länge har vi haft en oförskämd tur."

Rösten tillhörde löjtnant Arne Kvick som satt bredvid Gadd på det kyliga däcket. Löjtnanten gjorde samma sak som sin fartygschef och blickade nervöst ut över det grå havet där gryningen sakta började värma upp den nattkalla luften.

"Utmana inte ödet, löjtnant."

"Är rädd för att det inte gör vare sig till eller från att säga som det är", svarade Kvick med en underton av sorg i rösten. "Ryssen kan visserligen inte vara överallt och lejonparten av deras stridsflyg lär vara engagerat i Finland och mellersta Sverige, men om man räknar med det faktum att ryssen har över sjuhundra jaktflygplan och runt sexhundrafemtio attackkärror, plus strategiskt bombflyg och ruskigt många helikoptrar, är det ett smärre under att inget av dem har flugit inom radartäckning här de senaste timmarna."

"Och det får vi vara tacksamma för."

"Verkligen. Fast nog skulle det ha känts lite bättre om vi hade flankerats av en finsk robotbåt av *Hamina*-klass med en riktig kanon samt luftvärn. Vad sjutton har den svenska regeringen – oavsett partifärg – för något emot redigt luftvärn? Det spelar ingen roll om vi pratar landbaserat eller fartygsbaserat. Någon beskäftig dåre kläckte ju ur sig för några år sedan, när luftvärnet till *Visby*-korvetterna spolades, att allmålskanonen var tillräckligt bra. Hur fan tänkte de då? Vid multipla hot – det vill säga modern krigföring – räcker inte en liten femtiosjumillimeters kanon till. Då behövs kraftigare grejer. Precis så som *Hamina*-båtarna har utrustats. Finnarna har förstått något som vi inte har fattat."

"Nu fick ju *Hamina*-klassen dock se sin ubåtsjaktförmåga bli grusad i stället eftersom de inte ansåg sig ha råd med hydrofon."

"Och? Om våra *Visby*-korvetter kunde ingå i en fartygsgrupp med en korvett och två *Hamina*-båtar, då skulle man kunna hantera de flesta hot."

"Om vi överlever kriget får Kvick skicka in en motion till Sveriges Riksdag."

"Ungefär som att komma med tårtan när festen är slut."

De två männen tystnade. Båda visste att försvarsmakten hade saknat alltför mycket av den grundläggande utrustning som krävdes, men det var för sent att skaka fram den nu. Kriget hade inte brytt sig om den senkomna upprustningen och man fick slåss med det man hade. *Uppland* hade gjort sitt bästa och det hade kostat svenska matroser livet, fast – tröstade sig Gadd med – det hade kostat ännu mer för ryssen.

Tystnaden blev inte långvarig. En brölande signal ljöd genom fartyget och en röst dånade genom högtalarsystemet:

"Klart skepp! Klart skepp! Fientligt flygföretag."

"Då var det slut på turen", muttrade Kvick sammanbitet och tittade upp mot himlen, samtidigt som kanonen vred sig och höjde mynningen mot skyn.

***

Kapten Alexander Kulikov spakade sin nästan fabriksnya MIL Mi-35M, som var en moderniserad version av den mer välkända Mi-24. Till sitt förfogande hade han en imponerande arsenal av robotar, raketer samt den fruktade Gatlingkanonen i fören.

Tillsammans med sin rote-tvåa hade de tio minuter tidigare lyft från däcket på det ryska helikopterhangarfartyget *Vladivostok*, ett fartyg som byggde på stulna ritningar till det motsvarande fartyget av *Mistral*-klass* ur den franska flottan.

Ursprungligen var tanken att Ryssland skulle få köpa fyra fartyg av Frankrike, men efter annekteringen av Krim, samt kriget i Ukraina, hade affären stoppats av Nato. I stället hade ryska ingenjörer kommit över ritningarna och *Vladivostok* hade påbörjats 2015 och stått klar så sent som i april 2017.

Rent tekniskt var fartyget perfekt för ett hav som Östersjön. Hennes storlek gjorde henne lättmanövrerad och hon tillförde en unik möjlighet till understöd för landstigen trupp, då hon utan problem kunde medföra upp till sexton attackhelikoptrar motsvarande Mi-35M. Dessutom bar hon med sig fyra landstigningsfarkoster, upp till femtionio fordon – inräknat tio till fjorton lätta stridsvagnar – samt fyrahundrafemtio soldater. Fartyget var också ett flytande krigssjukhus med plats för runt sjuttio sårade.

Hennes radar hade nyss uppfattat ett långsamt eko som korsade deras kurs, något som hade föranlett fartygschefen att beordra upp Kulikovs stridsgrupp för att kontrollera, samt eventuellt nedkämpa, tänkbart hot. Hastigheten talade emot att det skulle vara ett svenskt flottfartyg eftersom Kulikov hade stor respekt för de snabba *Visby*-korvetterna. Samtidigt visste han också att det fanns en del ålderstigna fartyg i den svenska marinen som inte hade så mycket krut i motorerna. Om detta var ett sådant fartyg skulle han sänka det. Om det däremot var ett civilt fartyg skulle han sätta ombord de åtta soldater som just nu befann sig i Mi-35:ans lastutrymme.

"Har visuell kontakt med det svenska fartyget. Det är HMS *Furusund*. Militär minutläggare."

Ordern uttalades av löjtnant Misha Karpov, som med kikaren för ögonen spanade av havet. Kulikov nickade bistert och bekräftade att han hade uppfattat, samtidigt som han osäkrade vapnen.

Kapitel 22

Gävle sjukhus
Lasarettsvägen, Gävle
Förmiddag 6:e maj 2017

Att beskriva situationen på Gävle sjukhus akutmottagning som kaotisk var en grov underdrift. Sedan krigsutbrottet dagen innan hade den normala strömmen av etthundratjugoåtta patienter per dygn formligen exploderat när ambulanser, militärfordon, taxibilar och privatbilar lämnat av sårade patienter.

Personalen gick på knäna och all tillgänglig kompetens blixtinkallades, men långt ifrån alla hörsammade kallelsen, eller hade på grund av stridshandlingarna ingen möjlighet att ta sig fram.

Vårdenhetens chef, Anna Reuter, hade redan gett order om att man skulle göra en obarmhärtig gallring i kön av vårdsökande. De med lindriga, men inte livshotande, skador plåstrades om av personal som normalt körde bårar mellan avdelningarna och de med dödliga skador som bedömdes vara bortom räddning kördes in på bår, fick smärtlindring, men lämnades utöver det utan vårdinsats.

Endast de med svårare skador som bedömdes kunna behandlas släpptes fram till läkare och sjuksköterska. Efter mer än tolv timmars kaos började man nu få slut på morfin, förband och sterila instrument. Dessutom började både läkare och sköterskor att falla ifrån på grund av stress och brist på sömn, mat och återhämtning.

Armén och kommunen försökte ordna transporter för skadade bort från Gävle och vidare till andra delar av landet som inte hade drabbats av kriget på samma sätt som Gävle hade gjort, men det var svårt. Viktig infrastruktur var skadad av kryssningsrobotar och ryska attackhelikoptrar angrep alla fordon i rörelse – oavsett om dessa bar röda kors eller inte.

Utanför mottagningen brann vraket av en svensk *Blackhawk* som hade träffats av en rysk robot när den skulle evakuera skadade och efter den händelsen hade försöken att lyfta ut sårade den vägen avbrutits.

Inne på akuten var golven hala av blod och en frän stank av spyor och andra kroppsvätskor låg som ett lock över hela avdelningen. Skriken från de skadade ekade mellan väggarna och det hela påminde om en scen hämtad från skärselden.

Framför en brits stod André Kormat som bedövad och tittade på kroppen som nyss hade varit varm och levande, men som nu höll på att kallna. Sia Kormat, hans hustru, hade dött till följd av en rysk Mi-24 *Hind* som på låg höjd hade svept in över bostadsområdet där de just höll på att lasta bilen för att fly från kriget som hade börjat nere i hamnen. Gatlingkanonen hade spytt ur sig sina förödande salvor och en 12,7 millimeters projektil hade slitit av Sia ena benet medan sekundärt splitter hade trängt in i buken och orsakat inre blödningar.

Han hade utan att tveka snört av stumpen där det avslitna benet hade suttit och sedan i panik kört till sjukhuset där han hade burit in sin skadade hustru. Läkaren hade anvisat honom en bår, gjort en snabb undersökning och sedan gett morfin innan han hade skakat på huvudet för att därefter skynda iväg till nästa patient. Sia hade dött kort därpå och nu hade Andrés värld ställts på ända.

Två bårbärare, unga pojkar knappt äldre än att de precis hade slutat gymnasiet, sköt ett rostfritt bord på hjul framför sig där det redan låg flera kroppar. De stannade till vid britsen, tog Sias puls och lyfte sedan över henne till bordet. André kom sig inte för att protestera när hustruns kropp sköts bort och britsen omedelbart kom till användning på nytt.

Mållös stapplade han bakåt, stötte i en vägg och sjönk närmast apatisk ihop på golvet där han blev sittande med uppdragna knän medan han skakade i hela kroppen. Chocken var total och han stängde ute det omgivande kaoset. Tankarna rusade i skallen. Ena sekunden återupplevde han deras första kyss, sedan bröllopet för att därefter brutalt åter se den ryska helikoptern som med blixtrande kulspruta svepte emot dem. Nedslagen i marken lät lite som när man kastade en stor sten i vattnet och det dröjde några ögonblick innan han blev varse vad som hade hänt, men då var *Hinden* redan borta för att bekämpa andra mål.

Sia hade varit vid medvetande när han nådde fram till henne. Ögonen hade varit vitt uppspärrade, pannan glansig av svett och hon hyperventilerade av smärtan och chocken. Blodet som pumpade ur benstumpen hade varit mörkrött och färgat asfalten under henne. Först hade han inte kunnat ta in det som hade hänt, sedan hade han slitit bältet ur sina hällor och dragit åt runt skadan för att stoppa flödet.

I bilen hade han haft första förband och med det hade han gjort så gott han hade kunnat. Sia hade förlorat medvetandet när han lyfte in henne i baksätet och hade sedan aldrig vaknat igen.

Alla minnesbilderna flög igenom hans hjärna och plötsligt såg André upp. Ögonen var svarta av ilska och hat. De hade gjort det här mot honom. De – de förbannade ryssarna! Han skulle inte vila innan han hade fått sin hämnd. Beslutsamt reste han sig upp och följde en skylt som det stod *utgång* på. Han skulle kämpa mot ryssen till dess att han inte längre kunde röra sig och han var väl lämpad. Tio år inom ett av Sveriges bästa jägarförband gav honom all den kunskap som han behövde. Nu återstod bara att skaffa den utrustning som behövdes.

Han passerade akutens väntrum, stångade sig fram mellan vrålande människor och konstaterade att de en gång skrikigt gröna besöksfåtöljerna nu var roströda av blod och stod oordnat utspridda i rummet. På parkeringen fortsatte kaoset. Människor skrek sig hesa i protest när de fick order om att avlägsna sig då deras skador inte var tillräckligt allvarliga för att behandlas inne på mottagningen.

Flera improviserade förbandsplatser hade upprättats där frivilliga arbetade för att ta hand om skadade som hade avvisats från den mer kompetenta vården inne på avdelningen.

Två svenska bandvagnar med påmålade röda kors höll på att lasta in uniformerad personal för att frakta dem någon annanstans. En gravid kvinna segnade ner på en gräsplätt med blodet rinnande längs låren och en soldat med blekt ansikte bars förbi honom. André noterade frånvarande att mannen saknade en hand som uppenbarligen hade sprängts bort. I öster hördes stridsmuller och spårljus ritade fosforvita streck mot himlen. Han undrade hur länge det skulle dröja innan striderna nådde fram till sjukhuset. Ryssarna hade under natten tagit hamnområdet, trots att svenskarna hade stridit som tjurar och hållit emot så länge som möjligt. Oljehamnen hade satts i brand som ett sista förtvivlat försök att hålla ryssen tillbaka, men när ryska förstärkningar tillfördes från havet hade de svenska linjerna brutit samman och armén tvingades till reträtt, men striderna fortsatte.

Utan att se sig om gick André bort mot en uppspänd presenning där någon hade målat ett rött kors. Under det provisoriska skyddet låg flera soldater med olika, mindre skador. Han gick ner på knä intill en av dem och tittade på namnskylten.

"Blendig, sergeant Blendig. Hör du mig?"

Den unge mannen öppnade ögonen och tittade upp.

"Jag heter André Kormat, före detta kapten inom kustjägarkåren, 1. amfibieregementet. Jag behöver ditt vapen och ammunition."

Soldatens blick var dimmig, men han nickade nästan omärkligt sitt samtycke när André försiktigt drog av honom stridsvästen innan han tog AK5:an som låg intill sergeanten.

"Ge de djävlarna", muttrade mannen innan han åter slöt ögonen.

Kapitel 23

Hamrångeberget
Söder om Bergby
Förmiddag 6:e maj 2017

Trots de mörka ringarna under ögonen verkade major Ahmed Kahli förvånansvärt pigg med tanke på det senaste dygnets händelser.

Där han stod vid pulpeten i orderrummet, trettio meter ner i berget vid Hamrånge, gav han sken av att ha kaoset under full kontroll när han vänligt hälsade på männen och kvinnorna som tog plats i salen.

Hamrångeberget var inte en renodlad militär berganläggning utan delades mellan det militära och det civila försvaret. Därför syntes minst lika många kostymer som m/90-uniformer bland åhörarna. När alla var på plats och sorlet hade lagt sig, sa Kahli:

"Välkomna ska ni vara till denna säkerhetsgenomgång gällande det aktuella läget i och kring krigsskådeplatsen i Gävle."

"Är det verkligen nödvändigt att använda ordet *krig*?"

Han avbröts av den miljöpartistiska fullmäktigeledamoten Anja Dahl, vars ovårdade hår och något solkiga klädsel avslöjade att hon inte hade tagit sig till berget helt utan hinder. Kvinnan såg ut att vara på gränsen till ett nervöst sammanbrott och kapten Lennart Stålnacke, som stod upp längst bak i salen, tänkte tyst att kvinnan nog snarare skulle tas omhand av vårdpersonal än vara med på mötet, vars innehåll knappast skulle göra henne gott.

Kahli betraktade lugnt den nära på hysteriska miljöpartisten och sa sedan med len röst:

"Vad tycker då fullmäktigeledamot Dahl att vi ska kalla den uppkomna situationen? De facto pågår just nu förbittrade strider i Gävle. Strider som hittills har kostat mer än sjuttio svenska soldater, och ett okänt antal civila Gävlebor, livet. Lika okänt är antalet skadade. Ryska stridskrafter slog till vid sjutton noll-noll i går. De kom i ett civilt, polskflaggat fartyg och lastade ur trupp i Gävle hamn. Det är krig! Även utan föregående krigsförklaring så är det krig och det måste miljöpartiet faktiskt acceptera. Jag kommer inte att använda några förskönande omskrivningar, för nu är riket i krig med vår gamla arvfiende Ryssland. Vi har inte bett om det här kriget, men vi har förberett oss så gott vi har kunnat inom givna ekonomiska budgetramar och vi viker inte ner oss. Vare sig militärt eller politiskt."

Där tystnade Kahli och borrade in sin mörka blick i Anja Dahl på ett sätt som tydligt förmedlade budskapet: Knip käft eller lämna salen.

När kvinnan tog sats för att argumentera emot lade hennes partikamrat Joar Persson handen på hennes axel och viskade sedan något i hennes öra. Anja nickade stumt, reste sig och lämnade salen. När dörren stängdes bakom henne återtog major Kahli ordet:

"Som sagt. Riket är nu i krig, vilket gör det här till en militär operation. Statsministern har meddelat att vi militärt har helt fria händer att bemöta den ryska aggression och för er som eventuellt har missat det, har även kungen gått ut och förklarat landet i krig. Hans majestät och drottningen är i trygghet i London och även kronprinsessan, som ju var i Gävle när det började, har flugit utomlands. Vår förhoppning är att de med gemensamma krafter ska kunna verka för en uppfyllnad av Lissabonfördragets solidaritetsförklaring, artikel 42.7. Jag ska nu snabbt dra vad som har hänt sedan klockan sjutton noll-noll i går kväll, samt vad vi har för möjligheter framåt. Någon som har några frågor så långt?"

Den enda som räckte upp handen var Ylva Nordin från Center-partiet och Kahli nickade till henne. Försiktigt harklade hon sig och sa sedan:

"Vet vi hur det har gått för statsledningen? Statsministern, ÖB och regeringen?"

"Det jag vet för närvarande är detta: ÖB, amiral Carl Lettin, dödades under slaget om Stockholm. Den militära ledningen har därmed övertagits av vår förra ÖB, general Stefan Krimla, som från och med i går kväll tituleras Sveriges överbefälhavare. Regeringen samlades i Berget, beläget någonstans innanför tullarna, men på grund av stridernas utveckling gavs order om utrymning runt midnatt varpå den civila statsledningen – tillsammans med den militära – satte av mot riksbunkern i Kolmården. Huruvida man tog sig dit vet jag just nu inte då inte några rapporter därifrån har nått oss. Svar på din fråga?"

Ylva Nordin nickade, märkbart blek under solariebrännan.

"Nåväl. Med det sagt kan jag återvända till vår egen situation. I går kväll runt klockan sjutton inleddes stridshandlingarna. Strax innan hade rysk trupp nästlat sig in på ön Lövgrund i inloppet till Gävle. Civila förluster där är okänt, men vi fruktar att samtliga civilpersoner som vistades på ön nedkämpades. När detta var gjort monterades granatkastare med GPS-navigerande granater, inte helt olika vår egen XM982 *Excalibur** som används till *ARCHER**. Även portabel sjömålsrobot med begränsad räckvidd ställdes upp. Därefter inleddes beskjutning av containerhamnen i Gävle, något som initialt ledde till svåra förluster bland de trupper som var stationerade inom hamnområdet. Vi misstänker att elden leddes från ryska drönarfarkoster eftersom den var kusligt precis."

Kahli tystnade, tog en klunk vatten ur ett glas och tittade ut över församlingen. Han noterade att några politiker – främst på vänster-kanten – skruvade besvärat på sig när de mötte hans blick. När ingen begärde ordet fortsatte han:

"Under tiden som bekämpningen inleddes seglade ett polsk-flaggat containerfartyg in i hamnen. Fartygets containrar var specialbyggda och innehöll både luftvärn, robotar och tunga kul-sprutor, för att inte tala om ryska pansarvagnar. Man ankrade i den yttre hamnen och började omedelbart lossning av stridsvagnarna. Svenska hemvärnsmän var först på plats och påbörjade bekämp-ning och fick inom kort stöd av trupper från 192. mekaniserade bataljonen, som tillhör 2. brigaden. Dessa kunde initialt dämpa styrketillväxten och hindra ryssarna från att etablera ett brohuvud, men – fler ryska trupper kom över havet. Dessa bar bland annat med sig attackhelikoptrar, som vi är dåliga på att bekämpa efter-som vi inte har något luftvärn att tala om. Detta gjorde att våra trupper drevs tillbaka och vi förlorade initiativet i striden."

"Majoren glömde nämna att ni satte eld på oljehamnen, till vilket pris för staden och naturen ska vi låta vara osagt."

Kahli suckade. Han hade väntat på kommentaren och slagit vad med sig själv om vem som skulle fälla den. Med Anja Dahl uträknad fanns det två miljöpartister kvar. Det var Joar Persson och Sylvia Bratt. Joar förstod när det inte var läge för partipolitik, en finess som Sylvia Bratt uppenbarligen saknade.

"Ja, det är riktigt. Vi satte eld på oljedepån. Priset blev att stora delar av hamnen sattes i lågor och när freden väl kommer blir det en del arbete med att sanera detta. Men elden sinkade även ryssen och försvårade landsättningen, vilket gjorde att ni – mina kära politiker – hann sätta er i säkerhet, samt även många civila. I skenet av detta var det värt priset, även om vi hade hoppats på lite större effekt på fienden."

Han tystnade på nytt. Det gick tio sekunder där man hade kunnat höra en nål falla innan Kahli åter plockade upp tråden:

"När den ryska pansarnäven träffade oss med full kraft gav front-en vika. Kryssningsrobotar från de nyanlända fartygen slog ut vår stridsledning och luftlandsatt trupp slog mot våra bakre linjer. Situationen var ohållbar och flera lokala befäl tvingades att kapitulera när de inringades. Jag gav därför order om allmän reträtt för att omgruppera. I nuläget leds striden av hemvärnets chef, överstelöjtnant Rolf Hedemo, samt min ställföreträdare, major Ulf Bratt. Om de civila ser sig om i salen kommer ni upptäcka att all närvarande personal i m/90 är de militärer som drogs bort från fronten i natt. Detta för att vi ska ha en chans till överblick och därmed kunna leda på ett bättre sätt."

Politikerna såg sig runt. Det fanns ett trettiotal uniformer i bergrummet, där luften nu snabbt började bli sämre då den ålderstigna luftkonditioneringen inte klarade av att hantera den mängd människor som hade trängt ihop sig i ordersalen. De civila var i knapp majoritet.

"I denna stund kämpar svenska män och kvinnor i och omkring Gävle för att säkra, inte bara sin egen, utan även vår och vår nations överlevnad. De gör det med de medel som de har blivit tilldelade, utan effektivt luftvärn och artilleri. Vi har inte ens egna granatkastare att tillgå eftersom det mesta av detta sparades bort under mer än tjugo år av nedbantning av vår förmåga och *Mjölner* har ännu inte hunnit levereras. Vi har ett antal stridsfordon samt ett fåtal stridsvagnar till vårt förfogande i denna stund. Den 191. och den 192. mekaniserade bataljonen är utspridd längs Norrlandskusten och jag vill att vi drar samman dessa runt Gävle. Enligt de uppgifter som vi har tillhanda verkar inga andra invasionsföretag vara riktade mot kuststräckan norr om Grisslehamn. I och med detta är det enligt mig vansinne att binda trupp som behövs bättre här, men det är inte upp till mig utan den frågan ligger hos Militärregion Nords befälhavare, överste Richard Fridell."

"Är Fridell medveten om läget?"

"Överste Fridell är mycket medveten om läget. Sedan i går kväll har militärledningen i Boden gått i stabsläge i Rödbergsfortet. Vissa delar av anläggningen togs i bruk på nytt den gångna vintern, något som förhoppningsvis inte har nått fram till fienden."

"Inte till oss heller. När togs det beslutet?"

"Beslutet fattades av förra ÖB och omfattade en upprustning av vissa delar av fortet som aldrig gjordes tillgängligt för turisterna. Vi har med andra ord gömt en synnerligen modern, militär ledningsbunker mitt framför fiendens ögon. Där har under natten våra tillgångar undersökts och ledningen har fattat beslut. Beslut som jag endast till viss del har fått reda på. Det jag vet är följande: F 21 i Luleå har i stort sett inga JAS Gripen kvar, då dessa användes till bekämpning av fientliga flygföretag i Mellansverige. Däremot fanns det åtta SK60W stationerade i Luleå när skiten bröt ut. Som ni vet är SK60 en femtio år gammal modell, om än modifierad, som används som skolflygplan. När den byggdes kunde den även användas som lätt attackkärra, något som man under natten har försökt ställa om dessa åtta individer till. Mot moderna stridsflygplan har SK60W inte skuggan av en chans, men eftersom ryssen till övervägande del har använt sig av attackhelikoptrar här uppe, hoppas vi att dessa åtta flygplan ska kunna hävda sig på något sätt. Beväpning är primärt AKAN eftersom vi inte har några RB 05 i lager i Luleå. Dessa åtta har förhoppningsvis börjat flyga, eller kommer att göra det inom kort. Man har haft svårt med piloter, men tydligen har man under natten jagat pensionerade piloter som inte längre har haft aktiv flygtjänst. Vi får hoppas att denna fråga därmed är löst."

Kahli suckade och var tyst i några sekunder innan han harklade sig för att sedan fortsätta:

"Arméns jägarbataljon, här i dag representerad av kapten Lennart Stålnacke, tog tunga förluster i går kväll och under natten. Dessa jägare stred i första frontlinjen och gjorde det med bravur. Jag skulle kunna parafrasera Winstons Churchills ord och säga att *aldrig har så många svenska Gävlebor haft så få att tacka för så mycket* Jag kommer att rekommendera hela 193. jägarkåren till en utmärkelse när vi väl har vunnit, för vinna ska vi göra!"

Kapitel 24

Östersjön
Norr om Åland
Förmiddag 6:e maj 2017

Om det hade rått någon som helst tvekan om avsikten bakom helikoptrarnas närmanden så försvann den i samma stund som rökspåren visade att den främsta helikoptern avlossade sina raketer. Stridsledningsdatorn ombord på *Furusund* hade installerats 2011 när fartyget byggdes om till dykfarkost. I sin första ombyggda version hade hon avväpnats och fått kanonen bortmonterad från däcket för att ersättas av en kran. När omvärldsläget hade kärvat fattade ÖB beslut om att återrusta de fartyg som hade förlorat sin beväpning vilket lett till att Furusund hade fått en helt ny tjugomillimeterskanon installerad.

Kranen hade flyttats och vapnet hade anslutits till stridsledningssystemet. Alla ombord var dock väl medvetna om att luftvärnskanonen inte skulle ha en chans att skjuta ner inkommande raketer eller robotar – för det var varken hård- eller mjukvaran anpassad. I stället inriktade man sig på att eliminera det sekundära hotet – vapenbärarna.

Kanonen vaknade till liv och hostade iväg sina projektiler, men piloten ombord hade varit med förr och lade om kursen så fort den första omgången raketer hade lämnat tuberna. Datorn riktade snabbt om och sköt på nytt.

En projektil träffade motorkåpan i sned vinkel och studsade av Alexander Kulikovs Mi-35 utan att göra annan skada än att repa färgen. Samma tur hade inte Sebanitov, Kulikovs rotekamrat. Den studsande projektilen träffade dennes stjärtrotor där den knäckte ett av bladen och skapade instabilitet, något som tände varningslamporna i cockpiten. Sebanitov kämpade med reglagen, men helikoptern var inte längre i stridbart skick och Kulikov gav honom order att vända tillbaka till *Vladivostok*. Han var övertygad om att han skulle kunna ta hand om det klent beväpnade svenska örlogsfartyget på egen hand.

Ombord på *Furusund* kunde man inte göra annat än att uppgivet titta på raketerna som snabbt närmade sig. Den första slog ner i havet intill fartyget. Den andra träffade radarmasten och sprängde sönder skrovfästet så att masten vek sig och föll ner över akterbyggnaden med ett plågat gnissel. Den tredje raketen slog rakt in i bryggan och dödade omedelbart alla som befann sig där medan de två nästkommande raketerna missade.

Furusund hade försökt väja undan och låg nu i en svag babordsgir vilket fick raket sex och sju att träffa akterbyggnaden innan den åttonde och sista raketen missade och slog ner i havet.

Lågor slog ut från bryggan och Peter Gadd tittade upp, förvånad över att han fortfarande levde. Intill honom låg en av *Furusunds* matroser död med ett tre decimeter långt stålstycke stickande upp ur ryggen. Dunkandet från motorerna hördes inte längre och farten höll på att avstanna. De var nu sittande mål för den ryska helikoptern.

***

Det lätta attackflygplanet, modell C*, flög på femton meters höjd över vågtopparna i drygt sjuhundra kilometer i timmen. Bakom spakarna satt den före detta majoren Lennart Torstensson som egentligen hade lämnat flygvapnet redan 2004 till förmån för en karriär inom det civila flyget. Att jobba som civil pilot var bra mycket mer lukrativt vad det gällde lönen, men han tillstod att han saknade att flyga jaktviggen.

Sedan 2005 hade han suttit och kört turistbuss, vilket var hans benämning på Boeing 737-800. De långa passen var trista och förutbestämda. Om det inte hade varit för att han egentligen var för gammal för att flyga stridsflygplan, hade han gärna återvänt till flygvapnet.

När kriget bröt ut och strömmen gick hade Lennart Torstensson omedelbart insett att han på något sätt skulle kunna göra en insats och hade därför slängt sig i bilen för att köra de tio milen till F 21 i Luleå.

Väl där hade han välkomnats med varm hand och nästan omedelbart presenterats för en annan gammal stridsflygare som hade suttit bakom ett skrivbord i tjugo år. Bert Fylke var femton år äldre än Lennart och med högre grad, men hans ovana att flyga placerade honom som bisittare i SK60:ans cockpit.

När de nu såg den svarta röken som strävade mot den grå skyn insåg de att de hade kommit för sent för att rädda *Furusund*, men kanske inte för sent för att utkräva hämnd. Lennart osäkrade automatkanonen och slog på målradarn. Fem sekunder senare fick han upp den ryska helikoptern på planets radar.

***

Alexander Kulikov kunde inte hålla tillbaka ett elakt flin när han såg elden och röken som slog ut från *Furusunds* överbyggnad.

Eldröret på kanonen pekade i fel riktning och han gjorde sig redo för att avsluta det hela med att osäkra två av helikopterns 9M120 *Ataka,* pansarvärnsrobotar. När hotvarnaren vaknade till liv och talade om för honom att han belystes med radar blev han först förvånad. Han hade inte sett någon fientlig flygaktivitet, men när de första salvorna från en automatkanon slog igenom helikopterns bepansrade hölje rådde det ingen tvekan.

Han drog spaken åt sig för att vinna höjd, samtidigt som ett klumpigt plan med raka, överliggande vingar for förbi bara några meter från honom. Snabbt hann Alexander konstatera att det inte var någon JAS, men han reflekterade inte mer över vem fienden var.

Mi-35:an hade en stigförmåga på niohundra meter i minuten och vann därför snabbt höjd, men fienden hade kommit ur sin sväng och flög an mot dem med blixtrande automatkanon. Alexander hann med en bottenlös svordom innan projektilerna slog in i cockpiten och gjorde slut på honom och hans besättning. Tio sekunder senare störtade helikoptern i havet.

**

"Vi har flera ytgående radarekon tjugo distansminuter sydost vår position."

Bert Fylkes röst var neutral när han rapporterade och Lennart Torstensson slet blicken från de brinnande resterna av den ryska helikoptern som just höll på att sjunka i havet.

"Det ser ut som en rysk flotteskader med riktning mot Gävle. Vi har inte en chans mot de där fartygen. Vi rapporterar och återvänder till basen."

"Och kollegorna i vattnet?"

Lennart lade SK60:an i en tvär gir och tittade ner mot havsytan där HMS *Furusund* nu drev utan möjlighet till styrning.

"Vi har gjort vad vi har kunnat för dem. Nu måste vi tillbaka till basen innan vi antingen blir nedskjutna eller får slut på bränsle. I båda fallen hamnar vi också i vattnet."

Bert nickade när Lennart sköt fram spaken och dök mot havet. När de flög nära ytan reflekterades fientlig radar bort och de kunde undgå upptäckt, men samtidigt drack de dubbla Williams Rolls FJ44 turbofläktmotorerna bra mycket mer bränsle vid sådan flygning. De hade nu tillräckligt i tanken för att ta sig tillbaka till F 21, men det skulle bli på håret.

Kapitel 25

Det kom tre ryska T-80 stridsvagnar rullande längs Drottninggatan. Den främsta var nu i höjd med korsningen Kaplansgatan vid infarten till parkeringshuset, och de två övriga vagnarna var inte långt efter.

Fänrik Abbud Sirwan, en svenskfödd irakier vars föräldrar hade flytt till Sverige 1991, sänkte långsamt kikaren och vred på huvudet. På hans vänstra sida låg soldaterna Isak Reutner och Annika Hogdahl. Båda hade varsitt pansarskott lätt tillgängligt. När Abbud vred huvudet till höger såg han Lena Stridsberg, Jan Emilsson och Håkan Hjort som bemannade gruppens MK19 M3 granatspruta. Den satt normalt tornmonterad på en av deras tre *Galten*, som stod parkerade på andra sidan Gavleån. Kvarnbron, som såg till att genomfarten på Kvarnvägen kom över ån, var numera endast taggig betong och spretiga armeringsjärn efter en fullträff av en kryssningsrobot. Däremot hade den mindre, intilliggande bron, klarat sig med endast mindre skador, orsakade av splitter. De hade därför kunnat gruppera sig med en snabb reträttväg bakåt. Några strategiska laddningar Semtex, applicerade på bropelarna, skulle se till att ryssarna inte skulle kunna utnyttja bron efter att gruppen hade dragit sig tillbaka.

"Tre T-80 i vägens riktning, etthundranittiofem meter. Order: Bekämpa främsta vagnen med pansarskott, följ upp med granatsprutan. Pansarskott ett och två, och tre sekunder senare granater. Uppfattat?"

"Uppfattat, fänrik."

Soldaterna var sammanbitna. De hade under det senaste dygnet tryckts tillbaka på alla fronter. Samtliga hade sett kamrater dödas och striderna hade varit hårda. I vissa kvarter hade varje hus försvarats för att ge civilbefolkningen möjlighet att hinna dra sig undan. Ändå hade de civila förlusterna ökat i takt med att ryssen trängde allt djupare in i staden.

Abbud suckade. Hans föräldrar hade lämnat Irak i mars 1991 under den amerikanska invasionen. Han hade fötts två år senare och hade därför skonats från krigets elände, men han hade växt upp med föräldrarnas skräck. De berättade hur de hade hukat när de amerikanska F-117 *Nighthawk**-planen i våg efter våg hade svept in över Irak för att slå ut det strategiska radarnätverket.

Även om amerikanerna inte hade riktat sina vapen direkt mot civilbefolkning blev ändå civila ofrivilliga måltavlor då Saddam hade gömt mycket av sin militära infrastruktur i städer och byar där oskyldiga fick agera mänskliga sköldar.

Efter drygt två månader fick Abbuds pappa chansen att fly med sin familj, men inte förrän Khabat, Abbuds äldre bror, hade dödats i en flygattack. Efter ett halvår hade familjen kommit till Sverige där de så småningom hade hamnat på en flyktingförläggning utanför Uppsala. Där hade sedan Abbud fötts i juli 1993. När han var tio år flyttade familjen till Gävle och fadern öppnade en irakisk restaurang.

Föräldrarnas berättelser om kriget hade gjort att Abbud hade beslutat sig för att ta värvning. Han ville ställa upp för det land som hade tagit emot hans familj och sörjt för deras överlevnad och som sextonåring gick han med i Hemvärnet – något som hade lett fram till detta ögonblick.

Han satte kikaren till ögonen.

"Pansarskott redo."

Isak Reutner och Annika Hogdahl lade upp vapnen på axeln och tog sikte på den närmaste pansarvagnen. Utan ett ord väntade de på nästa order.

"Pansarskott – eld!"

Två nästan synkrona smällar skickade iväg lika många åttiofyramillimeters spårljuspansarspränggranater mot målet. T-80:ans *Drozd*-system kände genast av det inkommande hotet och aktiverades. Den första granaten träffades och förstördes innan den nådde fram, men granat nummer två träffade pansaret med en ljudlig knall och en blixt, dock utan att lyckas tränga igenom skyddet.

Samtidigt som Isak och Annika slängde undan de förbrukade skotten och slet till sig nya, dunkade granatsprutan igång och skickade in mängder av granater mot vagnen vars *Drozd* fick alltför många mål att bekämpa. Därför nådde de båda nästkommande granaterna fram och detonerade mot pansaret, men fortfarande utan dödlig verkan i målet då Kontakt-5, de reaktiva pansarklossarna, tog upp det mesta av den riktade tryckverkan i granaterna.

Isak hade just lagt sitt tredje pansarskott på axeln när T-80:ans PKT-kulspruta hackade igång. En kula träffade honom mitt i bröstet, spräckte västens keramplatta och stannade hans hjärta. Isak föll bakåt och råkade samtidigt avlossa pansarskottet som gick snett upp mot himlen. Abbud såg soldaten falla, svor tyst, och skrek sedan:

"Eldupphör. Reträtt till nya ställningar."

En spöklik tystnad bredde ut sig när granatsprutan slutade dunka och besättningen snabbt plockade upp den sjuttio kilo tunga pjäsen och började släpa den med sig bakåt. Annika tog upp de återstående pansarskotten medan Abbud slängde upp Isaks slappa kropp på ryggen och tog kön. Bakom dem rullade urtidsmonstren vidare. Kulsprutorna blixtrade och kulorna slet sönder grenar och buskar runt omkring dem, men ingen mer blev träffad.

118

De passerade bron och kom fram till sina terrängbilar. Håkan och Jan monterade med vana händer tillbaka granatsprutan i dess lavett på *Galtens* tak medan Lena Stridsberg gled in i en av de två andra *Galtarna* och bemannade kulsprutan. Nästan omedelbart hörde Abbud hur hon öppnade eld medan han själv vräkte in Isaks kropp i den kvarvarande terrängbilen. När det var klart hoppade han in bakom ratten, rev åt sig fjärrutlösaren till Semtex-laddningarna och tryckte in knappen. Framför honom detonerade bropelarna och vägbanan försvann ner i ån. Inga ryska vagnar skulle komma över den vägen.

Kulor hamrade in i *Galtens* tilläggsskydd och fick fordonet att gunga. Han var glad över "*bolt-on*"-skyddet som hade monterats så sent som veckan innan, men förstod också att det inte skulle fixa T-80:ornas NSVT-kulsprutor som hade kalibern 12,7 millimeter.

"Alla på plats?"

"Ja, fänrik."

"Då drar vi."

Han trampade gasen i botten. Egentligen skulle Isak ha bemannat kulsprutan, men med honom död var han ensam i bilen. Nu var de bara fem stycken kvar, fördelade på tre fordon. Gävles försvarare skulle inte klara så mycket mer strid utan att dra ihop styrkorna och möta fienden i ett sista spjutspetsanfall.

Abbud skulle ha kunnat ge vad som helst för några JAS-plan, pansarfordon och artilleri att möta den överlägsna fienden med.

119

Kapitel 26

Djupvik
2,2 mil norr om Gävle
Förmiddag 6:e maj 2017

Den tolvcylindriga turbodieselmotorn som gömde sig under skalet utvecklade femton hundra hästkrafter vid tvåtusen sexhundra varv i minuten och hade en toppfart på runt sjuttio kilometer i timmen vid landsvägskörning, men just nu lät inte plutonchefen, Ted Jeager, stridsvagnsgruppen köra så fort.

Deras marschfart var strax under fyrtio kilometer i timmen när de, väster om byn Djupvik, kom ut på ett kalhygge. Jeagers fyra stridsvagnar bröt formeringen och höll sig i skogskanten, två på varje sida om av avverkningen, för att försvåra upptäckt från eventuella ryska flygplan.

Plutonen tillhörde 191. mekaniserade bataljonen, som sorterade in under 2. Brigaden*. De hade under natten fått order om att dra sig närmare Gävle för att stödja 192. bataljonen och hindra det ryska inträngandet.

Efter vad Ted Jeager hade förstått hade ryssen redan fått i land mellan femtio och hundra stridsvagnar och skulle rent numerärt ha övertaget mot de reducerade bataljoner som skulle möta dem och även om man hade några pansarskyttekompanier med stridsfordon 90 skulle ryssarna vara överlägsna. Alltså måste de vara smarta och undvika att möta fienden i öppna fältslag av modellen Kursk, där

Stalin i juli 1943 hade kastat över femtusen sovjetiska stridsvagnar mot närmare tretusen tyska.

Trots den förkrossande numerären hade Ryssland den gången förlorat nästan tvåtusen stridsvagnar mot tyskarnas trehundra-tjugotre, men ändå vunnit slaget. Denna Pyrrhusseger hade lett till att Adolf Hitler själymant hade avbrutit operationen, vilket hade varit inledningen på den marsch för den ryska armén som två år senare avslutades i Berlin.

Jeager ville inte i onödan utsätta sin pluton för risker innan de hade kommit i ett, för svenskarna, gynnsamt läge där de kunde slå mot ryssarna. På sin TCCS, kompletterad med *Bataljon*-stridsledningssystemet, visste han precis var bataljonens övriga plutoner befann sig och kunde ner till varje enskild vagn se hur man stod sig i förhållande till varandra.

Plutonchefens vagn var en uppgraderad stridsvagn 122C med extra minskydd och modulärt AMAP-kompositpansar som gav ut-ökat skydd mot alla slags pansarbrytande projektiler, inklusive pansarspränggranater, som kunde tänkas träffa dem i den kommande striden. De var inte osårbara, men Jeager ville tro att deras skydd var så bra som det gick att få med mindre än att man låste in sig i ett hermetiskt pansarkärl bestående av ett niohundra millimeter tjockt RHA-ekvivalent pansarskydd.

Den uppgraderade versionen hade hittills bara tilldelats pluton-cheferna och deras ställföreträdare, övriga fick hålla tillgodo med 122B samt de få, ännu inte modifierade, 122A som fanns ute på förbanden.

Jeager slängde en blick upp mot himlen genom den öppna luckan. Skulle ett hot uppenbara sig kunde han på mindre än ett par sekunder slänga igen luckan och stridsverka, men just nu behövde han möjligheten att se verkligheten utan periskopets kraftigt beskurna vidvinkelseende.

Himlen var klart upplyst. Solen hade gått upp för länge sedan och ett grått molntäcke hängde över dem. Det regnade inte, men trots detta skulle ryskt spaningsflyg ha svårt att se dem med egna ögon. I stället skulle de vara tvungna att lita till radarn, som på grund av vagnarnas Barracudaskydd, skulle ha svårt att göra en säker identifiering.

Blicken gled över kalhygget. Den skogfria ytan var mindre än tvåhundra gånger åttio meter och på andra sidan slingrade sig en knappt skönjbar väg in mellan blandskogens skyddande grenverk.

Han hade redan gett plutonen order om att styra mot vägen och på andra sidan den öppna ytan kunde han se skallen på sin ställföreträdare som liksom han själv föredrog att se omgivningen IRL så länge de inte var i strid.

Ljudet från de fyra stridsvagnarnas dieselmotorer rullade mullrande över hygget och åts upp av skogen. Ted hoppades att ingen som eventuellt färdades på landsvägen öster om dem skulle kunna ana stridsvagnarna. Ryssen hade ännu inte lyckats bryta sig ut ur själva Gävle, även om svenskarnas linjer enligt uppgift var lika tunna som sytråd. Därför var risken inte stor att ryska stridsfordon skulle upptäcka dem. Han var dock inte villig att chansa.

När vagn två-ett (andra pluton, chefsvagn) rullade in i skogen igen och grenarna slöts över dem, andades Ted ut. Inget ryskt flyg hade sett dem och de kunde fortsätta söderut.

En blick på stridsledningssystemet sa honom att de övriga två plutonerna avancerade planenligt på parallella kurser med hans egna män. Det var först när föraren ställde sig på bromsen så häftigt att vagnen kanade på det daggvåta underlaget som Jeager såg den äldre mannen som stod som paralyserad på stigen och stirrade på dem.

***

Lennart Heed mötte lugnt Jeagers blick.

"Jag vet vad jag såg", sa han. "Det jag såg var minst en svensk stridsvagnspluton som slogs ut av ryskt pansar vid Sydhagen, norr

122

om hamnen. Jag är ledsen, men de flesta av era vänner är döda. Jag tittade in i en av de utslagna vagnarna och det var ingen vacker syn."

"Fan", muttrade Jeager tyst. "Det innebär att Kalle Frisk och hans män är borta. Du är helt säker på att det var stridsvagnar och inte stridsfordon?"

Lennart suckade och himlade med ögonen.

"Okej, jag är gammal, men vare sig blind eller dum i huvudet. Det var samma tanks som den här."

"Jag tror dig, jag försökte bara hitta något ljus i historien. Var ska du ta vägen nu?"

"Bort från området. Ryssen lär inte nöja sig med att hålla Gävle. Så fort som våra trupper är besegrade kommer de att utöka sitt territorium och då vill jag inte hamna i korselden."

"Det gör du nog väldigt rätt i, gamle man. Håll dig borta från de större vägarna bara, för ryssen har mängder med attackhelikoptrar som letar mål."

"Precis vad jag hade tänkt mig."

Lennart plirade mot den yngre mannen innan han klättrade ner från stridsvagnen och ställde sig på marken där han sträckte på lederna. Sedan klev han åt sidan och släppte fram de fyra vagnarna. Det sista Jeager såg var hur mannen körde ner händerna i fickorna och fortsatte att gå.

Efter några minuter körde de ut på en mindre skogsväg som ledde åt sydväst. Jeager lät vagnarna följa vägen i drygt fyrahundra meter innan de åter körde in i skogen för att snart komma ut på en ny grusväg som ledde dem till det ganska skogsglesa området kring Gocksmuren, sydväst om sjön Gocksen. De var nu runt en och en halv mil norr om Gävle och på himlen kunde han se röken från bränderna. Stanken bars fram av vinden och innehöll en blandning av brinnande olja, trä och annat som han vare sig kunde – eller ville – identifiera.

Där framme väntade Helvetet och de var på väg dit med stadig fart. Utan att vara medveten om det, började Jeager att be en tyst bön samtidigt som han drog igen pansarluckan ovanför sitt huvud.

Kapitel 27

HMS *Furusund* var med sina dryga trettio meter för liten för att kunna bära med en egen RIB-båt och därför hade Peter Gadd beordrat de överlevande att sjösätta räddningsflottarna. De orangea, heltäckta flottarna hade mirakulöst överlevt robotangreppet och blåste med ett väsande upp sig i sjön, en på varje sida om *Furusunds* skrov. När de överlevande hade tagit sig ombord fanns det gott om plats över, av den enkla anledningen att det var så förtvivlat få sjömän som hade klarat sig. Endast fem man ur *Upplands* besättning levde ännu och runt elva ur *Furusunds* – dit hörde inte kaptenen som hade befunnit sig på bryggan när denna hade träffats.

Flottarna saknade motorer och paddlar, men överbyggnaden fungerade som ett primitivt segel och drev, tillsammans med strömmen, de två flottarna mot den svenska kusten med ett par knops fart.

Peter Gadd hade, under stor smärta och med sammanbitna tänder, låtit sig hjälpas ned i den flotte som hade legat på *Furusunds* läsida, det ville säga styrbordssidan. När sista matrosen hade tagit sig ombord hjälpte de oskadda till med att skjuta bort flotten från fartyget som nu brann friskt.

Väl fria från skrovet såg de den andra flotten drivandes mot kusten som de visste fanns vid horisonten, men som de inte kunde se. Löjtnant Kvick tittade oroligt på Gadds likbleka ansikte.

"Hur är det med chefen?"

"Inget värre än att det går att bota med whiskey och vila." Gadd skrattade torrt och grimaserade sedan åt smärtan i de skadade revbenen. "Hur lång tid tror Kvick att det tar innan vi når kusten?"

Löjtnanten tittade ut genom kapellets öppning och studerade vågorna innan han svarade:

"Jag uppskattar att strömmen för oss åt sydväst i kanske två knops fart. Det betyder att vi gör mellan tre och en halv till fyra kilometer i timmen. Med sextio kilometer in till kusten kan vi se fram emot sexton eller sjutton timmar i de här flottarna ... om inte strömmen och vinden ändrar riktning eller om ryssen hittar oss först."

"Inget av det där låter som någon hit." Gadd grimaserade när han försökte ändra läge för att ligga bekvämare. Någonstans på flotten stönade en brännskadad besättningsman medan en annan försökte tvinga in lite vatten mellan de svullna läpparna. "Finns det ingen radio ombord? Ska inte de här räddningsflottarna vara utrustade med det?"

"Vi har nödproviant, signalpistol och signalspegel, men ingen radio. Däremot en radiofyr som sänder en fast nödsignal över nödfrekvensen. Den ger flottan eller kustbevakningen våra koordinater. Med lite tur blir det någon av dem som hittar oss, men jag ser det inte som någon högoddsare. Kriget lär ha tagit hårt på resurserna."

"Kvick är en riktig muntergök."

"Jag är realist, chefen."

"Samma sak."

Löjtnanten kröp tillbaka från öppningen i kapellet och satte sig intill sin fartygschef. Han kände en gnagande oro över att Gadds skador var allvarligare än vad de hade insett, men var klok nog att hålla de tankarna för sig själv. Tysta satt de i räddningsflotten och försökte hålla värmen med hjälp av foliefiltar som en flottist hade hittat bland nödutrustningen.

Efter drygt en timmes monotont väntande bröts tystnaden av ett kraftigt motorbuller. En matros tittade skrämt upp.

"Ryssarna. De har hittat oss."

***

Den krabba sjön märktes knappt av på bryggan där kapten Ragnar Broke stod och spejade ut över det grå havet. På grund av sitt namn kallades han ofta för Lodbrok av sina kollegor, med hänsyftning till Ragnar Lodbroks saga, en gammal vikingalegend. Ragnar var medveten om detta, men lät det bero. Man kunde bli kallad för värre saker.

Han förde befälet över en *Griffon* 8100TD, en lätt svävare som i Svenska marinen kallades för Svävare 2000. Just den individ som Ragnar Broke nu stod på hade skrovnummer 302, var elva meter bred och hade två stycken motorer som tillsammans utvecklade tvåtusen hästkrafter, nog för att ge svävaren en toppfart på femtio knop.

Hennes bemanning var – förutom Ragnar – en ställföreträdare samt en mekaniker. Det var allt svävaren behövde för att kunna fungera. I gengäld kunde den lasta cirka tio ton, vilket motsvarade femtio fullt utrustade soldater tillsammans med en bandvagn och en tjugo fots container.

För tillfället var dock större delen av hennes lastrum tomt, förutom tio amfibiesoldater utrustade med pansarskott, lätt kulspruta 90 samt ett Robot 17-system vars lavett hade monterats framtill på den annars klent beväpnade svävaren som bara hade en tung kulspruta 88 att skydda sig med.

Ragnar tittade på radarn och noterade hur den ryska fartygsgruppen kom allt närmare, något som irriterade honom.

Han kunde inte ta strid med det ryska helkopterhangarfartyget eller hennes stödfartyg och om den där stridsgruppens chef bestämde sig för att skicka upp några av sina attackhelikoptrar för att undersöka det snabba radarekot låg de pyrt till. Hans uppdrag var inte att söka strid – uppdraget var sjöräddning.

Redan när major Lennart Torstensson en och en halv timme tidigare hade rapporterat in att HMS *Furusund* hade problem ute på internationellt vatten i Bottenviken, hade Ragnar Broke fått en order från Berga. Han skulle göra sitt yttersta för att rädda sjömännen undan den annalkande ryska stridsgruppen för att se till att de inte dödades eller föll i rysk fångenskap.

Svävaren hade vid krigets början tagit skydd vid Öregrund och skuggades från havet av Gräsö. Där hade man sedan legat i beredskap, skyddad av amfibiesoldaterna som under natten hade flugits in med en av försvarets helikopter 16. Det var även de som under morgontimmarna hade monterat Robot 17-systemet för att ge svävaren lite extra eldkraft vid behov.

Robot 17 byggde på det amerikanska *Hellfire*, men hade modifierats av Bofors för att passa svenska förhållanden. Normalt var det landbaserat med en maximal räckvidd på åtta kilometer, men kunde även bäras av helikopter eller monteras på fordon. På sätt och vis var det ju nu fordonsmonterat, resonerade Ragnar, men inte riktigt som det var avsett. Han hoppades att de skulle slippa testa, för om de skulle behöva det så betydde det samtidigt att de stod i skit upp till halsen. I stället skulle man utnyttja *Griffon*-svävarens höga hastighet för att rädda egen personal och sedan smita undan innan ryssen hann reagera.

I krig gällde det att föra initiativet och låta fienden reagera, snarare än att agera, på de åtgärder som man genomförde. Med andra ord: Friskt vågat, hälften vunnet.

Vid horisonten såg han nu något som lyste röd-orange. Genom kikaren kunde han konstatera att de två räddningsflottarna låg med bara några hundra meters mellanrum, framförda av vind och strömmar. De skulle vara framme inom några minuter och han lät meddela soldaterna i lastrummet att det var dags.

Kapitel 28

Folke Löfgrens Park
Gävle
Förmiddag 6:e maj 2017

Den svarta röken från brinnande fordon svepte in fänrik Sirwans lilla karavan där den med hög fart kryssade mellan övergivna bilar och bombkratrar på Kungsbäcksvägen. De hade just passerat Strömvallens idrottsplats och hade ån på sin högra sida när Abbud tvingades ställa sig på bromsen.

En buss – eller det som återstod av den – stod på snedd tvärs över vägen och brann med full låga. Den oljiga röken tvingades ner mot marken och skapade något som närmast var att jämföra med dimman vid Lützen på morgonen den sjätte november 1632.

Abbud svor svavelosande på kurdiska och vred om ratten så att terrängbilen kanade på sidan och slutligen stannade, bara ett par meter från bussen. De övriga två bilarna lyckades även de få stopp på färden i sista sekunden.

Han såg sig omkring. Till höger låg det en parkering och en bred cykelbana och till vänster omgärdades en grön villa av äldre årgång av en välklippt häck som sträckte sig till brösthöjd. Husets fasad visade tydliga tecken på att ha beskjutits samt träffats av splitter från det som hade sprängt bussen. Några döda kroppar låg utspridda kring vraket och minst en av dessa bar den svenska kamouflageuniformen.

Bästa sättet att komma vidare var att backa och sedan ta sig förbi platsen via cykelbanan. Abbud lade i backen och kontrollerade backspegeln. En välkänd siluett dök upp på himlen bortom Strömvallens arena.

"Shaitan-Arba."

Mi-24:an hade uppenbarligen sett dem, för den styrde rakt mot de tre terrängbilarna. Gatlingkulsprutan i dess nos gick igång och Abbud såg hur asfalten smulades sönder när den första eldskuren gick för kort. I den bakersta *Galten* vaknade kulsprutan till liv när Lena besvarade elden. Han kunde se hur det slog gnistor om det pansarbeklädda skrovet när 7,62-ammunitionen studsade undan. Utan att tänka mer tryckte han ner gasen och bilen tog ett skutt bakåt. Snabbt vred han ratten och lade växelväljaren i drive. Terrängbilen studsade över trottoarkanten, touchade ett av de ungträd som bildade en gles allé längs gatan och körde vidare ut på parkeringen. En grop, orsakad av en granat, höll på att slita ratten ur händerna på honom men Abbud grep tag om den så att knogarna vitnade och styrde vidare mot de skyddande träden i parken på andra sidan parkeringen.

En personbil stod parkerad och dök hastigt upp i röken. Ena framdörren var öppen och med en ljudlig smäll slet *Galten* av den och skickade den i en vid båge in bland växtligheten innan terrängbilen brakade igenom en plantering och ut över gräsmattan som låg mellan träden och parkeringsplatsen.

En snabb blick i backspegeln berättade att de två andra bilarna fortfarande var med honom. Granatsprutan hade tillfälligt tvingat *Hinden* att vika undan, men han misstänkte att respiten var kortvarig. Om inte annat skulle den ryska piloten ropa på förstärkning, vilket skulle leda till att himlen snart skulle förmörkas av ryskt flyg.

Det Abbud nu siktade på var den gångbro som ledde över ån på andra sidan den smala trädlinjen. Han visste att den var avspärrad på grund av underhållsarbete, men *Galten* skulle inte ha några problem att forcera spärren. Ett större problem skulle i så fall vara om bron hade slagits ut. Han hoppades att den hade klarat sig.

Trots allt var det inte någon genomfartsled och ryssarna borde ha bättre mål att rikta sina dyra kryssningsrobotar mot.

Bilen svarade fint på hans kommandon och om Gävles stadsträdgårdsmästare hade varit på plats i detta ögonblick, när tre stycken nästan sju ton tunga terrängbilar kom farande över gräsmattan och in mellan träden, skulle han nog ha gråtit blod. Gräset slets upp och lämnade djupa, leriga hjulspår med naken jord efter sig. Dessutom hade helikoptern återvänt.

Abbuds bil krängde kraftigt åt höger när *Hindens* tunga kulspruta träffade vänstra bakre sidan. Förtvivlat kämpade han med ratten och önskade att han haft en skytt till kulsprutan, men som det nu var pekade den verkningslöst mot himlen.

Han hade nu kommit ut på den kombinerade gång- och cykelbanan. Framför honom låg bron. Ett skrangligt byggstaket med en *"Förbjudet för obehöriga"*-skylt spärrade vägen, men Abbud hade inga planer på att låta detta hindra honom. I stället tryckte han gasen hårdare mot golvet och den sex-cylindriga motorn vrålade när bilen vräkte sig mot hindret.

Som väntat kunde grinden och kedjan inte stoppa framfarten utan slets upp och for iväg när *Galtens* front träffade dem. Det slog gnistor om bilen när den skrapade emot stålet. Bakom honom hördes åter granatsprutan och ksp: n i de två övriga fordonen som försökte hålla *Hinden* på avstånd.

Tack och lov var vägbanan hel, bortsett från att arbetarna hade skurit bort ett område asfalt, men hålet var fyllt och plastkonen som markerade området var inget hinder. När *Galtens* nos träffade konen studsade den undan och försvann.

En röd stålcontainer stod vid sidan av vägen. Förmodligen var det där som de låste in sina verktyg. När Abbud kom upp jämsides med containern träffades den av en raket från den ryska helikoptern. Splitter och tryckvågen från explosionen slog in i terrängbilen och tvingade honom att slita ratten åt höger. Bilen for igenom ett lågt trästaket så att plankorna flög, kanade ner för en kort, gräsklädd slänt innan nästa staket splittrades under bilens tyngd. Framför sig såg Abbud nu gräs och trädstammar. Ännu en raket från ryssen träffade marken precis framför bilen och vräkte upp jord och sten på vindrutan. Helt plötsligt såg han inte längre någonting och ställde sig på bromsen, men det var för sent. Med full kraft rände *Galten* in i en trädstam och det tog tvärstopp. Abbud kände hur bältet smet åt över höfter och bröst innan rekylen skickade honom bakåt mot stolens rygg- och nackstöd. Allt blev med ens stilla. En dimma sänkte sig för hans blick och ringandet i öronen tonade sakta bort. Abbud var medveten om att han höll på att förlora medvetandet, men om han gjorde det skulle han dö. När *Galten* stod stilla skulle det inte vara några problem för den ryska skytten att sätta nästa raket mitt i målet.

Kraftlöst började han famla efter låset till säkerhetsbältet. Han var knappt medveten om att bildörren slets upp med ett knakande, metalliskt ljud och att starka händer grep tag om honom. Abbud noterade att han drogs ut ur bilen, men sedan svimmade han och allt blev svart.

***

Ett aggressivt luftanfall med flera ryska attackhelikoptrar inblandade hade tvingat André Kormat att dra sig söderut.

Vid Klintbergsgården hade sex stycken Mi-24 dykt upp på himlen och skjutit sina raketer mot svenska hemvärnsmän som fattat posto i det smala trädpartiet mellan lasarettsområdet och de äldre tvåvåningshusen längs Klintbergsgatan.

Att stanna kvar i området var liktydigt med självmord och hans drivkraft nu var att överleva för att kunna döda så många ryssar som möjligt. Hemvärnet hade inte riktigt samma val då de var tvungna att bita sig fast för att så länge som möjligt hålla fienden borta från sjukhuset som precis hade börjat evakueras.

I stället tog han Jungfrugatan söderut och passerade förbi Borgarskolan. På Västra Vägen kom två svenska pansarterrängbilar körande med riktning österut. I stridsluckorna stod soldaterna redo med sina automatkarbiner och automatkanonen pekade snett mot himlen, beredd på omedelbart eldöppnande om ett hot uppenbarade sig.

När pansarbilarna hade passerat skyndade André över vägen och kom in i Stadsträdgården där han vek av åt sydväst för att ta skydd under den trädkorridor som löpte från väst till öst genom parken. Han visste att han hade ån framför sig, men hade inga planer på att passera över den. I stället var tanken att han skulle följa åkanten mot öster för att på så sätt skyddat ta sig närmare de ryska linjerna där han skulle söka upp en lämplig plats för att sedan börja pricka ryssarna när de så småningom passerade.

Stridsmullret låg som en ljudkuliss och luften var sträv att andas på grund av röken från alla bränder. Oljehamnen brann fortfarande och den tjocka röken hängde likt en tung gardin över stora delar av staden där den blandades upp med rök från brinnande hus, fordon och annat. Gävle var ett inferno som aldrig tidigare hade skådats i Sverige. Den verklighet som han upplevde den här dagen var sådant som han tidigare bara hade sett på teve från olika krigshärdar runt om i världen.

André stannade under ett träd för att hämta andan. Han hade sprungit stora delar av sträckan och fastän han hade en god grundkondition var den inte i samma skick som under hans aktiva tid i kustjägarna.

Snabbt kontrollerade han att karbinen inte hade skadats och att magasinet satt som det skulle. Sedan tittade han upp. Någonstans hörde han ljudet från en tung kulspruta tillsammans med mullret från en helikopter. Sedan hördes det rappare ljudet från en Ksp-58. Utan att tänka tog han ut kompassriktningen i huvudet och började röra sig mot ljuden.

Det tog inte lång stund innan han såg *Hinden* när den på låg höjd svepte över trädtopparna, vände och flög tillbaka. En raket lämnade kapseln under en av de korta, trubbiga vingarna. Ljudet från detonationen ledde honom framåt. Han kom lagom för att se en terrängbil 16 som brakade rakt in i en trädstam bara ett trettiotal meter framför honom.

Den ryska helikoptern höll just på att fullborda nästa sväng och skulle snart komma tillbaka för att avsluta jobbet. André noterade ytterligare två terrängbilar som körde in i skydd av träden. Själv sprang han mot det kraschade fordonet, noterade kulhålen i chassit, och slet upp dörren till bakluckan. Precis som väntat fanns där flera pansarskott tillsammans med ammunition till kulsprutan.

Med van hand grep han tag i ett pansarskott, gick ner på knä och siktade på *Hinden*. När han fick den ryska helikoptern på kornet lät han granaten gå innan han slängde undan det förbrukade röret, samtidigt som han följde granatens bana.

Piloten såg faran och gjorde en undanmanöver, men hann inte komma ur vägen. I stället briserade granaten mot helikopterns stjärtbom. Den riktade explosionen slet nästan helt av bommen, vilket fick helikopterkroppen att börja rotera runt sin egen axel. Med röken strömmande ur den förstörda bakdelen kraschade den bland träden.

André tjöt till. Det var första gången som han hade skjutit ner en helikopter, vilket betydde att ryssen inte bara hade förlorat en värdefull luftfarkost utan han hade även sänt minst tre fiender in i evigheten.

Segerruset rann snabbt av honom. Nu gällde det att se om någon i bilen hade klarat sig. Med några få kliv var han framme vid dörren till förarsidan och slet upp den. Chauffören var blodig i ansiktet och skulle vara rejält svullen dagen efter, men han skulle överleva – i alla fall det här mötet.

Han böjde sig över mannen och fick loss säkerhetsbältet. Sedan släpade han ut honom ur bilen och in under träden där han lade

135

ner honom på marken och synade snabbt av skadorna. Det verkade mest röra sig om blåmärken, förutom ett jack i pannan. Det var också från jacket som blodet kom. André kände efter i höger benficka och fick fram mannens första förband. Snabbt lade han en kompress över såret, tog en våtservett och torkade rent ansiktet. Mannen stönade lätt.

"Vem fasen är du?"

Kvinnorösten överraskade honom inte. Han hade både hört och sett de andra soldaterna närma sig, men då han inte ansåg att de utgjorde något hot hade han helt ägnat sig åt mannen på marken framför honom. Nu tittade han i stället upp och vände sig om.

Kvinnan var mörkhårig och hade håret samlat i en slarvig fläta i nacken. Hennes uniform var nedstänkt med blod och han såg att en kula hade svett halsen. De bruna ögonen betraktade honom intensivt där hon nu flankerades av ytterligare en kvinna och två män.

"Jag heter André Kormat, före detta kapten i kustjägarna. Och vilka är ni?"

"Lena Stridsberg heter jag, förste sergeant vid 182:a hemvärnsinsatskompaniet. Fänriken som du håller på att plåstra om heter Abbud Sirwan och här står soldaterna Annika Hogdahl, Jan Emilsson och Håkan Hjort. I den kraschade bilen ligger vår döda kollega Isak. Varför bär du vapen och stridsväst i civila kläder?"

"Lång historia. Jag har lånat detta av en svårt sårad soldat som skulle evakueras från krigszonen. Från för cirka en timme sedan är jag återanmäld i försvarsmakten. "

Kapitel 29

Militära ledningscentralen
Kolmården
Förmiddag 6:e maj 2017

Det hade varit en lång natt och en lika lång förmiddag för general-löjtnant Sten Lagrell där han satt i det nedsläckta konferens-rummet.

Flykten från Stockholm hade varit panikartad, när de ryska soldaterna gick rakt på den hemliga ledningscentralen. Misstanken om en mullvad hade omedelbart börjat gro, men någon organiserad jakt på den misstänkta spionen hade man ännu inte hunnit igång-sätta. Statsministern var fortfarande saknad och han var i gott säll-skap. Flera ministrar, oppositionspolitiker och militärer hade ännu inte anmält sig och vakanserna hotade att göra så att stats-ledningen inte kunde fungera.

Lagrell kvävde en gäspning och kliade sig i nacken. Bortsett från LED-ljus längs golvlisterna var det mörkt i det fönsterlösa rummet och alla konturer var mjukt skuggade. Han kunde ana den stora skärmen längst fram i salen, samt stolarna och borden som stod uppställda på golvet, men just nu brydde han sig inte så mycket om detta.

Helst skulle han vilja sova, men ÖB önskade ha ett personligt möte med honom och generalmajor Stefan Tysk, chefen för den militära underrättelsetjänsten MUST. Sten misstänkte att det rörde mullvaden.

Dörren till salen öppnades och lampan tändes.

"Herregud, Lagrell. Du höll på att skrämma ihjäl mig. Sitter du här och ugglar i mörkret?"

Det var ÖB, general Stefan Krimla, som uttalade orden. Lagrell blinkade mot ljuset och pressade fram ett ansträngt leende.

"Tänkte att jag skulle få lite lugn och ro i några minuter."

"Jag förstår dig. Vi skulle alla behöva sova lite mer, men situationen i landet är nu en gång sådan att sova är en lyx som vi inte har råd att unna oss."

Krimla klev in i rummet och nu såg Lagrell att Stefan Tysk följde tätt efter generalen. Tysk stängde dörren efter dem. De båda männen gick fram till Lagrell och slog sig ner på ett par stolar. ÖB skrattade till.

"Se på oss. Tre gråhåriga gubbar i övre medelåldern som för närvarande håller landets öde i våra händer. Det får mig att tänka på de där sista dagarna i april 1945 när Hitler beordrade förband som inte längre existerade att ta strid med ryssen i slaget om Berlin."

"Fast så illa är det inte ännu." Tysks röst var lågmäld, men hade en underliggande hårdhet som vittnade om hans beslutsamhet att övervinna situationens allvar.

"Inte än. Vi har fortfarande förband som vi vet fungerar och som ännu inte har varit i strid, men vi såg alla vad ryssarna gjorde under kvällen i går och vidare under natten."

De båda andra männen nickade. Under flykten hade de sett resultatet av de ryska flygräderna där både termobariska bomber och konventionella stridsspetsar hade sprängts mitt i de svenska samhällena, allt för att skapa skräck och kaos med avsikt att försvåra, förhindra och dra ut på mobiliseringen av den svenska armén. Detta till trots hade flera förband – företrädesvis hemvärnsförband – ändå lyckats möta de ryska styrkorna och bjuda hårdnackat motstånd.

"Vad kan chefen för ledningsstaben berätta för mig?" ÖB tittade på Lagrell som tvingade sig själv att tänka efter innan han svarade.

138

"Vi känner till situationen i Stockholm. Samma sak gäller i Kalmar och längs stora delar av södra östkusten. Sedan skapade ryssarna även ett brohuvd i Gävle i går eftermiddag. Där har hårda strider ägt rum under natten och nu på morgonen. Vår ubåt HMS *Uppland* sänktes, men delar av besättningen kunde räddas av HMS *Furusund.* Dock befarar vi att även *Furusund* sänktes för några timmar sedan. Vidare uppgifter om detta har vi för närvarande inte. Det vi däremot vet är att militärledningen för Gävleborgsgruppen, samt lokala politiker lyckades, precis som vi, att ta sig ut från Gävle och fly till civilförsvarets bunker i Hamrångeberget. Därifrån leder de striden efter bästa förmåga. Där skulle vi behöva få till en duglig ledning på plats istället."

Lagrell harklade sig och såg sig om efter vatten, insåg att inget fanns och fortsatte:

"Militärregion Nords befälhavare, överste Richard Fridell, tog under morgontimmarna beslut om att dra samman den 191. och 192. mekaniserade bataljonen till Gävleområdet för att möta anfallet. Det lämnar en stor blotta i den norra flanken, men det är vårt enda hopp om att stoppa Ivan från att tränga längre in i landet och eventuellt skära av den norra delen från resten av Sverige. Har Potemkin som mål att via Gävle gå vidare mot Natolandet Norge så gagnar det oss ännu mer att hindra dem. Ser Nato att vi även slåss för dem ökar nog offerviljan hos de amerikanska generalerna markant. Kom ihåg att somliga av dem som huserar på andra sidan gölen ser med oblida ögon på Sverige. Flera av dem är tillräckligt gamla för att minnas Palmes torpederingar och efterföljande socialdemokratiska regeringar har inte gjort mycket för att stärka förtroendet."

"Se så, Lagrell. Lämna politiken till politikerna och låt oss militärer sköta bössan. Så fort vi får ett tillförlitligt samband, och vår statsminister dyker upp, ska vi ta kontakt med POTUS och SACEUR. Till dess måste vi sköta det här själva. Fridell drar alltså samman de mekaniserade bataljonerna till Gävle. Det innebär att vi får fyra pansarskyttekompanier och lika många stridsvagnskompanier att sätta in mot ryssen. Vad mer?"

"193. jägarbataljonen. Delar av den fanns redan på plats, men resten är nu på väg."

"Det innebär att vi har utmärkta enheter för infiltrerad strid."

"Ja, chefen, men de behöver hjälp. Jag har funderat på om överste John Ekroth möjligen har några SOG att ställa till förfogande?"

Krimla kliade sig på hakan medan han tänkte över sitt svar. Sedan sa han:

"Sist jag pratade med Ekroth hade han alla sina operatörer uppbundna, men vi har ett alternativ bland husarerna."

"Tänker chefen på 323. fallskärmsjägarkompaniet?" Det var Tysk som frågade och Krimla nickade.

"Precis det jag tänkte på. 323:e är, så vitt jag vet, färdigmobbade och fulltaliga. Det innebär att vi har åttioen specialsoldater att sätta in bakom fiendens linjer. Tillsammans med 193:e blir det en formidabel spjutspets."

Lagrell sög in underläppen och tuggade på den några sekunder innan han nickade.

"Det vore perfekt. Jag kan ta kontakt med Karlsborg omgående och se hur de ställer sig till saken."

"Det är gott. Gör så, generallöjtnant. Därefter tar ni två timmars sömn och inställer er hos mig vid lunch. Vi har fler nötter att knäcka."

"Det är uppfattat, chefen."

Lagrell reste sig och nickade åt männen innan han lämnade rummet för att försöka få tag på en fungerande linje till Karlsborg. När dörren stängdes bakom honom tittade Tysk på Krimla.

"Och vi är helt säkra på att Lagrell inte är mullvaden?"

"Säker kan man ju aldrig vara, men jag tror mer på att det är någon av våra politiker som har skitit i fel bo. Ryssarna hittade oss snabbt, men inte *så* snabbt. Det tyder på att tjallaren inte kände till

140

Berget förrän hen kom dit och ingen av politikerna, förutom statsministern, kände till Bergets existens."

"Så vi litar på den militära personalen?"

"Bara de vi känner väl och även där går vi efter cellprincipen. Det var därför som bara vi tre hade det här samtalet. Nu är det bara du, jag och Lagrell som känner till planen på att kasta ner 323:e kompaniet i Gävle."

Kapitel 30

191. Mekaniserade bataljonen
Team Jeager, norr om Gävle
Lunchtid 6:e maj 2017

Det var första stridsvagnsplutonen som först rapporterade kontakt med fienden. De fyra stridsvagnarna låg en kilometer söder om Jeagers pluton, längs med den norrgående Björkevägen i höjd med Kungstensskolan.

De svenska vagnarna hade precis kommit ut ur skogen när de blev påskjutna av ett flertal T-72. En svensk stridsvagn hade träffats, men inte slagits ut och elden hade besvarats. Två ryska vagnar träffades, varav en dog direkt och den andra skadades innan svenskarna drog sig tillbaka i skydd av träden.

Den golfbana som under kvällen innan hade tjänat som slagfält hade nu fått nya vrak, men ryssarna tänkte inte låta sig nöjas med att de hade drivit svenskarna till reträtt. Tio T-72 jagade efter de fyra svenska vagnarna, som ropade på förstärkning.

På sitt TCCS-system såg Jeager läget och gav order till föraren om forcerad framryckning. Det tog endast några minuter att nå fram till kollegorna.

Den första ryska stridsvagnen dök upp i skogen framför dem och skytten avfyrade omgående en pilprojektil som träffade tornets vänstra sida. Vagnen exploderade och Jeager slog till rökkastarna för att backa ut och finna ny position. En rysk granat missade dem med en hårsmån, samtidigt som skrovet blästrades med eld från en tung kulspruta.

Skogen gjorde det svårt att få överblick på läget och om det inte hade varit för stridsledningssystemet skulle det ha rått kaos, men Jeager hade trots detta en god uppfattning om var de egna vagnarna befann sig.

De kom ut på en öppen yta bland träden. Femtio meter framför dem kom två T-72 rullande. Den främsta vagnen avfyrade sin projektil bråkdelen av en sekund före det att Jeagers skytt fick iväg deras. Den ryska granaten träffade skrovpansaret, men trängde inte igenom. De blev rejält omruskade och Jeager misstänkte starkt att den ryska skytten hade laddat med pansarspräng snarare än pilprojektil. Det var däremot ett misstag som hans egen laddare inte hade begått. Den svenska projektilen träffade i skrovet under tornet där volframkarbidpilen på grund av sin höga anslagsenergi mer eller mindre förvandlade pansarstålet till en trögflytande vätska. Temperaturen i vagnen höjdes markant under den första sekunden efter anslaget, liksom trycket. Detta ledde till att besättningen var död redan innan den kremerades. Luckorna trycktes ut och den högintensiva elden sträckte sig som ett anklagande finger mot himlen.

Den andra vagnen var skymd av det brinnande vraket och kunde inte få iväg ett skott, men Jeager beordrade ny pilprojektil. Skottet gick, men missade den ryska vagnen med minsta möjliga marginal. Ryssen lade rök för att ta sig undan. Jeager ledde stridsvagnen runt vraket i jakt på fienden. På TCCS såg han två svenska vagnar som närmade sig och dessa hade plottat fiender som också befann sig nära.

Grå rök svepte in i periskopet och hindrade honom från att se något. IR-siktet försämrades också av röken, men de plottade vagnarna fanns där alltjämt. En svensk stridsvagn rapporterade att de hade fått ena drivbandet avskjutet, en annan hade tystnat och var troligen utslagen.

En grå skugga i röken framför dem fanns inte med på TCCS-plotten och skytten sköt. En blixt lyste upp när projektilen träffade.

Han bad föraren ta en västligare kurs som skulle föra dem ut ur röken. När dimman lättade såg han genom periskopet hur vagn två-fyra sköt mot mål framför dem.

"Fientlig rysk stridsvagn utslagen."

Rapporterna strömmade in från de svenska vagnarna. Efter en halvtimmes strid hade samtliga ryska stridsvagnar slagits ut. Själva hade svenskarna förlorat två egna resurser. Det var den första riktiga segern under det här kriget, något som bevisade att strids-vagn 122 tillhörde en av världens bästa.

***

Skogen var tyst. Fåglarna hade skrämts bort av de stora metallmonstren och stridsmullret nådde inte hit. Jeager drog in den rena luften i lungorna där han hängde halvvägs ut genom sin lucka, samtidigt som han lät blicken svepa över vagnchassit.

Träffen i fronten syntes tydligt. Han undrade om det var en defekt pilprojektil eller en pansarspränggranat. Vad det än var, hade skydden fungerat. Det enda som hade skadats var exteriören, något han tackade både Gud och SSAB, som hade levererat pansarplåten, för.

Det hade gått drygt fyrtio minuter sedan det korta pansarslaget och svenskarna hade dragit sig tillbaka en kilometer för TOLO* och omgruppering efter marschen. Att de skulle råka i strid direkt hade inte varit planerat, men nu visste de att fienden inte var oöver-vinnerlig, något som stärkte kompaniets självförtroende markant.

Han visste att flera UAV: er hade skickats upp för att spana på fiendens posteringar. Samtidigt var han en smula fundersam över att ryssarna inte satte in mer trupp. Visserligen hade han hört att mycket ryskt tonnage hade gått till botten på Östersjön efter den svenska marinens insats, men ändå ... hur många specialförband förfogade inte det stora landet i öst över? De hade Spetsnaz, VDV,

144

SSO, MPR, GUGI, VME ... mer än tillräckligt för att köra över Sverige flera gånger om.

Tankarna avbröts när en av mekanikerna klättrade upp på chassit och satte sig intill hans lucka.

"Vagnen verkar ha klarat sig förhållandevis bra. Sikten, rökkastare och kommunikation är okej, liksom motor och drivning. Ni tog en smäll, men vagnen gjorde vad den skulle."

"Vet du vad det var?"

"Det var en fenstabiliserad pilprojektil. Men jag misstänker att den var defekt. Troligen en eller flera trasiga fenor som gjorde att den inte träffade som den skulle, varför stora delar av anslagsenergin försvann längs skrovets utsida snarare än att det slog igenom. Vi får vara glada att den ryska arbetaren som satte ihop den där granaten en gång i tiden inte gjorde ett så bra jobb."

Mannen log och hoppade ner från chassit för att skynda vidare. Ted Jeager kunde bara hålla med. Tack gode Gud för dålig moral och billig rysk vodka.

Kapitel 31

Sväваren manövrerade sig jämsides med den första räddnings-flotten. En av soldaterna hoppade ombord och knöt fast en lina. Sedan öppnade han kapellet och tittade in.

"God middag. Någon hade ringt efter rumsbetjäningen."

De nödställda tittade med stora ögon på den unge mannen vars ögon lyste vita i det kamouflagemålade ansiktet. Hans leende och den breda stockholmskan var en trevlig överraskning då de hade förväntat sig ryska soldater. Mannen fortsatte:

"Jag heter Robin Högman och är sergeant på 4. amfibie-bataljonen. Vi har lite bråttom eftersom en rysk eskader befinner sig lite för nära för att det ska kännas helt bra. Kan därför de som kan gå själva hjälpa dem som inte kan det över till vår svävare är ni snälla?"

Det tog två sekunder för människorna att ta in det som sades, sedan började man röra på sig. Löjtnant Kvick hjälpte Gadd på fötter och som sista par lämnade de flotten och assisterades över till *Griffon*-svävaren innan hela proceduren upprepades med flotte nummer två.

Mitt under bordningen vaknade svävarens tunga kulspruta till liv, samtidigt som någon skrek med hög röst:

"Flygare! Flygare!"

***

För Ragnar Broke kom inte de ryska helikoptrarna som någon överraskning. Han hade sett dem på radarn ett tag och förvarnat besättningen, samtidigt som han hoppades på att fienden inte skulle hitta dem. Vare sig Mi-24:an eller denna nya version var avsedda för användning på havet. De var visserligen stationerade på ett hangarfartyg, men avsedda att sättas in mot fiendens marktrupper i kustnära områden. Därför hade de inga torpeder eller sjömålsrobotar, något som han hoppades skulle väga över till deras egen fördel i den kraftmätning som tvivelsutan skulle komma inom kort.

Det som talade för de ryska attackhelikoptrarna var att de, förutom kanonen i fören, bar på en tung arsenal av vapen. Bara de fyra 9K114 *Stjurm*-robotarna skulle kunna skicka svävaren till Östersjöns botten vid strategiskt olyckliga träffar och enligt radarn var två av dessa helikoptrar nu på väg mot dem.

Nervöst betraktade Broke hur de nödställda i den andra flotten hjälptes över till svävaren. Det tog alldeles för lång tid. Attackhelikoptrarna var snart över dem. Han lyfte blicken och tittade ut över den molnbeslöjade himlen. Vid horisonten dök två hotfulla siluetter upp och ungefär samtidigt vaknade vapenstationen till liv och skickade bly mot det inkommande hotet.

Någon av amfibiesoldaterna skrek för full hals för att överrösta kulsprutans smattrande.

***

Örlogskapten Rami Vainio var fartygschef ombord på den finska robotbåten *Hanko*, av *Hamina*-klass. *Hanko* var knappt femtioen meter lång och hade sjösatts 2005 som den tredje i en rad av fyra robotbåtar med smygegenskaper.

Hennes beväpning bestod av robot 15 för sjömål, en Bofors allmålskanon Mk3, två tunga kulsprutor och slutligen åtta stycken

147

Umkhonto luftvärnsrobotar. För sjö- och luftmål var *Hamina*-klassens robotbåtar en dödlig munsbit och den låga radarprofilen gjorde henne svår att upptäcka för fiendens stridskrafter.

När kriget bröt ut hade *Hanko* legat för ankar i Mariehamn på Åland då man hade haft problem med radarn och därför gått in i den demilitariserade zonen för att se över elektroniken. Spänningen i Östersjöregionen hade undan för undan ökat de senaste åren och Rami Vainio ville inte segla omkring med en dåligt fungerande radar – inte ens kortare sträckor – och hade meddelat Obbnäsbasen sitt beslut.

Därför hade *Hankos* radar varit nedplockad när Ryssland gick över den finska gränsen. Förfärat hade man på radion följt nyheten om anfallet och alla ansträngningar hade satts in för att få *Hanko* stridsduglig så fort som möjligt.

De hade fått ovärderlig hjälp av en radioamatör som, när nyheten om kriget nådde Åland, hade tagit sig fram till avspärrningen kring den finska båten och erbjudit sin hjälp. Den sista skruven hade fästs under morgonen den sjätte maj och två timmar senare hade *Hanko* lämnat hamnen för att utföra tester och kontrollera att radarn fungerade.

Det var under de testerna som de hade uppfattat ett nödanrop från den svenska båten HMS *Furusund* som meddelade att de anfölls av ryska attackhelikoptrar och behövde assistans. Sändningen hade avbrutits mitt i radiotelegrafistens tal och Rami misstänkte att skeppet hade sänkts, men han tänkte inte låta detta styra honom. *Hanko* var förmodligen det fartyg som fanns närmast svensken och han tog snabbt beslutet att bistå på det sätt de kunde, om så bara för att plocka upp eventuella överlevande.

Hanko hade därför vänt norrut, rundat Åland på den svenska sidan av ögruppen och stävat mot den senast kända positionen för det svenska fartyget. Snart hade radarn fångat upp ekon från dels den svenska sidan där ett litet, snabbt föremål plöjde fram genom havet mot samma position som de själva styrde emot, och dels från en fartygsgrupp på fem fartyg som närmade sig från sydost på tjugo distansminuters avstånd. Några minuter senare såg han på radarn hur två mindre föremål lösgjorde sig från det största av de fem ekona för att i hög fart närma sig svenskarna.

Insikten slog honom att detta måste vara det ryska helikopterhangarfartyget *Vladivostok* som finska agenter hade rapporterat om. Ifall de två attackhelikoptrarna nådde fram till de nödställda och den svenska svävaren – det kunde inte vara något annat än en av svenska marinens tre *Griffon*-svävare – skulle de inte ha en chans. Svenskarna hade en tradition av att aldrig utrusta sina marina fartyg med luftvärn och svävarna hade bara en enda tung kulspruta att försvara sig med.

Rami gav order om att avlossa två Rbs-15 mot det ryska hangarfartyget och några sekunder senare sveptes robotbåten in av röken från de avskjutna robotarna. När robotarna hade lämnat ökade *Hanko* farten till max och gick från tjugosju till trettiotvå knop för att hinna så nära svenskarna att de skulle kunna använda sina luftvärnsrobotar mot de anfallande helikoptrarna.

Rami visste att det bara var en tidsfråga innan något av fartygsgruppens eskortfartyg skulle avlossa sjömålsrobotar mot dem och själv hade han nu bara två Robot 15 kvar.

Kapitel 32

Civilförsvarsbunkern i Hamrånge var egentligen för liten för att tjäna som stabsplats för både den civila och militära ledningen, men i spåren av 1990-talets slakt av försvaret hade alltför mycket avvecklats eller lagts i malpåse. När förra ÖB hade försökt att väcka liv i den slumrande försvarsviljan hade det gått oändligt långsamt och den enda bunker som inte hade sålts ut eller plomberats var just Hamrånge. Därför fick man göra det bästa man kunde med det lilla man hade.

Lennart Stålnacke tittade ut över det improviserade stabsrummet. Längst bort mot ena väggen hade några skrivbord ställts in, med flyttbara skärmar emellan för att om möjligt ge personerna som jobbade där en illusion av avskildhet.

Skrivbordet längst in i hörnet var det han letade efter. Där satt en trött major Kahli och pratade i en hederlig gammal bakelittelefon från kalla krigets dagar, lämpligen illröd i färgen och med nummerskiva som gjorde att ingen född senare än 1990 någonsin skulle förstå hur den fungerade. Han närmade sig sakta skrivbordet och trots att Kahli hade ryggen mot honom verkade det som om majoren hade ett sjätte sinne. Med en vänlig blick tittade han upp och nickade mot en nött kontorsstol. Sedan avslutade han samtalet med att säga:

"Det är uppfattat, överste. Vi ska göra vårt allra bästa."

När luren väl befann sig i klykan gnuggade Kahli sina rödsprängda ögon innan han såg på Stålnacke och sa:

"Jag talade just med en överste John Ekroth i Karlsborg. Känner du honom?"

Stålnacke nickade.

"Chef för Särskilda Operationsgruppen."

"Korrekt. Tydligen en man med flera järn i elden. Han hade ombetts av försvarsledningen att tilldela resurser till Gävles försvar. Dessvärre är alla SOG-operatörer upptagna av andra uppdrag, men han hade ändå lite godis kvar i påsen."

"Jag lyssnar!" Nu var Stålnacke nyfiken på vad som skulle komma.

"Jo, tydligen är hela 323. fallskärmsjägarkompaniet komplett och stridsberett. Det innebär drygt åttio jägarsoldater som just nu sitter som på nålar i Karlsborg och bara väntar på att få ge sig in i hetluften." Kahli tystnade och studerade Stålnackes minspel. Sedan fortsatte han: "Ledningen vill alltså sätta in 323:e i Gävle, och då i nära samarbete med det som återstår av 193:e, vilket är anledningen till att jag kallade på dig. Jag vet att du fick en sjudjävla smäll i går kväll, men skulle du ändå klara av att återgå till Gävle för att samordna på plats?"

"Absolut! När åker jag?"

"Med en gång. Ta med dig löjtnant Stenman och fänrik Mendez och utgå till O-plats B4."

"OP B4. Det är uppfattat, major."

"Det är gott, kapten. Ta det försiktigt därute. Den bästa soldaten är den som överlever för att kunna fortsätta slåss i morgon igen."

"Absolut, major. Jag ska göra mitt bästa."

Stålnacke blinkade mot major Kahli som besvarade gesten med ett trött leende. Sedan vände Stålnacke på klacken och skyndade ut för att leta upp Stenman och Mendez. Det var dags att på nytt ge sig in i striden.

***

Knappt fyrtio minuter senare satt Stålnacke, Stenman och Mendez tillsammans med tre meniga skyttesoldater i en pansarterrängbil 203 B på väg tillbaka till stridsområdet. Pansarbilen var beväpnad med vapenstation från *Protector Nordic* med en tjugomillimeters automatkanon. Med sig hade de tillräckligt med ammunition för att kunna fortsätta kriget på egen hand – i alla fall hade det känts så när de lastade bilen. Stenman satt bakom vapenstationens kontroller medan Mendez körde. Stålnacke, som i egenskap av kapten hade högst rang, satt som passagerare och studerade en digital karta på sin padda. Soldaterna befann sig i bakutrymmet där de förnärvarande satt fastspända. I händelse av att behov uppstod kunde de dock ta sig upp i stridsluckorna och delta i uppsutten strid.

Mendez höll högsta möjliga hastighet för att så snabbt som möjligt ta sig tillbaka till Gävle.

"Hur löd ordern fullt ut?" Det var Stenman som ställde frågan.

Stålnacke kryssade ner kartan, gick in i sin ordermapp och ögnade igenom det digitala orderformuläret.

"Möt upp med 323:e vid OP B4. Nedsläpp planeras runt klockan tjugoett noll-noll. Led innästlad strid på rysk planhalva. Sabotage, lönnmord genom krypskytte."

"Klassisk *stay-behind* aktivitet alltså."

"Sådant som vi jägare är experter på", flinade Stålnacke muntert.

"Hell yeah! Kan inte vänta på att få visa ryssen att de gjorde ett stort misstag när de kom hit."

Stålnacke slängde en blick mot Mendez. Den unga fänriken var djupt koncentrerad på körningen, men det var också något mer. Stålnacke kände igen uttrycket i ansiktet. Han hade sett det förr hos män som skulle gå ut i strid. Mendez hade insett att han kunde dö, men hade förlikat sig med tanken och var nu helt koncentrerad på att lösa uppgiften.

152

Kapitel 33

Gävle
Bakom de svenska linjerna
Eftermiddag 6:e maj 2017

Luften smakade konstigt i hans mun. Det var en smak som påminde om bränt kött, het metall och diesel. Sirwan slog upp ögonen, tillfälligt desorienterad. Solen stod högt på himlen där den tittade fram genom molnen. Dess strålar värmde hans kinder och fick honom att kisa medan han försiktigt såg sig omkring.

"Så det passar att vakna nu?"

Rösten fick honom att vrida på huvudet och titta på Lena Stridsberg som kom klivande mellan tallstammarna. Hennes uniform var smutsig, ansiktet fläckat av levrat blod och kängorna var leriga ända upp på skaften. Ändå log hon när hon satte sig på marken intill honom.

"Var är vi?"

"Just nu är vi på en förbandsplats i skogen vid Ormsved. Ryssen driver oss framför sig och förbanden börjar krokna. Det är bara en tidsfråga innan vi tvingas ge upp Gävle och dra oss västerut."

"Hur kom jag hit? Det sista jag minns är att jag körde in i ett träd."

"Du blev räddad av en gammal kustjägare som råkade befinna sig på rätt plats vid rätt tidpunkt. Han drog ut dig ur bilen efter att han hade satt ett pansarskott i attackhelikoptern som anföll oss. Därefter gjorde vi en taktisk reträtt, vilket för mig är ett finare uttryck för att lägga benen på ryggen och fly. Reträtten förde oss hit, en tillfällig återsamlingsplats för svenska förband på flykt.

Kapten André Kormat, som drog ut dig ur bilen, har fått en korrekt uniform och försöker just nu att övertyga vilka det nu är som för befälet över den här reträttplatsen att anfall är bästa försvar."

"Lyckas han?"

"Vet faktiskt inte. Det sista jag hörde var en vresig major som påpekade för honom att man behöver soldater, vapen och ammunition för att föra ett krig och att vi för tillfället saknar allt av detta.

Abbud reste sig upp på armbågarna och Lena hjälpte honom att sätta sig med ryggen mot en trädstam. Huvudet sprängde, men bortsett från det verkade han vara tämligen oskadd. När han nu hade kvicknat till noterade han det stora antalet soldater som låg på filtar, liggunderlag eller direkt på marken runt omkring honom. En personbil 8 från hemvärnet stod parkerad ett tiotal meter bort. Plåten uppvisade ett imponerande antal kulhål. Lena såg hans blick och fyllde i:

"De kom för tio minuter sedan. Man drog ut tre döda hemvärnsmän ur baksätet på den där. Inte något vidare fordon att ha mitt i en krigszon."

"Hur är det med resten av vår grupp?"

"De lever och mår bra. Vi har fått krubb och hunnit vila. Just nu väntar vi på order, men det verkar som att cheferna inte riktigt vet vad de ska göra."

Han skulle just följa upp med flera frågor när soldaten Annika Hogdahl kom springande fram till dem.

"En ammunitionstransport har lyckats att ta sig fram", sa hon upphetsat. "Man håller på att dela ut ny ammunition till grupperna nu. Kom."

"Hjälp mig upp."

Annika och Lena grep tag under Abbuds armar och drog upp honom på fötter. Först vinglade han till, men fann sedan balansen.

154

"Lika bra att fylla på med krut och kulor." Han flinade mot kvinnorna innan de gick bort mot de två militära lastbilar som precis hade parkerat under tallarna invid kraftledningsgatan som skar genom skogen.

***

Att säga att André Kormat var förbannad var att ta till en underdrift. Just nu hade han god lust att slå ner den räddhågsne och veliga majoren som nyss hade stått framför honom och som säkert inte hade varit ute i skogen under de senaste tio åren, av magen att döma. Med all den kunskap som André besatt inom taktik och strid i bebyggelse hade han försökt förklara för majoren vad man behövde göra.

Karln hade vägrat att lyssna.

André hade bett honom att söka samband med högre chef – majoren hade vägrat även detta.

I stället stod man med ett hundratal man vid en hastigt upprättad samlingsplats, utan tillgång till närluftvärn, utan skärmskydd eller närstridspatruller. I fjärran dånade stridsmullret mot dem när de få trupper som fortfarande kunde strida, stred för allt vad de var värda.

Inte heller det beaktade majoren.

André försökte på alla sätt få karln att inse att någon chef måste ta tag i kriget och leda striden på plats, men majoren vägrade. I stället hade han hotat med att sätta André i arresten för insubordination för att i ett senare skede få honom inför krigsrätt för ordervägran. När de hade kommit så långt i samtalet hade André störtat ut från sambandsplatsen som utmärktes av uppspända kamouflagenät.

Karln var en idiot och på grund av hans totala oförmåga att fatta ett enda vettigt beslut skulle säkert flera svenska soldater få sätta

155

livet till helt i onödan. André lutade sig mot ett träd och tog flera djupa andetag för att sänka blodtrycket. Det var då han såg en pansarterrängbil 203 B komma krängande mellan träden för att sedan parkera mellan ett par tallar. Dörrarna öppnades och soldater hoppade ur. Det som fick honom att behålla intresset för de nyanlända var en reslig karl med bistert ansikte som klev ut från passagerarsidan. På huvudet hade han m/90-hjälmen och på ärmen lyste det svart-gula tilläggstecknet för Jägare.

André gick närmare. Jägarkaptenen såg sig omkring innan blicken fastnade på André, som var den enda personen som styrde stegen mot honom.

"Kapten." André gjorde honnör och fick en honnör till svar. "Kapten André Kormat, kustjägarna. Vad skönt att se en armé-jägare här. Något jag kan stå till tjänst med?"

"Lennart Stålnacke. Jag söker ansvarig chef för den här cirkusen."

André lyfte på ena ögonbrynet.

"Major Ulf Bratt finns där borta." Han nickade i riktning mot majorens sambandsplats. "Men det hjälper inte att slösa någon energi på honom är jag rädd."

"Den gode majoren ska fan få förklara för mig hur jag och min grupp kunde rulla rakt in i lägret, mitt under brinnande krig, utan att bli stoppade av en enda vaktpatrull", fräste Stålnacke upprört, samtidigt som han styrde stegen mot sambandsplatsen.

"Det här måste jag se", sa André till fänriken som just hoppade ut från pansarbilens förarplats.

"Ja, stackars majoren som har retat upp Stålnacke. Då spelar inte graden så stor roll", skrockade fänriken och följde efter Kormat där han skyndade i Stålnackes fotspår.

"Major. Kapten Lennart Stålnacke, arméns jägarförband. Hur i helvete kunde vi inte bli stoppade när vi kom rullande i en pansarbil rakt in i lägret?"

Majoren tittade upp från ett papper som han satt och läste, nyss överräckt av en signalist.

"Vid min stabsplats vårdar man sitt språk, kapten."

"Och i min försvarsmakt ser man fan till att följa reglementet vad gäller vakthållning vid förbandsplats. Det finns klara principer om hur man upprättar en stabsplats ... om man ämnar behålla den, vill säga. Det betyder vakter. Nästa pansarbil som kommer rullande är kanske en VPK-7829 *Bumerang* med den ryska trikoloren på sidan. Vill majoren ha svenska soldaters liv på sitt samvete?"

Major Bratt blev blossande röd om kinderna. Han reste sig så häftigt att den svarta plaststolen han hade suttit på for i marken med en duns.

"Vem tror kaptenen att han är?"

"En jägare med stridserfarenhet. Det här är inte min första krigsskådeplats. Förra gången jag var i strid dog svenska soldater, trots att vi hade vidtagit minutiösa förberedelser. Den gången var motståndet skrikande turbaner med AK-47 från en tid när majoren förmodligen fortfarande gick i lågstadiet. Vad tror ni att resultatet blir om ett gäng spetsnäsor valsar in här med betydligt bättre vapen, bara för att majoren har underlåtit sig att sätta ut vakter? Och innan ni frågar – jag blev skjuten två gånger då. Att jag står här i dag beror enbart på skyddsvästen, samt en sårad SOG-operatör."

Stålnacke tystnade för att betrakta major Bratts reaktion. Sedan fortsatte han:

"Det där meddelandet ni läste när jag kom. Handlar det möjligen om mig, eller behöver ni läsa det här också?"

Han drog upp ett hopvikt papper från en av vapenrockens fickor och lade det på bordet framför majoren. Sedan ställde han sig med benen brett isär, händerna på ryggen och iakttog med bestämd blick hur majoren läste brevet.

"Undertecknat av major Kahli?"

"Ja, och på uppdrag av general Stefan Krimla som är vår nya ÖB sedan i går kväll. Ni och alla andra befäl anmodas att ställa samtliga nödvändiga resurser till mitt och mina mäns förfogande. Vi ska slå tillbaka mot ryssen med det bästa vi har och då kan inte en sömnig skrivbordsmajor få riskera hela uppdraget bara för att han har glömt hur det är att föra befäl i fält. Ska ni följa era nya order, eller ska jag kontakta Kahli och be honom utse nytt befäl som har lite mer förståelse för tingens ordning?"

Bratt slog ner blicken, tog ett djupt andetag och vände sig sedan till en fänrik som stod intill och försökte se så neutral ut som möjligt.

"Fänrik Elander, jag vill att ni omedelbart går igenom och fördelar vaktresurser för lägret."

"Uppfattat, major."

Sedan vände sig majoren mycket långsamt mot Stålnacke.

"Jag ska göra allt som står i min makt för att säkerställa uppdragets framgång, men tro inte att det är slut i och med det. Jag kommer att anmäla kaptenen för insubordination och ert uppförande kommer att få konsekvenser."

Stålnacke tog ett steg fram mot bordet, satte bägge knytnävarna i bordsskivan och lutade sig fram mot majorens ansikte.

"Det ska bli mig ett sant nöje att ta den striden, major. Men den kan bara tas om vi båda överlever det här kriget och just nu ser mina chanser inte så ljusa ut, för jag kommer att leda anfallet mot fienden – i första ledet!"

Med de orden vände Stålnacke på klacken och stegade ut från sambandsplatsen. André skyndade fram till honom.

"Jag hörde det där. Jag vill anmäla mig som frivillig att följa med på vad det nu kan vara som ni ska göra."

Stålnacke stannade till och mötte hans blick.

"Kaptenen kan dö."

"Jag har inget att förlora. Mitt enda mål just nu är att ta så förbannat många ryssar med mig som möjligt."

"Hur länge har kaptenen varit kustjägare?"

"Tio år, men jag slutade för fem år sedan när jag gifte mig. Hon dog i morse."

Stålnacke stod tyst några ögonblick innan han sträckte fram handen.

"Välkommen till självmordsklubben, kapten. Det ska bli en ära att få strida tillsammans med er."

Kapitel 34

323. fallskärmsjägarkompaniet
Livregementets Husarer, K3 Karlsborg
Eftermiddag 6:e maj 2017

Sorlet i ordersalen tystnade samtidigt som överstelöjtnant Pierre Sadrik klev in genom dörren.

Med en stram min i det solbrända och slätrakade ansiktet klev han fram till pulpeten och betraktade de församlade jägarna. Sedan sa han med mörk röst:

"Kamrater. 323:e har hittills suttit av detta första krigsdygn utan att göra mer nytta än bevakningsuppdrag. Det är slut med det nu. Vi har fått order. Vi ska ut i krig."

Ett jubel bröt ut och Sadrik väntade lugnt innan han fortsatte:

"Då det råder mycket hög sekretess vill jag att samtliga utom chefsgrupp ett och två ur första och andra plutonen, samt chefsgrupp för stabsplutonen, lämnar rummet. Ni övriga gör er redo för avfärd. Det kommer att bli ett HALO-uppdrag. Slut information."

Skrapet av stolar som drogs över golv ekade genom salen när soldaterna reste sig och lämnade rummet. När alla utom de sjutton ur chefsgrupperna hade lämnat, fortsatte Sadrik:

"Mina vänner. Det uppdrag som vi har fått kan ha krigsavgörande betydelse. Det är därför av yttersta vikt att ingen information förs vidare till någon utanför detta rum förrän ni befinner er trettontusen sjuhundra meter upp i luften. För att förvirra eventuella informatörer och mullvadar – något som militärledningen har varnat

160

för – kommer första och andra plutonen, tillsammans med stabsplutonen, att flygas ut från Karlsborg med *Hercules* till Norge.

Väl där kommer ni att byta transport till Boeing C-17 *Globemaster** III för vidare transport mot målet, som är Gävle, där ni utför ett HALO-hopp. På marken kommer en *Temporary Landing Zone* - TLZ - ha upprättats av lokala jägarförband bakom fiendens linjer. Ni ska utföra innästlad strid samt informationsinhämtning. Kan ni plocka bort fiendens chefer ska ni absolut göra det."

Han tystnade och spände blicken i de femton männen och två kvinnorna som satt framför honom. Sedan fortsatte han:

"Detta är uppdragsramarna. Ni kommer att få utförliga order i förseglade mappar. Denna försegling får under inga omständligheter brytas förrän ni är ombord på C-17. Är detta förstått?"

"Ja, överstelöjtnant! Det är uppfattat."

"Det är gott. Jag önskar er en god jaktlycka och minns att den sanna hjälten är den som lever för att fortsätta striden en annan dag. Inga risker som inte är noga övervägda. Ni och era soldater är en nationell resurs, en av de få som den här försvarsmakten fortfarande har kvar. Strid väl. Strid klokt. Slut."

Med de orden vände Sadrik på klacken och lämnade rummet medan en fänrik började dela ut de förseglade ordermapparna.

***

Frida Stolt var en av endast två kvinnor som tillhörde fallskärmsjägarnas stabspluton där hon ingick i chefsgruppen om fem man. Hennes grad var kapten och om hon inte hade varit en hårdför jägare skulle hon lätt ha platsat i den svenska OS-truppen i triathlon. Hennes 169 centimeter långa kropp hade inte ett gram onödigt fett och bestod av muskler och senor som doldes under den lätt bylsiga uniformen. Det blonda håret var stramt hållet i en hårt knuten fläta som studsade upp och ner på ryggen när hon rörde sig. De blå ögonen tycktes alltid spana av omgivningen och missade ingenting som kunde utgöra en fara för henne själv, hennes grupp eller dem hon var satt att skydda. Den man som gjorde misstaget att ge sig på henne skulle förmodligen aldrig röra en kvinna igen – om han överlevde.

Nu satt hon i den bullriga kabinen ombord på flygvapnets C130 *Hercules*. Under rumpan hade hon sin ryggsäck, sin fallskärm tillsammans med syrgasutrustning och allt annat hon skulle komma att behöva under detta uppdrag.

På grund av oväsendet – som alla som flugit *Hercules* kan bära vittnesbörd om – var alla samtal, om inte omöjliga så i alla fall ansträngande och hon satt därför tyst under sina hörselkåpor och förberedde sig mentalt på det som komma skulle. Ett HALO-hopp från tretton tusen meters höjd var alltid farligt och kunde bara utföras av den som visste vad han eller hon sysslade med. Med all tung utrustning gällde det att vikten var jämnt fördelad så att man inte började wobbla i luften, något som i värsta fall ledde till att fallskärmslinorna snodde ihop sig och man störtade mot en säker död.

Sedan var det faran med ryska luftvärnspjäser. Troligen hade ryssarna redan hunnit upprätta en temporär A2/AD-bubbla* runt Gävle med S-300 *Favorit*, alternativt S-400 *Triumf* som kunde skjuta ner mål på upp till trettiofem tusen meters höjd och kunde nå så långt som etthundratrettiofem kilometer från sin skjutposition. Inte ens *Globemasterns* trettontusen sjuhundra meter var en match för en uppsättning S-400. Även om ryssen inte hade fått fram det tunga artilleriet så visste man att de hade fått sitt 9K37 *Buk* på plats – samma system som misstänktes ha skjutit ner Asian Travel MD 117 över Ukraina i juli 2014. Även den äldsta och minst avancerade versionen klarade av att träffa mål upp till fjorton tusen meter, gott och väl trehundra meter högre än vad *Globemastern* kunde flyga.

Det skulle onekligen bli ett spännande uppdrag redan innan det hade hunnit börja. För trots att Frida hade varit i strid tidigare i både Irak och Syrien – där svenska soldater vid flera tillfällen hade stött på *Daesh* – hade hon aldrig förlorat en enda soldat som hade varit underställd henne. Detta uppdrag skulle med stor sannolikhet ändra på det

Kapitel 35

Det hade varit några spännande timmar sedan *Hanko* på allvar hade gett sig in i striden genom att avlossa sjömålsrobotar mot de ryska fartygen.

Inte helt oväntat hade de ryska eskortfartygen skjutit ned den ena av de båda robotarna, men robot nummer två hade tagit sig igenom skärmen och detonerat i förskeppet på en korvett av *Tarantul*-klass. Svaret hade kommit omedelbart när korvetten *Zaretjnyj*, hade skjutit två stycken P-270 *Moskit* mot finnarna, men de finska luftvärnskulsprutorna hade skjutit ner Moskitrobotarna innan de hade nått fram till robotbåten.

Ungefär samtidigt hade svenskarna öppnat eld mot helikoptrarna med sin tunga kulspruta. Rami hade beordrat insats med luftvärnsrobotarna. Radarn hade mätt in målen som befann sig gott och väl inom robotarnas effektiva skjutavstånd på tolv tusen meter.

De Sydafrikanska Umkhonto-robotarna hade lämnat *Hanko* i rök och eld och inom någon minut hade den ena ryska attackhelikoptern bekämpats medan den andra snabbt försvann med svansen mellan benen.

Korvetten *Zaretjnyj* hade skjutit nya Moskitrobotar, men även dessa hade bekämpats av *Hankos* effektiva luftvärn. När också *Zaretjnyj's* systerfartyg *Molniya* blandade sig i sjöstriden såg däremot Rami det för gott att dra sig ur. Med högsta hastighet började man följa efter den svenska svävaren som nu hade vänt och med full fart var på väg tillbaka in i den svenska skärgården.

Man siktade på de många småöarna runt Gräsö där *Hankos* redan låga radarprofil effektivt skulle hamna i skugga av de otaliga kobbarna som stack upp ur havet.

Mycket riktigt hade nästa salva sjömålsrobotar missat dem helt och i stället slagit in i en klippvägg som reste sig fyra meter upp ur havet där den bildade barriär mot Östersjön och skyddade den obebodda kobben.

Nu befann man sig i skydd vid Digelskäret och Ramis intention var att lotsa *Hanko* söderut genom skärgården för att sedan snabbt slinka över öppet hav mot Åland och vidare mot finskt territorialvatten. Den ryska fartygsgruppen befann sig nordost om deras position och just för tillfället verkade det som om den ryska eskaderchefen hade gett upp sin bekämpning av finnarna eftersom fartygen stävade med fast kurs mot Gävle.

Han önskade att en svensk ubåt skulle smyga fram och bekämpa ryssen, men han visste inte om svenskarna hade några kvar. En gång i tiden hade den svenska marinen kunnat ståta med tolv ubåtar, men nedrustningsivern hade kapat ubåtsflottan och i dag hade de bara fem kvar och det verkade dessutom som att ytterligare en av dessa skulle kapas bort när den nya A26, eller *Blekinge*-klassen, togs i bruk runt 2024.

Rami suckade.

Svenskarna hade i alla fall ubåtar. Finland hade valt bort detta vapen av kostnadsskäl och inriktat sig på små, slagkraftiga övervattensfartyg istället.

***

Ragnar Broke hade över radion fått instruktioner från Berga att angöra vid Solviken, som låg skyddad av den lilla ögruppen Blåklubben. Där skulle militär sjuktransport vänta i form av pansar-terrängbilar modell 203 A.

När svävaren kom in en bit i viken såg han mycket riktigt militär personal på Solvikens brygga. Amfibiesoldaterna hjälpte till att ankra svävaren innan man lyfte över de sårade till transport-fordonen och inom en halvtimme var farkosten tömd och Broke var redo för nya order.

Dessa kom ganska omgående och fyllde honom med vissa betänkligheter – mest gällande genomförandet och möjligheten för att lyckas.

***

För Peter Gadd var det en befrielse att bäras bort från svävaren.

I stället hade han lyfts in i en pansarterrängbil där han hade fått trängas med övriga skadade, noga övervakade av en av arméns sjukvårdare som hade gjort en första fältmässig undersökning av samtligas skador. Pansarbilen hade brummat igång och vänt upp på gårdsplanen innan konvojen av fordon körde längs grusvägen som slingrade sig genom skogen fram till Solviks gård.

Eftersom pansarfordonet av naturliga skäl saknade fönster visste han inte var de befann sig och när han ställde frågan till sjuk-vårdaren fick han bara ett undflyende svar. Det verkade som att den unga kvinnan inte heller riktigt visste var de var eller var de skulle bege sig. Han hoppades bara att chauffören visste.

Det tog inte lång stund innan smattret av grus, som slets upp av pansarterrängbilens gruvmönstrade däck och hamrade mot chassit, upphörde när bilen svängde upp på en asfalterad väg. Farten ökade när föraren trampade gaspedalen längre ner mot golvet. Komforten för de skadade fick stå tillbaka för behovet av att snabbt komma fram till målet.

Peter visste inte hur länge han hade befunnit sig i bilen när de stannade. Bakdörrarna slogs upp och släppte in solljuset som stack i ögonen.

Ett glatt ansikte tittade på dem från dörren och sa:

"Välkomna till Östhammars vårdcentral. Vi ska ta hand om er efter bästa förmåga. Vilka kan gå själva?"

Peter räckte upp handen och fick sedan hjälp att ta sig ut ur bilen.

De stod parkerade utanför ingången till flera byggnader som låg rofyllt omgivna av skog. Just där och då kändes det som att kriget var mycket avlägset.

En undersköterska kom fram till Peter, skjutandes en rullstol framför sig. Han ombads att sitta ner, sedan rullades han in i den närmaste byggnaden och direkt till ett undersökningsrum där en sjukvårdare tog över.

Tio minuter senare hade han getts morfin och fått veta att han skulle transporteras vidare in i landet för vård av sina skador. Därefter hade han rullats ut i ett väntrum och nästa soldat hade tagits in för undersökning.

När han satt i väntrummet såg han sig omkring. Det var inte bara marinens mannar som hade tagits till Östhammar, flera armésoldater och hemvärnsmän med lättare skador satt i rummet och stirrade tomt framför sig. Det var som att luften hade gått ur de skadade och att de nu bara väntade på att bli tillsagda var de skulle ta vägen.

Peter kom på sig själv med att känna samma sak.

En halvtimme senare bröts plötsligt monotonin när ljudet av flera helikoptrar slet sönder tystnaden i väntrummet. Strax därpå klev en major in. Peter hajade till över den främmande uniformen och baskern med ett emblem som med vitt mot svart visade ett svärd med utbredda örnvingar.

Hærens Jegerkommando var ett av Norges främsta elitförband och att träffa på en major därifrån på svensk mark, mitt under brinnande krig, överraskade honom.

Kapitel 36

Gävle
Bakom de svenska linjerna
Eftermiddag 6:e maj 2017

Den lilla gruppen bestod av tio jägarsoldater och ungefär lika många hemvärnsmän. Lennart Stålnacke betraktade dem under tystnad i några sekunder innan han tog till orda:

"Mina vänner. Det mesta i det här kriget har gått ryssens väg och vi har fått reagera – inte agera – på det som de har gjort. För närvarande håller vi en ojämn linje som i stort följer riksväg 56. Allt norr om den linjen är ryskt och det mesta söder om den är svenskt ... än så länge."

Han tystnade och tittade på de spända och beslutsamma ansikten som stirrade tillbaka på honom från bakom maskeringsfärgens mörka nyanser. Sedan fortsatte han:

"Vi blev tagna på sängen i går eftermiddag. Ni vet alla hur det startade, så jag ska inte gå in på några detaljer, men ryssen har nu full kontroll över hamnområdet och har under natten och förmiddagen i dag tillfört betydande förstärkningar. Det innebär att våra linjer just nu svajar. Vi är uträknade i allt: manskap, materiel, ammunition och flygstridskrafter. Flera containerfartyg har under natten tillfört luftvärn och attackhelikoptrar och enligt uppgift från finnarna är helikopterhangarfartyget *Vladivostok* på väg med en mindre fartygsgrupp för att ytterligare förstärka upp. Den finska robotbåten *Hanko* fick in en träff på en av fartygsgruppens kor-

169

vetter och man plockade även ner en helikopter, men resten är på väg mot oss."

Stålnacke tystnade för att avläsa de församlades reaktion. Sedan fortsatte han:

"I det här läget kan det ju verka utsiktslöst att hålla motståndet uppe, men det är fel. Vår krigsledning har nu kommit på plats i Riksbunkern och samband med de olika försvarsområdena har upprättats. Norge har redan gett sitt inofficiella stöd genom att ställa sina samlade sjukvårdsresurser till vårt förfogande. Samma sak gäller Danmark, och Spanien har lovat att ställa lasarettsfartyget *Esperanza Del Mar* till vår tjänst ute på internationellt vatten. Samtidigt har den amerikanska fartygsgruppen, under befäl av *USS George H.W. Bush,* omdirigerats och är nu i full fart på väg in i Östersjön för att lägga sig mellan oss och ryssen. Det finns alltså hopp, även om det för tillfället verkar mörkt. Vi ska därför nu slå tillbaka mot fienden – inte i ett massivt frontanfall, utan genom att använda jägarlist. Allt som jag säger från och med nu är topphemligt. Inte ett ord får läcka ut. Är det uppfattat?"

En fänrik tillhörande Gävleborgsgruppens hemvärn klev fram och sa:

"Kapten, jag heter Abbud Sirwan. Jag och min grupp har slagits mot de djävlarna sedan de klev i land och vi har förlorat många goda vänner under det senaste dygnet. Jag tror att jag kan tala för samtliga när jag säger att vi kniper som muren och är beredda att ge allt vi har för att slå tillbaka."

"Det är gott, fänrik. Då följer uppdragsorientering och order. Våra framskjutna observationsposter har meddelat att ryssarna har fört i land minst tre luftvärnsgrupper av modellen 9K37 *Buk*. Dessa tre behärskar till fullo luftrummet runt Gävle och måste slås ut. Vi har resurser för två av dem, de som finns placerade här."

Han pekade på kartan där tre röda ringar markerade badplatsen vid Engeltofta, Varvsudden samt Skåräng.

"Vår uppgift är att slå ut *Buk*-batterierna vid Varvsudden och Skåräng. Engeltofta får bli 191. mekaniserade bataljonens uppgift. Vi kommer att dela upp oss i två grupper med fem jägare och fem soldater per grupp. Vi har gott om ammunition och sprängmedel till vårt förfogande då vi medförde detta från Hamrånge. Frågan är hur vi tar oss osedda fram till batterierna i dagsljus. Förslag?"

Åter igen klev fänrik Sirwan fram.

"Jag skulle förorda Gävles undre värld", sa han och flinade brett. "Det finns ett myller av kulvertar under de flesta svenska städer. Kulvertar som är till för avlopp och kraftledningar. Vi kan ta oss fram bitar av sträckan under jord utan att ryssen har en aning om det. Enda problemet är i så fall att sticka upp huvudet på rätt ställe."

"Känner du till det här ingående?"

"Jag är hemvärnssoldat, men jag jobbar som kraftverkstekniker inom Gävle kommun när jag är civil. Jag har varit nere och krupit runt i de flesta av de där kulvertarna. Man får inte vara rädd för att bli skitig, men fram kommer man."

***

Dieselmotorn brummade igång efter TOLO-uppehållet och Ted Jeager drog igen luckan ovanför sitt huvud.

Nu var det dags att möta fienden mer resolut. Order hade kommit att slå ut fientligt luftvärn norr om hamnen, där ryssarna hade etablerat ett *Buk*-batteri. Ted misstänkte att försvarsledningen hade planer för luftrummet eftersom A2/AD-bubblan nu skulle krossas och det hade han inga problem med.

Flygspaning med en UAV hade visat dem hur området såg ut. *Buk*-batteriet stod uppställt på en gräsplan norr om badplatsen, på två sidor omgivet av skog. Norr om batteriet sträckte sig Bönavägen och ett ganska nybyggt villaområde.

171

Stridsvagnskompaniet skulle kunna närma sig genom skogen medan pansarskyttekompaniet skulle dra till sig uppmärksamheten längre västerut genom ett skenanfall ner mot hamnen. Luftvärnets närskydd bestod av pansarskytte i stridsfordon samt skyttesoldater. Även om det skulle bli en hård strid så tvivlade inte Jeager på att de skulle kunna slå ut batteriet.

Kapitel 37

Eftermiddagen hade varit ganska enformig så här långt och löjtnant Anatoli Vladimirovitj Sergeyey försökte, utan framgång, att kväva en gäspning.

Hans *Buk*-omgång stod uppställd på grusplanen vid lilla Sätra-skolan vid Skåräng där det under föregående eftermiddag och kväll hade utspelat sig bittra strider. Spåren fanns fortfarande kvar i form av tomhylsor, blod och kvarlämnade persedlar. Han sparkade till en trasig känga och blickade ut över området.

Skolan hade träffats av granater och det som inte hade sprängts sönder hade brunnit upp. Träden som omgärdade uppställningen bar även de spår efter striderna med splittrade stammar och fällda kronor.

Där han stod intill sitt ledningsfordon kunde han lätt räkna in omgångens övriga enheter. Till vänster om honom, längre upp mot skolan, stod övervakningsradarfordonet och sedan var de sex TELAR*-avfyrningsfordonen med tillhörande omladdningsvagnar utspridda över det öppna området.

Deras omgång täckte ensam in ett område med en radie på ett hundrafyrtio kilometer, sju mil i varje väderstreck, och kunde därmed effektivt hindra varje anfallsförsök från att – via luften – slå mot det ryska brohuvudet. Anatoli var fast förvissad om att det bara var en tidsfråga innan det svenska motståndet var brutet, eftersom större delen av Gävle redan hade fallit och de få svenska enheter som fortfarande stred saknade ammunition och fullgod ledning.

Han skulle just tända en cigg när kulan slog in i gropen mellan bröstbenet och halsen, slet av nackkotorna och slog upp ett hål stort som en knytnäve ovanför skulderbladen där den lämnade kroppen.

***

André Kormat sänkte Psg90-geväret och sa tyst i strupmikrofonen: "Mål ett nere."

Därefter riktade han om och fick in en kulspruteskytts ansikte. Ljuddämparen hostade till när han kramade in avtryckaren och målets ansikte försvann. Snabbt vände André vapnet mot laddaren som ännu inte hade fattat vad som hade hänt. Kulan träffade mannen från sidan, strax nedanför örat, och slet sönder allt på sin väg genom kraniet.

Ännu en soldat klev ut från skuggan av ett pansarskyttefordon, omedveten om döden som var på väg emot honom när Stålnacke lyfte sin ljuddämpade *Glock* från tre meters avstånd och sköt honom i ansiktet. Mannen dog utan ett ljud.

André svepte med kikarsiktet över ställningen och såg att övriga soldater framgångsrikt och tyst hade neutraliserat hoten från synliga vaktposter. Hittills hade det gått oförskämt bra, kanske för att ryssarna inte förväntade sig ett anfall här när svenskarna så effektivt hade tryckts tillbaka.

Hans uppgift nu var att, tillsammans med ytterligare en skarpskytt, övervaka området och skydda de jägare som skulle aptera sprängdeg på de ryska fordonen. Han hade ingen spanare utan fick förlita sig på sitt kamouflage ifall fienden skulle närma sig hans position medan han själv spanade framåt.

En rysk soldat stack upp huvudet ur en stridslucka på ett BTR-fordon, fick syn på de svenska jägarna, men hann aldrig ropa ut en varning innan en kula från Andrés repetergevär tystade honom. Slappt gled kroppen ned genom luckan samtidigt som en av jägarna klättrade upp på fordonet, slängde ner en handgranat genom öppningen och slog igen luckan. Fientligt pansarskytte bekämpat. Någonstans vaknade ett automatvapen till liv. André såg mynningsflammorna genom gevärets kikarsikte. Lugnt släppte han ut luften ur lungorna och kramade in avtryckaren. Automat-karbinen tystnade, men skadan var gjord.

Rop genljöd över grupperingsplatsen. Soldater kom springande, eld öppnades och besvarades. André valde mål. Huvudet på en rysk officer dök upp i hårkorset. En plym av blod slog ut genom bak-huvudet när kulan träffade näsroten. Officeren föll omkull.

Ett TELAR-fordon exploderade, direkt följt av ännu ett när jägarna utlöste sina Semtex-laddningar. Han såg hur en svensk soldat försökte fästa en laddning på övervakningsradarfordonet, men sköts ner. Ilsket lade André prickskyttegeväret åt sidan och grep tag i ett pansarskott. Noga tog han sikte på radarfordonet och lät laddningen gå. Det blev en fullträff i radardomen.

Ett av omladdningsfordonen exploderade och därefter ännu en TELAR. Eldslågor växte mot himlen och skickade upp tjocka rökpelare. I kikarsiktet såg han ryska soldater som just gjorde iordning en kulspruta. Snabbt sköt han två skott och hotet var undanröjt.

En rysk BTR-80 träffades av ett pansarskott i sidan. Den tunga kulsprutan svängde över åt det håll varifrån skottet kom. Ännu en pansarladdning träffade fordonet och kulsprutans rörelse upp-hörde.

Två svenska hemvärnsmän bekämpade ett omladdningsfordon med pansarskott innan de duckade undan in i skogsdungen. André prickade en ryss som sköt efter dem. Ryssen föll framstupa och blev liggande där han hade fallit. Han hade inte hållit i ett

175

prickskyttegevär sedan han tog avsked från kustjägarna, men uppenbarligen glömde inte musklerna hur man gjorde och de gamla takterna kom snabbt tillbaka när han sköt, gjorde repeterrörelse och sköt igen.

Man hade nu skapat en scen hämtad från helvetet med döda människor, brinnande pansarbilar och en kakafoni av skottlossning och explosioner. Ordern från Stålhandske gick ut över gruppfrekvensen.

"Alle man, reträtt. Återsamling vid ÅSA 2. Uppfattat?"

"ÅSA 2. Uppfattat, kapten."

Han sköt ett sista skott innan han snabbt tryckte ner kamouflagenätet i ryggsäcken, hängde geväret över axeln, tog AK5:an i ena handen och det kvarvarande pansarskottet i den andra innan han sakta drog sig tillbaka.

Buk-batteriet var utslaget.

***

Jeagers stridsvagnar hade utan incidenter tagit sig fram genom skogen. När pansarskyttekompaniet meddelade att de var klara att iscensätta skenanfallet hade han beordrat stopp i avvaktan på att skyttet skulle utföra det de skulle göra.

Ganska snart hade striden inletts och därefter hade han gett order till stridsvagnarna att bryta fram genom skogen och ner genom villaområdet.

De rödmålade husen med sina gräsmattor hade lämnats nästan orörda av kriget så här långt, men när tolv stridsvagnar modell 122 svepte fram genom kvarteren var de prydliga gräsmattorna snart ett vissnande minne. Två stycken VPK-7829 *Bumerang* hade nedkämpats nästan omgående och de två pansarvraken hade lämnats brinnande när de svenska vagnarna korsade Bönavägen och in mot Engeltofta. Det första TELAR-fordonet dök upp i skyttens sikte och slogs effektivt ut med en pilprojektil.

176

Jeagers vagn skakade till när en pansargranat träffade, men skyddet höll. En pilprojektil i ett stridsfordon eliminerade hotet. Tre omladdningsfordon sprängdes, ytterligare två TELAR-vagnar, ledningsvagnen och radarfordonet bekämpades innan en svensk stridsvagn träffades av en pilprojektil bakifrån och slogs ut. Jeager svor och satte en granat i den ryska BMP 3-vagnen.

Det skramlade till när något träffade tornet, men inget hände. Jeager spanade av omgivningen genom periskopet, men kunde inte upptäcka något omedelbart hot.

Deras vagn svepte förbi ett brinnande TELAR-fordon. Skytten upptäckte hur ett ryskt luftvärnsfordon försökte fly platsen, men stoppades av en pil som nedkämpade den sista TELAR-vagnen.

En märklig tystnad bredde ut sig på slagfältet när den korta striden var över. Den varade exakt trettio sekunder innan en svensk stridsvagn träffades av elden från flera T-80 som kom ut från skogen i nordostlig riktning.

Jeagers vagn avlossade rök och drog sig bakåt. En rysk projektil missade dem och träffade i stället en brinnande omladdningsvagn. Skytten ropade att han hade mål och sköt, men Jeager hann aldrig se effekten i målet. Tung kulspruteeld svepte över hans periskop som slogs sönder och gjorde honom blind vad gällde visuellt seende. Nu fick han förlita sig på stridsledningssystemet när han gav order om reträtt.

De kvarvarande vagnarna styrde mot norr i skydd av rök. Från villaområdet sköts det med bärbara pansarvapen. En granat träffade Jeagers vagn, men var inte tillräckligt kraftfull för att slå igenom pansarkärlet. Skytten öppnade eld med kulsprutan och inga fler pansarskott träffade dem. Däremot brakade det till när stridsvagnen krossade en altan och rev med sig en bit av husfasaden, en manöver som fick en *Konkurs* pansarvärnsrobot att missa dem och i stället detonera inne i huset. Ytterväggen slogs ut av kraften i explosionen och huset stod i flera sekunder och vägde innan tyngdkraften vann och delar av övervåning störtade ner och krossades mot marken, men då var Jeagers vagn redan i skydd av skogen.

"TOLO?" undrade föraren och Jeager nickade.

"Nu är det TOLO och översyn. Kan rapportera in ett oskadliggjort Buk-batteri."

***

Grupp två hade haft Varvsudden på sin lott. Buk-batteriet hade där varit utspritt över ett större område och därmed varit svårare att bekämpa. Endast två av sex TELAR-fordon hade slagits ut samt ett omladdningsfordon. Vad värre var så hade radarfordonet klarat sig och därför var delar av A2/AD-bubblan över Gävle fortfarande intakt.

Ryska trupper hade nu ringat in de svenska soldaterna som inte hade någonstans att fly. Löjtnant Stenman, som ledde grupp två, beslutade att de hellre skulle slåss till sista man än låta sig tas tillfånga och männen instämde i beslutet. Det är få saker som är så farliga som en soldat som redan har accepterat att han ska dö, för han har inte längre någon rädsla som kan förlama honom.

Kapitel 38

Norska flygvapnets bas
Moss, södra Norge
Kvällen 6:e maj 2017

Frida lyfte blicken och tittade på det stora, fyrmotoriga flygplanet som stod på betongplattan framför henne.

C-17 kunde lasta etthundrafemtiofyra fältutrustade soldater, men i dag skulle endast drygt hälften av platserna fyllas eftersom jägarna inte medförde någon tung materiel, annat än det som de själva kunde bära.

Hon var inte alls främmande med flygplanstypen utan hade både flugit och hoppat från den vid flertalet tillfällen – senast över Syrien i en Nato-ledd operation som hade slutat med flera döda Daesh-kräk, varav en hög ledare.

Hon stannade till nedanför lastrampen och väntade in gruppen som vandrade förbi henne med beslutsamma ansikten. Alla var de medvetna om att detta kunde bli det sista de gjorde i livet, men ingen så mycket som andades om att de ville dra sig ur och Frida var mäkta stolt över att tillhöra förbandet.

När hon tittade ut över omgivningen blev hon snabbt påmind om att hon inte var i Sverige längre. Ett trettiotal F-16 stod uppställda tillsammans med en handfull av de nya F-35:orna.

De dubbelmotoriga planen med sina karakteristiska dubbla, lutande stjärtfenor, såg ut som Döden själv. Hon kom på sig med att fundera över hur det skulle vara att spaka detta Stealth-plan och flyga in på djupet i fiendens grupperingar för att släppa sin bombskörd över ryssen.

Med ett belåtet flin konstaterade hon att C-17 snart skulle fälla långt farligare saker än en dum bomb. Om några timmar skulle Döden falla från himlen över Gävle när hon och hennes kollegor gjorde entré i kriget.

***

Piloterna hade flugit ut över Norges västkust och lät *Globemastern* följa kustlinjen norrut där de sedan gjorde en gir och flög in mot Gävle för att, från maximal flyghöjd, släppa ut fallskärmsjägarna. Utrustningen var nu fastspänd. På magen hade hon ryggsäcken och på lårens framsida satt annan packning fast tillsammans med syrgasflaskor. Ryggen togs upp av fallskärmen. På ena armen fanns höjdmätare, mätare för mängden syrgas och även en digital karta med landmärken.

Hon var så fullbehängd med saker att hon knappt kunde röra sig. Just nu längtade Frida efter att få kasta sig ut i fritt fall för att till viss del slippa tyngden från all utrustning som dessutom var så hårt fastspänd att hon undrade över hur det kom sig att männen inte klagade eftersom banden skar in i mellangärdet och rimligen borde ha krossat viss nödvändig, manlig utrustning.

Hon skrattade till och tittade på kapten Joe Miller som var den enda i sällskapet som hon hade legat med. Om hans utrustning skulle skadas var det en sorgens dag för alla kvinnor, men Miller såg närmast uttråkad ut där han satt och stirrade tomt framför sig i avvaktan på hopporder.

Kabinchefen, tillika hoppledaren, stod längst bak i planet och tittade ut över de operatörer som snart skulle kasta sig ut i den bitande kölden utanför planet. Frida noterade att han redan hade spänt fast sig för att inte falla ut när rampen fälldes.

180

En lampa tändes som signalerade att det var fem minuter kvar till hoppzon ett där stabsgruppen skulle fällas. Strax därpå skulle planet nå zon två där resterande trupp skulle kliva ut över rampen. Med visst besvär ställde hon sig upp.

"Kontrollerar!" sa den bakomvarande soldaten och hon kände hur grova händer började dra i utrustningen för att säkerställa att allt satt fast. Gjorde den inte det skulle hon komma att göra ett mycket djupt hål i marken efter tretton tusen meters fritt fall. Hennes egna händer utförde samma syssla med mannen som stod framför henne. När allt var klart tändes den röda lampan och hoppledaren vinkade fram dem i samma stund som rampen började glida ner.

En isande vind svepte in i kabinen. Frida var glad över skydds-glasögonen och syrgasmasken som täckte större delen av ansiktet som därmed skyddades mot kölden. Utan skydden skulle hon få köldskador på bara någon minut.

Ledet av soldater började röra sig framåt. När hoppledaren sänkte handen kastade sig förste man över rampen och sedan följde resten i ett pärlband. Känslan av frihet var enorm när hon klev ut över rampen och sögs bort från flygplanet för att påbörja sin tretton kilometer långa färd mot marken.

***

Globemasterns AAR-47 robotskottvarnare gick igång och meddelade iskallt att flera luftvärnsrobotar hade avlossats mot dem.

Kapten Ian Hollander svor och grep mikrofonen för att meddela hoppledaren att han omedelbart måste få ut samtliga soldater från planet. Samtidigt slog andrepiloten till deras ALE-47 störsystem som fällde facklor och aluminiumremsor för att försöka förvilla de robotar som med god hastighet var på väg mot dem från marken. "Skulle inte de ryska SAM-batterierna vara utslagna?"

"Uppenbarligen inte alla. Det behövs bara ett TELAR-fordon för att skjuta ner oss och ett sådant finns bevisligen fortfarande vid liv där nere."

Från kabinen meddelade hoppledaren att han hade inlett panik-fällning av operatörerna och det frestade på piloternas nerver att låta planet ligga på rak kurs med vetskap om vad som var på väg. Så fort hoppledaren hade meddelat att sista man hade lämnat planet och att rampen var på väg upp, lade kapten Hollander *Globe-mastern* i en tvär sväng och dök för att få upp farten. Samtidigt fällde man fler facklor och remsor. Nu gällde det vem som var snabbast bort från området, men inom sig visste Hollander att deras chanser var små. *Buk*-missilerna hade en hastighet på mach 3 och med lite god vilja kunde *Globemastern* komma upp i knappa mach 1. Dessutom hade de av nöd fällt jägarna ganska rakt ovanför målet eftersom ett HALO-hopp inte gav någon marginal för att segelflyga in mot TLZ. På så sätt var HAHO-hoppen lättare. Där kunde operatörerna skärmflyga in och därför fällas från längre avstånd. Samtidigt var hopparna sårbara så länge de var i luften och över fientligt territorium ville man ha ner dem på marken så fort som möjligt.

Han slängde en blick på sin andrepilot.

"Det har varit en ära att få tjänstgöra med dig, Wiglander."

Mannen mötte hans blick. Munnen öppnades för att säga något, men hann aldrig. Den första missilen träffade den inre motorn på vänster vinge, som bröts av i explosionen. *Globemastern* tippade över och började singla mot marken. Det fanns ingenting att göra.

***

Med en gränshastighet på etthundraåttio kilometer i timmen var Frida lyckligt ovetande om *Globemasterns* öde där hon snabbt närmade sig marken.

De hade hoppat från nästan fjorton kilometers höjd och nu hade hon tretusen meter kvar innan hon på ett eller annat sätt skulle slå i marken. Under henne syntes Gävle tätort där rök från bränderna låg som ett lock över delar av staden.

Hennes spårare på armen blinkade och visade var TLZ-sändaren var uppsatt. Hon insåg att hon låg lite förskjuten i sidled och försökte göra en försiktig kursreglering genom att ändra kroppens tyngdpunkt. Tvåtusen meter kvar innan hon skulle frigöra skärmen och den svindlande hastigheten skulle bromsas upp med ett ryck.

Genom skyddsglasögonen spanade hon av marken nedanför sig. Någonstans under henne skulle förhoppningsvis ett svenskt fältjägarförband vänta. Om det inte gjorde det räknade hon inte med att leva många sekunder. Just för stunden avundades hon inte fallskärmsjägarplutonen som hade fällts mitt över smeten. Stabsplutonen hade sin TLZ utanför den direkta stridszonen, något inte de stridande jägarna hade.

Hon slängde en blick på höjdmätaren. Tvåhundra meter kvar. Hon slöt handen om fallskärmens utlösarhandtag. En sekund senare drog hon till. Först märktes det knappt, men sedan kom rycket. Det kändes som om hon hade fångats in av någon utomjordisk civilisations dragstråle när den brutala rörelseenergin bromsades upp av fallskärmens tyg.

Marken växte fram under henne. Det var som om hon själv stod stilla medan det gröna där nere kom farande upp för att möta hennes kropp likt en desperat älskare.

Stöten vid nedslaget slog nästan luften ur henne när hon böjde knäna och rullade runt för att inte krossas av tyngden.

Snabbt kom hon upp på knä och började hala in skärmen. Ett frasande ljud ovanför henne gjorde att hon tittade upp i lagom tid för att se ännu en operatör komma dråsande från skyn för att landa bara fem meter bort.

Nu var hela skärmens tygbal i hennes famn. På darriga ben reste hon sig och hasade in i skydd av några träd där hon snabbt spände av sig den nu tomma fallskärmsselen. Sedan började hon lösgöra alla remmar som höll övrig utrustning på plats. Först av allt klargjorde hon sitt vapen. Nu var hon redo att ta strid om det skulle bli nödvändigt.

Kapitel 39

Väst om Stigslunds bostadsområde
Gävle
Kvällen 6:e maj 2017

Molnen stod för lågt för att Stålnacke skulle se explosionen som förseglade *Globemasterns* öde, men han såg de två luftvärnsrobotarna som steg upp över skogen och accelererade mot skyn. Med en svordom insåg han att den gamla devisen, om att allt som kunde gå fel absolut tvunget gjorde just det, fortfarande stämde. Allt han kunde hoppas på nu var att fallskärmsjägarna skulle hinna lämna planet innan robotarna träffade. Samtidigt förstod han att de skulle komma att spridas ut som agnar för vinden eftersom hoppledaren med stor sannolikhet beordrade panikutrymning av planet. I vilket fall som helst skulle de inte komma dråsande mot hans öppna yta i skogen där de på lägsta möjliga höjd skulle lösa ut sina skärmar för att sedan ta mark.

Bekymrad spanade han ut över deras TLZ för att om möjligt upptäcka eventuella faror. Han hade fördelat ut sina fyra kvarvarande jägare tillsammans med fyra av de övriga soldaterna runt den oregelbundna öppningen bland träden. De var få personer och det var en ganska stor radie att täcka.

Kormat hade fattat posto med sitt gevär på ena sidan ängen medan hans egen skarpskytt försökte täcka den andra sidan. Där emellan gjorde övrig personal sitt bästa för att smälta in bland skuggorna medan radiofyren skickade ut sin kodade signal för att leda in operatörerna från ovan.

Det kändes som om de hade väntat i en evighet när en svart skugga kom glidande uppifrån och sekunden därpå träffade något marken bara meter ifrån där Stålnacke stod. Ett enormt tygstycke fladdrade i vinden innan jägaren drog till sig skärmen och vek ihop den.

För att inte bli skjuten av misstag blinkade Stålnacke tre gånger med det röda ljuset på ficklampan och fick en lång ljusglimt till svar. Därefter rusade han fram till fallskärmsjägaren som nu hade rest sig med byltet, som utgjorde den hopvikta skärmen, i famnen. Utan ett ord skyndade mannen honom till mötes. Tillsammans tog de betäckning under trädens skugga.

"Skulle inte ni slå ut SAM-batterierna?"

"Det gjorde vi, men tydligen inte fullt ut", svarade Stålnacke kort. Mannen nickade medan han befriade sig från packningen. Under tiden landade ännu en operatör på andra sidan av gläntan där han togs om hand av närmaste personal. När Stålnackes jägare var klar med packningen lyfte han blicken och tittade honom i ögonen.

"Major Lestin. 323. fallskärmsjägarkompaniet."

"Kapten Stålnacke. 193. jägarbataljonen. Välkommen till Gävle, major."

***

Kapten Ragnar Broke tittade med viss skepsis på de två underliga farkoster som just lastades in i hans svävare. Sedan vände han sig till den dykarklädda kaptenen som stod bredvid honom och sög på en pipa som om det var hans sista i livet, något som inte var helt omöjligt med tanke på de tolv attackdykarnas uppdrag.

"Jag ska alltså ta er så nära Gävle som det går och sedan kör ni sista biten i de där?" Han nickade mot de två dykgruppbåtarna som just lastsäkrades. Kaptenen nickade och blåste ut ett blått moln av illaluktande tobaksrök innan han svarade:

"Ja. De sista sjömilen avverkar vi själva i våra dykfarkoster. De där små raringarna gör över trettio knop i övervattensläge och upp till fem knop under ytan. Vi tar oss in i hamnen, parkerar våra DGB: er på botten. Sedan minerar vi ryssarnas båtar och spränger dem i luften."

"Och det låter de er göra, bara så där?"

"Förmodligen inte. De lär ha MPR-operatörer i och omkring hamnområdet och kanske även i vattnet, men vi har strategier för att klara av även det."

Broke sa inget mer. Han visste att han hade fått ur kaptenen allt som han kunde och fick ta reda på. Nu gällde hans order att ta de tolv attackdykarna så nära striderna i Gävle som det gick och sedan var det upp till kaptenen och hans män att lösa resten.

Med en sista blick på de två öppna dykfarkosterna, som nu var fastgjorda, gick han mot bryggan samtidigt som soldaterna tog plats i lastrummet, omgivna av sin utrustning. Några minuter senare lämnade svävaren land och gav sig ut på havet med nosen vänd mot norr. Med en stor portion tur skulle dessa riktade insatser mot fiendens svaga punkter skapa ett dödläge som kunde skänka initiativet i striden tillbaka till svenskarna.

Tredje boken:

Seger

Kapitel 40

Gävlebukten
Natten till den 7:e maj 2017

Månen stod i andra kvarteret och ute på det svarta havet, fritt från ljusföroreningar från städer och byar, kunde man ana den ljusstarka himlakroppen genom molnen. Ragnar Broke slängde en blick på sjökortet innan han tittade ut mot babords sida. Där kunde han precis skymta den svarta kustremsan vid Vårvik söder om Gävle. Han drog av på gasen och lät den tjugotvå meter långa svävaren ligga så pass stilla i vattnet som vädret tillät innan han vände sig mot den ena av de två män som gjorde honom sällskap på bryggan.

"Är ni klara, kapten?"

Mannen i den svarta neoprendräkten nickade och smackade med läpparna:

"En kustjägare är alltid redo. Ryssen kommer aldrig fatta vad det var som träffade dem."

"Jag önskar att jag kunde dela er entusiasm, kapten. Hur mycket ni än har övat på det här har det väl aldrig varit skarpt förr?"

På det svarade inte kaptenen utan tittade bara knipslugt på honom med sina blå och troskyldiga ögon.

"Gävle brinner. Ser ni skimret mot himlen?"

Kommentaren fälldes av Ragnars ställföreträdare, löjtnant Lars Oukki som var den tredje personen på bryggan. Ragnar lyfte blicken mot norr och såg mycket riktigt hur den svarta himlen skiftade i

191

orange. Gävle brann och om attackdykarnas uppdrag blev framgångsrikt skulle himlen lysas upp av än fler eldar innan solen arbetade sig över horisonten. Han sörjde den gamla fina staden med anor tillbaka till medeltiden och knöt omedvetet handen i ilska över att ryssen än en gång hade anfallit Gävle. Förra gången, år 1719, hade den ryska hären slagits tillbaka av Gävles landshövding, generallöjtnanten Hugo Hamilton som med hjälp av Carl Gustaf Armfeldt hade stått emot tre ryska stormningsförsök. Den gången gav fienden upp. Frågan var om de skulle göra det igen.

"Jag går ner till mina gubbar. Vi ger oss av så fort DGB: erna* är sjösatta."

Ragnar vände sig mot kaptenen och sträckte fram handen, såg honom i ögonen och sa:

"Lycka till, kapten. Må Gud och de svenska vapnen vara med er."

"Gud vet jag inte så mycket om", svarade mannen, "men det svenska stålet ska nog bita i det ryska blodet. Det kan ni lita på kapten."

Han gjorde en slarvig honnör och lämnade bryggan. Kvar stod Broke och Oukki och tittade ut i natten samtidigt som de föreställde sig vilka scener som utspelades bara några kilometer bort där svenska pojkar och flickor dog medan de försvarade friheten.

"Konung Karl den unge hjälte. Han stod i rök och damm. Han drog sitt svärd från bälte och bröt i striden fram ..."

Orden kom så lätt över läpparna på Broke att han knappt var medveten om att han citerade Esaias Tegnérs dikt Karl XII. Var det någon gång i livet som patriotiska fosterlandskänslor var tillåtna så var det nu.

***

Kapten Svante Turesson var 31 år gammal och hade varit militär i hela sitt vuxna liv. Sin kaptensgrad fick han endast ett par månader före krigsutbrottet och detta var första gången som han ensam ledde män i fält i skarpt läge. Dessutom i hemlandet.

Självförtroendet var det inget fel på, samtidigt som han visste att de hade oddsen emot sig, men banne mig att han tänkte låta det inverka på uppdragets utförande. Nu skulle de klippa till ryssen där det kändes och han hade under dragningen i land, innan de gick ombord på svävaren, liknat det hela vid att sparka någon hårt på smalbenet med en förstärkt känga för att sedan klippa till vederbörande över käken när den var i obalans på grund av smärtan.

Samordnade aktioner på land och från havet skulle få ryssen att vackla så att man sedan kunde satsa på den där slutliga råsopen som skulle få fienden på fall.

Turesson var stolt över sina män. Det var elva mycket motiverade operatörer som väntade på honom i lastrummet. De båda dykfarkosterna var redan sjösatta och en spänd tystnad rådde i utrymmet.

Han ställde sig med armarna på ryggen och tittade på dem.

"Ska vi se om ryssen blöder på samma sätt som alla andra människor?"

"Hell, yeah."

"Vad står ni då här för? Uppsittning för bövelen."

Han skrattade, sedan lyfte han upp sin stridspackning och återandningsapparat 11* innan han gick fram mot en av dykgruppbåtarna. Fem minuter senare var de båda farkosterna på väg bort i mörkret med skummet yrande runt skrovet. Samtidigt vände svävaren av åt söder igen för att uppsöka en skyddad hamn på betryggande avstånd från stridsområdet.

Svante upplevde en frihetskänsla som var svår att förmedla där han satt som nummer två bakom föraren på DGB-1. Detta var visserligen första skarpa insatsen på svensk mark, men han hade deltagit i flera krig som underordnad officer. Då, när man verkat under FN-flagg eller i koalition med Nato, hade inte uppgiften i första hand varit aktiv strid utan istället underrättelseinhämtning.

Underrättelser som i nästa skede hade legat till grund för skarpa insatser av andra stridande förband. Då hade hans inhämtning kunnat vara skillnaden mellan liv och död för de utförare som skickades fram medan han nu själv var utförande operatör. Dessutom en sådan som verkade på ett minimum av information. USA hade visserligen delat satellitfoton med kollegorna i Sverige och genom FRA hade man en skaplig insyn i fiendens signaldisciplin. Egen trupp på marken hade också i viss mån rapporterat om läget, så Svante visste att de var på väg in i en bikupa där det saknades en tydlig front och där egen trupp på vissa avsnitt var så pass uppblandad med fiendens att det fanns en överhängande risk för att stupa för egen eld.

Visst var det farligt i krig. Man kunde dö, men det var bara så djävla löjligt och onödigt om det var en svensk kula eller granat som ändade ens tid i denna erbarmliga värld. Det gällde alltså att noga veta vad man siktade på innan man tryckte av. Nu skulle de förhoppningsvis inte ha det problemet. Gävles hamn var fullt ut erövrad och de enda svenskar som dröjde kvar i området var de döda som inte kunde ta sig därifrån.

Han bet ihop käkarna.

Det var en frihetskänsla att studsa fram i DGBn och få njurarna sönderskakade, men det skulle vara en kort frihet om ryssen fick korn på dem innan de kom in i hamn. Han knackade föraren på axeln. Det var dags att inta undervattensläge.

Kapitel 41

Marielundsområdet
Gävle
Natten till den 7:e maj 2017

Lennart Stålnacke spanade genom kikaren från sin plats i under-vegetationen. Rakt framför sig hade han en tämligen trist byggnad som måste ha designats av en livstrött och lätt bakfull arkitekt under ett annat årtionde.

Det grå och blå huset innehöll en Rustabutik och något som förmodligen var en lekplats för barn, men alla tecken på civil aktivitet var som bortblåst. De enda privatbilar som syntes på parkeringen framför huset var en Volvo och en Mazda, utbrända och fulla av hål efter kulor. Istället stod där flera ryska stridsfordon och trupptransportbilar eftersom delar av den ryska strids-ledningen tydligen ansåg att huset var lämpligt som tillfällig stabsplats.

Han hade under den senaste timmen sett flera officerare komma och gå genom den uppbrutna porten till butiken. Bortsett från dem hade han bara sett de uttråkade vakterna som patrullerade runt huset eller uppehöll sig bland stridsfordonen. Hittills hade han räknat till ett trettiotal man som sporadiskt höll vakt.

Uppenbarligen tog inte de ryska soldaterna så allvarligt på det hela, vilket till viss del var förståeligt då klockan var lite över två på natten och fronten – om den nu kunde kallas så – befann sig flera kilometer bort. Han hade bara hört sporadisk eldgivning sedan några timmar tillbaka, ett tydligt tecken på att de svenska försvararna hade dragit sig undan för att slicka såren och återhämta sig inför den avgörande striden som väntade under morgondagen.

Stålnacke kontrollerade att radion var på och viskade sedan i mikrofonen:

"Alfa one till Hammer Charlie. Kom."

"Hammer Charlie. Jag lyssnar. Kom."

"Uppgifter kommer. Vakter, trettiotvå. Pansarfordon modell CV*, fem. Modell trupptransport, tre. Slut, kom."

"Det är uppfattat, Alfa one. CV, fem. Trupptransport, tre. Personal, trettiotvå. Slut."

Sakta vred han på huvudet och tittade på major Lestin. Mannen syntes knappt under sin maskering och det var bara för att Stålnacke visste att majoren låg där, två meter bort, som han kunde skönja honom i skuggorna.

"Har majoren sett något som jag har missat?" Han hade bytt frekvens på radion och samtalet kunde bara höras av major Lestin.

"Kapten Stålnacke har inte missat något. Jag har fått samma siffror. Vad som finns i huset kan vi däremot bara gissa, men utifrån vad som har kommit och gått sedan vi slog rot här skulle jag gissa på en stabsgrupp bestående av tio till tolv personer. Troligen ledda av en överstelöjtnant eller som bäst en överste. I vilket fall behöver vi slå ut dem."

Stålnacke skulle ha nickat om inte denna plötsliga rörelse hade riskerat att avslöja hans position. Istället vred han försiktigt tillbaka blicken mot parkeringen, samtidigt som han på nytt bytte frekvens på radion.

"Samtliga positioner, rapportera in."

"Charlie one, i position."

"Charlie two, i position."

När Charlie ten hade rapporterat att han var redo koncentrerade sig Stålnacke på fienden. Nu gällde det att följa planen och slå till i rätt ögonblick. Blev det fel och fienden blev varnad för tidigt riskerade man onödiga förluster. Han drog in andan och viskade sedan i mikrofonen:

"Charlie eight. Har du din vakt i sikte?"

***

Mishe Mihailovic Sytsov kvävde en gäspning. Livet i den ryska armén var inte alls så ärofyllt som han förletts att tro när hans lärare på akademin i hemstaden hade målat upp det för honom och hans kamrater. Där hade det varit storslagna strider, lätta segrar och ständigt blå himmel.

Verkligheten var en helt annan.

Först gick fronttrupperna in, de med den bästa utbildningen och de bästa vapnen. De slog fiendens initiala motstånd, vilket banade vägen för hans egna förband. Mishe tillhörde 131. Regementet, samma regemente som under Tjetjenienkriget* nästan hade utplånats av de tjetjenska rebellerna. Den pinsamma bedriften talades det däremot tyst om av förståeliga skäl.

Mishe stannade upp. I den stilla natten kunde han på avstånd höra sporadisk skottlossning när svenska förband fortfarande gjorde irriterande eldöverfall längs frontlinjen. Det tyngre hackandet från en grovkalibrig kulspruta svarade och sedan blev det tyst några sekunder innan ny skottlossning hördes från ett annat väderstreck.

När de svenska soldaterna inte kunde hålla emot drog de sig undan och lurade in ryssarna i fällor där mindre ryska enheter inringades och nedkämpades innan svenskarna försvann i natten. På genomgången i Moderlandet, innan avresan, hade segern målats upp som snabb och total. På ett dygn skulle staden ha fallit sa man. Nu var striderna inne på det andra dygnet och även om fienden hade tryckts tillbaka hade den inte gett upp.

Mishe Sytsov såg sig om. Snett bakom honom fanns en gul plåtbyggnad som såg ut att innehålla någon form av industri och lika snett framför honom, på hans vänstra sida låg det något bättre underhållna huset där staben inrättat sig. Mellan det blå och det gula huset fanns en några meter bred öppning som gjorde att det gick lätt att gå ett varv runt staben så att de kunde känna tryggheten av att se ryska soldater passera förbi fönstren med jämna mellanrum.

Han sneglade mot ett av fönstren, men mörka gardiner täckte hela rutan och han kunde inte se in i rummet innanför. Då kunde de som var där inne heller inte se ut, vilket gjorde att han kunde ta sig en rök utan att bli upptäckt.

Mishe plockade upp cigarettpaketet ur bröstfickan på uniformsjackan och knackade ut en giftpinne i handen, stoppade den mellan läpparna och slog eld på en sticka. Han var inte medveten om den svarta skugga som vaknade till liv bakom honom.

Inte förrän spetsen på ett vasst knivblad pressades in i den mjuka punkten i nacken där skallen fäste i ryggraden blev han medveten om att svenskarna fanns närmare än de kilometer som skilde mellan den nuvarande platsen och fronten.

Kniven skar lätt igenom brosk och senor på sin väg upp i hjärnan. Mishes sista handling innan knäna vek sig under honom var att tömma blåsan, men när det hände var han inte längre medveten om världen runt omkring sig.

***

Stridens dynamik var något som hade fascinerat Lennart Stålnacke ända sedan han läst om Slaget vid Narva* år 1700 där en underlägsen svensk styrka, under ledning av en ung Karl XII, hade slagit en mångdubbelt större rysk enhet genom att brutalt anfalla i skydd av en gudasänd snöstorm.

Den gången hade ryssarna inte varit beredda på den Karolinska stridstaktiken och lurats att tro att de stod inför en fiende långt mycket större än dem själva. Niotusen ryska soldater hade dött mot nittonhundra svenska. Det hade varit en av Sveriges största och viktigaste segrar genom tiderna och Stålnacke hoppades att den skulle kunna efterapas nu när det egentliga slaget om Gävle inleddes.

Det första ryska pansarfordon som nästan samtidigt träffades av två svenska pansarskott* var en BTR-80* som stod uppställd bortom en kundvagnsparkering till höger om Stålnackes position. Tråkigt för vagnens ryska besättning var att de alla befann sig på eller i vagnens omedelbara närhet när skotten slog in, krossade det svagare pansarskyddet i vagnens bakända och fick eldkvastar att slå upp genom de öppna luckorna. En av besättningsmännen stod just då bredbent och brett flinande över en av luckorna för att fotas av en kamrat som var uppflugen på vagnens front.

Fotomodellen grillades omedelbart och dog medan tryckvågen slungade fotografen handlöst bakåt tillsammans med den ensamma strålkastare som satt monterad framför, och något vid sidan av vagnchefens lucka. Utan sitt kroppsskydd krossades mannens bröstkorg av kraften när den tunga lampan träffade honom och när det oskyddade huvudet mötte asfalten hade det inte större motståndskraft än ett ägg som knäcks mot kanten av en stekpanna.

Vagnchefen själv hade oturen att vara bakom vagnen när de två pansarskotten träffade. Sprängkraften slog upp bakluckan med en enorm kraft. Mannen träffades i sidan och bröt de flesta ben i överkroppen när han kastades till marken. Samtidigt for andra pansarskott in i grupperingen och antände de ryska fordonen ett efter ett.

Stålnacke höjde lugnt sin AK5, tittade genom rödpunktsiktet och kramade av skottet. Trettio meter bort vek sig benen under en rysk soldat när kulan trängde in genom nacken och slog ut genom överdelen av kinden, strax under ögat.

Kapitel 42

Gävle
Bakom de svenska linjerna
Natten till den 7:e maj 2017

Kapten Frida Stolt lutade sig bakåt i den fällbara plaststolen och drog djupt efter andan.

Hon hade nyss bevittnat hur stabens chef, överstelöjtnant Axel Modigh, fullkomligt hade pulveriserat ledningsplatsens chef och kallat honom för en komplett idiot som inte förstod ens det mest grundläggande gällande militär taktik. Hon visste det inte, men det var andra gången under samma dygn som major Ulf Bratt hade fått sig en utskällning på grund av sin inkompetens. Nu hade majoren på stående fot entledigats av Modigh som förklarade honom persona non grata inom ledningsplatsens område.

Fallskärmsjägarkompaniets stabspluton hade istället tagit över och prickskyttegruppens sex medlemmar förstärkte sedan en timme tillbaka stabsplatsens vaktstyrka, medan chefsgruppen, tillsammans med lednings- och underhållsgruppens sju man, hade försökt få till en effektiv stridsledning, vilket till att börja med innebar inrättandet av säkert samband med de stridande enheterna.

Från de två fallskärmsjägarplutonerna hade man snart börjat ta emot krypterade underrättelser från bakom fiendens linjer. Långsamt hade en klarare bild av striden vuxit fram och med det också en förståelse för vilka nödvändiga prioriteringar som måste göras.

201

Modigh var inte rädd för att fatta beslut och gjorde så vid varje tillfälle han ansåg det vara tvunget för att stärka de svaga ställningarna. Han hade dragit tillbaka hårt ansatta grupper från vissa frontavsnitt och istället koncentrerat försvararna vid några färre, men viktigare punkter. Hans ordergivning var, precis som under alla fredstida övningar, kort och koncis. De stålgrå ögonen lämnade aldrig för en sekund blicken hos den som mottog ordern och det fanns heller aldrig utrymme för egna tolkningar. Nyss hade Frida gett order till Alfa one och Hammer Charlie att slå ut en av fiendens ledningsplatser, samtidigt som hon i bakgrunden kunnat höra andra order ges till övriga grupper.

Axel Modigh kom fram till henne. Mannens blick stannade vid Fridas ansikte och ett svagt leende syntes i mungipan.

"Allt väl, kapten?"

"Ja, chefen. Alfa one och Hammer Charlie leder anfall mot fiendens gruppering vid Marielund. Stridskontakt inrapporterad."

"Förluster?"

"Inga inrapporterade, chefen."

Modighs outgrundliga blick dröjde kvar några sekunder innan han log ett av sina sällsynta leenden.

"Det är gott, kapten. Fortsätt."

"Ja, chefen."

Hon vände sig mot radion igen, ändrade frekvens och anropade en annan av fallskärmsjägargrupperna.

***

Löjtnant Stenman var uppriktigt sagt förvånad över att han fortfarande var vid liv efter det misslyckade eldöverfallet mot fiendens *Buk*-batteri*. Tillräckligt mycket av luftvärnsförmågan hade överlevt angreppet, vilket räckt till för att skjuta ner Globemastern*. På pluskontot fanns dock att trots förlusten av ett värdefullt plan, med en lika oersättlig besättning, hade fallskärmsjägarna överlevt. Visserligen hade inte alla landat exakt där man skulle, men ändå hade de flesta lyckats navigera sig rätt. Det var just denna förmåga som gjort att Stenman fortfarande andades.

Hans grupp hade varit inträngd och omringad med ryggen mot havet. Fyra av tio man hade nedkämpats och ytterligare två var sårade när en grupp jägare hade ändrat styrkeutfallet genom att anfalla fienden i ryggen. Ingen av ryssarna hade sett de sex fallskärmarna som landat helt nära den plats där Stenman hade slängt ifrån sig den aktiverade radiofyren.

Ryssarna hade fallit utan att ha hunnit fatta vad det var som träffat dem och de överlevande ur grupp två hade kunnat räddas.

Nu låg Stenman jämte en fänrik ur fallskärmsjägarna och studerade en klunga hus på andra sidan ett öppet fält och en smal å. Anledningen till deras intresse var ett antal ryska fordon som stod på den öppna grusplanen framför husen.

"Det där är ryska spaningsfordon, typ BRDM-2*. Primär beväpning, en tung 14,5 millimeters kulspruta och sedan en 7,62 millimeters som förstärkningsvapen. Jag kan se tre stycken, vilket ger minst nio ryssar. Ganska tunt pansar på de där. Det borde räcka med ett välplacerat pansarskott per fordon för att öppna dem."

"Fänriken är påläst, hör jag."

"Ja, löjtnant. Känn din fiende som du känner dig själv och du kommer att segra i varje slag."

"Grov förenkling av vad Sun Zi skrev, men visst. Fänriken har rätt. Jag tänker kanske mer på ett annat citat."

"Vilket då?"

"Attackera din fiendes svagaste punkt med din starkaste. Han har helt rätt om de där konservburkarnas pansarskydd, men vi måste komma närmare."

"Har chefen en plan?"

"Jag har alltid en plan, fänrik." Stenman skrattade tyst och blinkade mot den yngre mannen. Sedan berättade han om sin plan.

***

"Alfa one till basen. Yttre försvar nedkämpat. Vi går in."

"Basen till Alfa one. Uppfattat. Grupp Hammer Charlie och Alfa one går in i målet. Se er för, grabbar."

"Uppfattat. Vi ser oss för."

Frida hörde hur kaptenen i andra änden skrattade när han sa det sista, men hon visste också att det var en bitter humor. Strid inomhus, med alla dolda vinklar och korta reaktionsavstånd, var mer än livsfarligt om man för en enda sekund släppte på vaksamheten. När fienden dök upp kunde det vara på armlängds avstånd. Att ta sig först genom en dörr kunde sluta med en kulkärve i magen, eller i ryggen om man glömde att kontrollera rummets hörn. På grund av det anorektiska försvarets permanenta underfinansiering hade man aldrig riktigt övat på strid i bebyggelse och även fast arméns jägarpluton, liksom fallskärmsjägarna, hade en betydligt gedignare utbildning än den vanliga soldaten, var husstrid inget man direkt längtade efter.

Hon såg sig diskret omkring. Majnatten höll sakta på att övergå i en grå gryning där luften fylldes av stanken från bränderna. Himlen ljusnade, men skenet från elden nere i hamnen återkastades fortfarande mot horisonten.

När hon några timmar tidigare hade hängt under sin fallskärm hade hon inte haft tid att ta in vyn från kriget som utspelade sig under henne. Det hade varit fullt upp med att styra skärmen mot radiofyren under den korta stund som hon hade haft på sig från att hon drog i skärmutlösaren till dess fötterna slog i marken. Men nu började hon ta in det som hände runt omkring dem.

Nationen var i krig.

Det kändes så overkligt att hon – trots att hon stod mitt i det – hade svårt att förstå dess fulla innebörd. Det var inte längre reportage från avlägsna och okända städer där husen mest var sönderskjutna ruiner. Det var här, nu, i Sverige som kriget rasade i sin fulla och vidriga intensitet. Ilskan som detta väckte i Frida hjälpte henne att fokusera. Uppgiften var att besegra fienden, trots omöjliga odds och ingen uppoffring kunde vara för stor för att nå detta mål.

Kapitel 43

Marielundsområdet
Gävle
Natten till den 7:e maj 2017

Att det här kriget var idioti, det hade major Victor Konstantinov vetat ända sedan han fick ordern i ett förseglat kuvert från Kreml. Det enda som stått på kuvertet var hans namn i ena hörnet och sedan operationens kodord – Mare Balticum*.

Innehållet hade varit precis så hemskt som han förstått när han fick det i sin hand från den överordnade översten. Detaljerna för hans vidkommande hade varit en beskrivning av anfallsplanen mot Gävle, följt av specifika order för major Konstantinovs förband.

Det var inte så att han inte höll med presidenten om det övergripande i händelsebeskrivning, utan det var mer tidpunkten. Att anfalla de alliansfria staterna Sverige och Finland kanske lät riskfritt. Ingen Artikel 5* i Natofördraget skulle lösas ut och i teorin skulle med andra ord USA och dess allierade stå för fot gevär och se på när länderna kuvades.

Problemet var att Victor Konstantinov förstod att man inte kunde applicera ett digitalt händelseförlopp på en analog värld. Han trodde inte för en sekund att Nato skulle tiga still medan Ryssland, eller Nya Sovjet som presidenten tydligen ville kalla landet numera, byggde upp sin styrka inför det slutliga anfallet mot det förbund av stater som ända sedan början av nittiotalet hade tryckt dem tillbaka.

Victor hade svurit lika mycket som alla andra militärer när balterna gick med i försvarsalliansen och han hade ivrigt supportat annekteringen av Krim och destabiliseringen av Ukraina 2014 för att hindra dem från att gå samma väg. Men att så snart efter det kriget kasta sig in i ett nytt vågspel var inget han kunde ställa upp på utan att protestera, vilket han också hade gjort.

Översten hade lyssnat på hans argument och sedan svarat att han i sak förstod Victors motvilja, men att operationen redan var klubbad och att det inte fanns så mycket att göra om han inte ville bli arresterad för landsförräderi. Eftersom en sådan arrestering ovillkorligen skulle leda till en dödsdom redan innan dagen övergick i natt hade Victor Konstantinov motvilligt accepterat ordern och nu satt han alltså här i det som troligen varit butikschefens kontor.

Framför sig hade han stridsrapporter. Siffrorna visade segrar, men väldigt lite om förlusterna som han visste var betydande, men dessa mörkades av den nya politruken*. I det nya socialistiska drömsamhället var inte förluster något man talade högt om. Här var det bara seger som gällde. På grund av detta ansåg inte Victor att rapporterna var värda pappret de var skrivna på. Som vanligt när det gällde all form av militär strategi hade den så kallade underrättelsetjänsten grovt underskattat fiendens förmåga till uthållig strid samt tillgängliga förband.

GRU hade trott att det som mest kunde röra sig om tre till femhundra man från hemvärnet, utan några tyngre vapen. Det hade visat sig vara fel. Både antalsmässigt och gällande vilka vapen man hade tillgång till. Han visste, genom sina spanare, att 191. mekaniserade bataljonen från I19* just nu tryckte på från norr, medan 193. jägarbataljonen redan var involverad i striderna inne i Gävle där även återstoden av 192. bataljonen förpestade tillvaron för hans soldater.

Att tro att den svenska soldaten skulle vara förklemad och inte kunna strida, så som GRU* så överlägset hade meddelat innan avfärd, hade också visat sig vara en bedömning som borde kosta någon huvudet. Soldaten i gemen stred alldeles utmärkt och när det kom till de svenska specialoperatörerna kunde dessa utan problem mäta sig med vilket spetsnazförband som helst. Dessutom hade troligen ett svenskt fallskärmsjägarregemente luftlandsatts under natten, vilket ytterligare stärkte svenskarnas förmåga till strid.

Nu fattades bara att Nato gjorde en bedömning där man såg Norge hotat ifall Gävle slutligen föll. Europaväg 16 ledde rakt in i Norge och den norska huvudstaden och erbjöd rena autobahn för de ryska, mekaniserade styrkorna så fort som motståndet var brutet. Dessvärre gick vägen i två riktningar och Natostyrkor kunde lika väl använda E16 för att intervenera i striderna på svensk sida.

Han morrade ilsket och sköt undan den friserade stridsrapporten. Tyvärr måste han arkivera den för att kunna visa upp att han tagit del av politrukens rapportering, fast han helst skulle velat elda upp den.

Victor skulle just sträcka sig efter en pärm när en dånande explosion fick byggnaden att skaka. Samtidigt utbröt vild skottlossning utanför.

***

Högsta chefen hade inte varit en överstelöjtnant som major Lestin hade trott utan en major.

Mannen satt nu på golvet framför Stålnacke med händerna fjättrade på ryggen. Tillsammans med honom satt flera andra överlevande ur den ryska staben. Stålnacke själv satt på en pall med mattor medan han fundersamt studerade fångarna.

Totalt hade de sjutton krigsfångar uppradade på golvet i butiksgången. I striden hade svenskarna inte visat någon nåd, men inte ens en frustrerad jägarsoldat kunde förmå sig att skjuta en fiende som sträckte armarna över huvudet, vilket dessa sjutton hade gjort. Övriga ryssar hade inte gjort det och var inte längre något problem.

"Vad ska vi göra med fångarna? Vi kan knappast avvara några soldater till att vakta dem."

Major Lestin tittade på Stålnacke och slängde sedan ett öga den ryska majoren på golvet.

"Vi kan avrätta dem."

"Kommer inte på fråga. De ska behandlas enligt Genevekonventionen*, jag ser bara inte hur vi ska kunna göra det."

"Ja, kan vi inte skjuta dem kan vi kanske rulla in dem i varsin matta, knyta några fina rosetter och sedan lämna dem här. Med gallren nedhissade och dörrarna till lager och kontor låsta kommer de inte så långt ens om de tar sig loss."

"Det är en lösning." Stålnacke skrockade när Lestin fortsatte.

"Men jag kommer ta mig fan inte att skriva en skylt med texten *Krigsfångeläger* och hänga på fasaden. Den punkten i konventionen struntar vi i."

"Då gör vi så. Se till att samtliga får att dricka innan vi gör små söta paket av dem. Det kan dröja innan vi kommer tillbaka."

Lestin nickade mot en jägare.

"Du hörde vad kapten Stålnacke sa. Se till att fångarna får lite vatten innan vi slår in dem."

Mannen svarade med ett flin som visade gnistrande vita tänder i det målade ansiktet innan han avvek för att verkställa.

"Nu när vi pratar humanitära insatser. Vad tycker kaptenen att vi gör med liken utanför?"

"De döda kan vi inte göra så mycket för. Ryssarna får ligga där de ligger, men våra två egna som dog lägger vi i en fältgrav och märker ut på kartan. När det här eländet är över får vi frakta dem till vigd jord."

"Precis min tanke", mumlade Lestin. "Fänrik Sirwan och fänrik Mendez var två bra karlar. De förtjänar en anständig begravning."

"Det gör fienden också, men moder Ryssland får frakta hem de döda när de drar tillbaka sina trupper efter det att vi har segrat."

Lestin nickade. Stålnacke hade rätt. Man skulle följa krigets lagar, men omsorgen var först om de egna. Hade man tid och kraft över fick fienden nöja sig med en andraplats i rankingen. Han hade beordrat rast vila för alla som inte skötte bevakningen och som de goda operatörer de var utnyttjades respiten till vapenvård. Om vapnet fallerade fick soldaten sällan en andra chans och därför gällde det att hålla det i toppskick.

"Vi ger oss av om trettio minuter."

"Det är uppfattat, major."

Kapitel 44

Sjöbo gård
Gävle
Natten till den 7:e maj 2017

Efter att David Rasha och de övriga i plutonen hade tagits som krigsfångar av den ryska löjtnanten Fabi Ponomariov hade tiden segat sig fram. De meniga hade skilts åt från befälen som förts bort och kvar hade det endast blivit fyra soldater av gruppens ursprungliga sjutton. De satt nu internerade i något som David identifierade som vardagsrummet till en privatbostad. De hade förts dit med förbundna ögon efter att ha körts omkring på flaket till en lastbil. Alla fönster var förtäckta och bakom den låsta dörren kunde han höra fiendens soldater röra sig. Stanken från billig rysk tobak hade sedan länge letat sig in genom springorna i dörrkarmen, vilket skvallrade om att det var fler än en rökande soldat som befann sig på andra sidan.

Genom glipor i persiennerna kunde man ana män som patrullerade på husets utsida. Ibland stannade två skuggor till och pratade utanför fönstret, men mestadels kom skuggorna och försvann igen lika fort.

David hade försökt sova och hade till och med lyckats göra det några timmar, hopkrupen på golvet med endast en soffkudde som bekvämlighet, men nu var han vaken. Klockan på väggen skvallrade om att det var natt ute, en natt som inom kort skulle övergå till morgon.

Det skulle bli krigets andra morgon.

Han suckade och sträckte på sig. Det knakade oroväckande i lederna efter timmarna på golvet och han bestämde sig för att försöka röra på kroppen. Sakta ställde han sig upp och tittade på sina tre olyckskamrater som samtliga såg ut att sova. Hur hade någon av dem trott att man skulle kunna stå emot den ryska krigsmaskinen?

Ryssland hade under mer än ett årtionde satsat mellan åtta och tolv procent av sin BNP* på krigsmakten. En BNP som dessutom var betydligt mycket större än den svenska. Samtidigt hade svenska politiker hittat på den ena ursäkten efter den andra för att spara allt mer på försvaret till dess man var nere på runt en ynka procent. Efter annekteringen av Krim hade visserligen en viss tillnyktring skett i Rosenbad, men alltför lite gjordes och dessutom alltför sent. Gotland hade återmilitariserats, men brigaden där var rykande färsk och inte färdigutbildad. Landet hade med andra ord varit sorgligt oförberett på kriget.

David gick fram till fönstret och försökte titta ut genom gliporna. Det fanns inte mycket att se och det mesta var höljt i mörka skuggor. Han suckade och skulle just lämna sin plats när han anade en rysk vakt som stannade precis utanför. Utan ett ljud sjönk mannen ihop och försvann ur synfältet, men istället dök flera andra skuggor upp. Det knastrade i gruset under grova kängor när gruppen delade på sig och några sekunder senare hördes tre explosioner utifrån gårdsplanen. Explosioner följda av korta eldskurar. Dörren till huset sparkades upp. Han hörde skrik på ryska vilka klipptes av med knattret från automatkarbiner. Sedan hördes en röst som på svenska ropade:

"Köket säkrat."

David sträckte händerna över huvudet och ställde sig på knä på golvet i samma stund som dörren in till vardagsrummet sparkades upp och en kamouflageklädd soldat avtecknade sig i dörröppningen.

"Skjut inte. Vi är svenska krigsfångar."

Anfallet mot den ryska posteringen hade gått över förväntan lätt. En av fallskärmsjägarna hade smugit sig på den patrullerande vakten när denna befann sig bakom huset. En kniv hade snabbt tystat den fientliga soldaten och sedan hade resten av gruppen kunnat ta skydd bakom husets vägg.

Efter det hade det varit en smal sak att sätta några pansarskott i de ryska spaningsfordonen samt nedkämpa de överraskade ryssarna som knappt hunnit få iväg någon som helst svarseld innan striden var över lika snabbt som den börjat.

Stenman hade tyst räknat in nio döda fiender, men inte känt igen förbandsmärket på kragspegeln, vilket spelade mindre roll. När han sparkade in dörren, som visade sig leda till ett vardagsrum, tittade han på ett antal yrvakna svenska soldater, varav en stod på knä med händerna bakom huvudet.

"Skjut inte. Vi är svenska krigsfångar", sa mannen och mötte hans blick. Stenman sänkte karbinen och klev in i rummet.

"Res er upp."

Männen gjorde som han sa och tittade avvaktande på honom medan han lät blicken glida över deras ansikten. Det var fyra män, märkta av stridens brutalitet och med Gävleborgsgruppens* märke på uniformen.

"Hur länge har ni varit krigsfångar?"

Frågan blev hängande i luften i flera sekunder innan mannen som stått på knä med händerna bakom huvudet svarade:

"Sedan någon gång under natten till den sjätte maj, löjtnant. Vet inte exakt. Fienden var övermäktig och till slut hade vi inget annat val än att ge upp när de flesta befäl hade fallit och ammunitionen nästan var slut. Den fientliga styrkan leddes av en rysk löjtnant,

Ponomariov, som faktiskt inte var djävulen själv. Han skilde ut de kvarvarande befälen och resten av oss fick kliva upp på en lastbil. Sedan körde de runt oss ett tag, troligen för att förvirra oss, och efter det landade vi här. Har inte sett något annat än det här rummet, så vi vet inte riktigt var "här" är."

"Ni är på Sjöbo gård."

"Åh fan. Nästan tillbaka där jag startade alltså."

"Och det var?"

Mannen undslapp sig ett bistert leende innan han svarade: "Jag jobbade nere i hamnen, på kontoret, när skiten brakade loss. Det var en blystorm utan dess like när de slog ut stridsfordonen som skulle ha försvarat hamnbassängen. Att jag kom undan utan en skråma måste betraktas som ett mirakel och nu har ett till inträffat. Löjtnanten bär 193. jägarbataljonens insignier, men han där," mannen nickade mot någon bakom Stenmans rygg, "har 323. fallskärmsjägarkompaniets* märke på kragen. Vad betyder det?"

"Det betyder att ÖB:s klubba ska slå sönder de här ryska styrkorna", sa mannen bakom Stenman.

Stenman tittade på fänriken och skymten av ett leende syntes i mungipan när han vände sig tillbaka mot David Rasha.

"Ni behöver ta er tillbaka till den relativa tryggheten bakom linjerna, men för att komma dit måste ni ta er igenom fronten. Jag kan visa på kartan var den svenska basen finns, men vi kan inte avvara några soldater att leda er dit."

"Det ordnar sig nog. Vi tar de fallnas vapen och ammunition och sedan hittar vi på ett sätt. Visa oss bara i rätt riktning."

214

Kapitel 45

Vattnet rann ljudlöst av det svarta huvudet som sakta bröt ytan. Vågorna var halvmeterhöga och risken att någon spanare skulle kunna upptäcka Svante Turesson var minimal. Samtidigt gjorde sjöhävningen det svårt för honom att skaffa sig en fullständig överblick av området, men han kunde i alla fall bedöma att gruppen befann sig drygt niohundra meter ut från Fredrikskans yttersta pir.

Elden i hamnen hade sakta börjat falna i takt med att oljan från de sönderskjutna cisternerna hade börjat ta slut, men ännu brann det friskt vilket kastade groteska skuggor över hela den infernaliska scenen som låg framför honom.

Han kunde snabbt räkna in åtminstone tio olika örlogsfartyg som antingen låg förtöjda vid någon av pirerna eller som helt enkel hade kastat ankar ute i den Yttre fjärden. Till det tillkom ungefär lika många handelsfartyg, varav minst två höll på att lossa sin last.

Det närmaste örlogsfartyget låg för ankar hundrafemtio meter rakt föröver från deras position och såg ut att vara en kryssare av *Slava*-klass*. Han gissade att det var den uppgraderade *Marskalk Ustinov* som skyddade inloppet till hamnen. Med sin imponerande arsenal kunde hon ställa till ett helvete för alla som sjövägen försökte sig på att återerövra Gävle.

Han släppte kryssaren med blicken och lätt den glida vidare. Kanske femtio meter längre in i fjärden låg två ubåtsjaktkorvetter av *Parchim*-klass*. Dessa fartyg var goda ubåtsjägare, men hade sämre skydd mot luftanfall och det var fullt logiskt att dessa skulle skyddas av *Marskalk Ustinovs* mer kompetenta vapen.

Han kunde även se några mindre båtar som påminde om den svenska Stridsbåt 90H och klassificerade dem som stridsbåt BK-18. Dessa skulle antagligen snabbt kunna föra ryska MPR-operatörer* till bassängens samtliga delar vid behov, något de ville undvika eftersom de med rätta fruktade de ryska undervattensoperatörerna.

Svante hade sett nog och lika sakta som han stigit till ytan sjönk han nu ned under den igen. På fyra meters djup låg de två DGB-båtarna med manskapet redo. Dessa skulle nu parkeras på botten när den sista delen av sträckan in i hamnen skulle avverkas simmande. Alla visste vad som väntade och ingen tid förspilldes när chefen gav klartecken.

Båtarna sjönk ner till botten där de förtöjdes och säckar med magnetminor frigjordes från lasten innan operatörerna delade upp sig i grupper och började simma mot sina mål. För Svantes del kändes det som att det tog en timme att nå fram till *Marskalk Ustinovs* skrov, men i verkligheten kan det inte ha tagit mer än tio minuter.

Han pekade mot sina två man var han ville att de skulle placera ut minorna, sedan skred de till verket. De tidsutlösta minorna fäste enkelt på skrovet och varje minas timer sattes på trettio minuter.

Det tog dem fem minuter att minera fregatten och sedan simmade de djupare in mot hamnen för att minera upp så många fartyg som möjligt.

***

216

Markov Maximilovic Tarasov var löjtnant vid 561. MPR i Parusnoje, Kaliningradenklaven, vilken var den avdelning inom den ryska marina spetsnaz som hade Östersjön som sitt huvudsakliga ansvarsområde.

Han var tjugoåtta år gammal med erfarenhet från insatsen på Krim och ansvarade just nu för de enheter från 561:a som hade ansvaret för att säkra hamnen i Gävle. Under sig hade han, förutom spetsnaz från MPR, även PDSS*-personal som patrullerade området i sina undervattensfarkoster, modell *Proton-S*.

På ytan hade han flera BK-18 båtar som snabbt kunde föra operatörer till de områden där fienden siktats. Vapnen de hade till sitt förfogande sträckte sig från dykpistolen SPP-2 som var en moderniserad version av den äldre SPP-1 från 1971, över automatkarbinen ADS som sköt lika bra under vattnet som ovanför. Till slut hade man även granatgeväret DP-64 *Neprjadava* med riktad sprängverkan.

Markov var övertygad om att de hade läget under kontroll och dessutom, vad kunde svenskarna göra? Deras främsta elitstyrka, SOG*, befann sig på utlandsuppdrag och resten av Moder Sveas kungliga gossar var låsta i förödande försvarsstrider på olika platser i riket. Skulle de försöka sig på något här skulle de få sig en otrevlig överraskning.

Radion knastrade till och en röst hördes:

"PDSS 5 till basen, kom."

"Jag hör dig PDSS 5."

"Misstänkt fientlig aktivitet i sektor fyra. Jag repeterar: Misstänkt fientlig aktivitet i sektor fyra."

"Vilken art?"

"Attackdykare, löjtnant."

"Bekämpa dem."

"Uppfattat, löjtnant."

Sektor fyra. Markov slöt ögonen under några sekunder. Sektor fyra var Lövharsudden, den sydligaste sektorn i hamnen. Om fiendens attackdykare nått dit kunde de mycket väl redan ha minerat det fartyg han stod på.

"Tarasov till *Marskalk Ustinovs* PDSS. Fientlig aktivitet iakttagen. Kontrollera skrov efter minor."

Längre hann han inte innan den första detonationen skakade kryssaren, tätt följd av ytterligare tre detonationer som slog upp hål i fartygets sida där vattnet forsade in. På bara trettio sekunder hade *Marskalk Ustinov* fått kraftig slagsida och alla Tarasovs förutfattade meningar om de svenska attackdykarnas duglighet hade kommit på skam.

Kapitel 46

"Vad tror ni, major? Över eller under järnvägen?"

Major Lestin betraktade trafikplatsen framför dem genom sin kikare. Vecken i pannan visade på att han tänkte febrilt, sedan sänkte han kikaren och sa:

"Under är nog det bästa, men vi kommer att vara exponerade lite väl länge på en öppen asfaltsyta utan skydd – hur vi än gör."

"Det stämmer, men vi har ryssar i Sätra och ryska patruller som patrullerar genom Stigslund, så framåt måste vi."

Stålnacke betraktade majorens mörka ansikte som i princip bara visade upp ett par ögonvitor. De hade alla rikligt med kamouflage på sig och om de låg riktigt stilla skulle de vara svåra att se så vida man inte rent fysiskt snubblade över dem. Det grå gryningsljuset hjälpte till att sudda ut alla konturer och om de skulle ta sig över här så var det nu. Gryning och skymning var alltid de bästa tidpunkterna att förflytta sig då det mänskliga ögat ännu inte hunnit ställa om efter de nya ljusförhållandena - såvida inte fienden hade FLIR eller nattsikten så klart, men det var en risk som de måste ta.

Efter eldöverfallet och tagandet av den ryska kommandoplatsen hade jägarna först förflyttat sig norrut, bort från Marielund och in i utkanten av stadsdelen Sätra där de hade blivit varse stora ryska truppsammandragningar, vilket fått dem att gömma sig i skogen och gå mot öster. Denna förflyttning hade fört dem förbi idrottsplatsen och bort mot nästa stadsdel, som var Stigslund. Till skillnad mot Sätra, där inte många granater hade landat under striderna, hade Stigslund stått mitt i det första krigsdygnets händelser och en svårstoppad eldstorm hade dragit igenom områdets sydöstra delar, lämnandes endast svartbrända huskroppar. Stålnacke var faktiskt förvånad över att elden inte hade spridit sig till skogen, men antog att den regniga våren kunde ha något med saken att göra.

De hade i alla fall följt skogen i områdets ytterkant till dess de kom fram till där de nu var – i en skogsdunge mellan Norra Kungsvägen och järnvägen. Det var den enda platsen där det lätt gick att passera spåren som annars inhägnades med rejäla stängsel för att hindra både barn och lösspringande hundar från att ta sig in på spårområdet.

En god tanke i fred kunde vara förödande i krig.

"Major. Jag föreslår att vi skickar fram en spanare som kontrollerar järnvägsviadukten innan vi förflyttar hela gruppen."

"Väl tänkt kapten Stålhand. Kormat. Känner ni för att sträcka på benen lite?"

"Självklart, major. Jag tar mig en titt så att det inte finns några ryska spetsnäsor som häckar i buskarna. Det kan ta lite tid. Jag anropar när jag är framme."

"Gott, Kormat. Gör så."

Stålnacke tittade efter André när han likt en orm försvann in i undervegetationen och var borta, sedan lyfte han blicken mot viadukten igen. Vägen, den asfalterade döda ytan där de gröna skulle sticka ut som en färgad man på ett Ku Klux Klan möte, var en bred så kallad två-ett-väg. Att föra fram en reducerad pluton där skulle ta tid, även om man sprang för vad allt tygen höll eftersom bara en dåre skulle klumpa ihop hela gruppen på den avgränsade yta som vägtunneln ändå var. Man skulle ta sig fram tre och tre, kanske fyra och fyra, men inte fler.

Väl inne under bron skulle man vara skyddad för flygares ögon, men inte för patrullerande fiender. En kulkärve avfyrad bland all betong kunde hitta sina egna vägar och de var inte alltid den kortaste sträckan mellan A och B. En soldat skyr öppna vidder och föredrar att gömma sig i grönskan, men storstadsdjungeln bestod av mycket betong som försvårade för de som ville röra sig osedda.

***

En klibbig, oljig hinna täckte buskar och blad där den gärna kletade av sig på kläder och utrustning, en påminnelse om branden på andra sidan järnvägen.

André Kormat sjönk ner på knä bakom ett buskage och tittade mot viadukten. En svensk 9040C stod på tvären över ena körfältet med resterna av en sönderbränd kropp som ännu hängde ut genom vagnchefens lucka. Genom prickskyttegevärets kikarsikte sökte han av området utan att kunna se något misstänkt, ändå kändes det som att det fanns något bland undervegetationen som inte skulle finnas där. Inga fåglar kvittrade. Antingen hade galenskapen fått samtliga fåglar att lämna Gävle, eller så fanns det människor där framme som höll dem borta.

André kröp längre in i dungen och kom fram till en smal stig. När han betraktade marken såg han de grunda avtrycken från minst en militär känga. Fotspåret pekade åt järnvägen till.

Han sniffade i luften, men kunde inte känna någon cigarettrök. Antingen hade ryssarna redan rökt klart, eller så var de så pass disciplinerade att de inte rökte på sin post.

Oändligt sakta rörde han sig i spårets riktning, men höll sig vid sidan av stigen. Det tog tio minuter av tålmodig förflyttning innan han såg det nyligen iordninggjorda värnet som gav de två ryssarna god uppsikt över tunneln.

De hade grävt en grund grav och slängt upp jorden bakom sig. Sedan hade man fodrat med timmer och avslutat med gröna sandsäckar som täckts med björksly. Kulsprutans mynning pekade rakt mot tunneln.

André betraktade dem under några sekunder. Båda soldaterna hade skyddsvästar med ballistiska plattor samt kevlarhjälmar.

Första skottet skulle absolut vara dödande, men om operatör nummer två var så välutbildad som André misstänkte skulle han inte sitta stilla för att invänta nästa kula. Det innebar att han skulle bli tvungen att slänga iväg ett snabbt skott mot den största träffbara ytan, vilket var mitt i keramplattan. Förhoppningsvis skulle smällen från en 7,62 millimeterskula på nära avstånd få hjärtat att stanna, men det var inget han kunde lita på och skulle därför i värsta fall få avsluta det hela med kniven.

Sakta lyfte han geväret och tittade genom kikarsiktet. När hårkorset låg precis mellan västen och hjälmen tryckte han av.

Ljudet från geväret var högre än han önskat då lamellerna i ljuddämparen hade tryckts ihop av det flitiga användandet, vilket försämrade dämpningen. Fanns det fler patruller helt nära så visste dessa nu om att han fanns där.

Kulan träffade rent och slet sönder nackkotorna på ryssen som föll framstupa över kulsprutan. Redan innan hans kropp landat hade André flyttat pipan och skjutit igen, men den andra ryssen var precis så duktig som han fruktat och kulan snuddade bara mannens väst innan den borrade in sig i sandsäcken.

Ryssen höjde sitt vapen och André tittade rakt in i den svarta mynningen i samma stund som fingret på nytt krökte sig runt avtryckaren.

***

"Ni kan komma nu."

Rösten i radion lät ansträngd och Stålnacke förstod direkt att allt inte stod rätt till. De hade hört de dämpade ljuden från repetergeväret och sedan det betydligt högre ljudet från en rysk automatkarbin, sedan hade allt blivit mycket tyst.

Stålnacke slängde en blick på Lestin."

"Major. Jag söker upp Kormat och ser om han behöver hjälp."

"Bra, kapten. Vi påbörjar förflyttningen under tiden. Den där karbinsalvan kan ju lura hit både det ena och det andra om vi har otur."

Stålnacke nöjde sig med en kort nick, sedan skyndade han iväg. Av ljudet att döma kunde Kormats position vara på sin höjd femtio meter bort. Det tog honom exakt fyra minuter att avverka sträckan och lokalisera värnet.

Det han såg var två döda ryssar. En skjuten i halsen med sådan precision att det endast var lite senor och muskler som höll kvar huvudet ovanpå axlarna. Den andra ryssen var skjuten i ansiktet och den röda, kladdiga geggan på värnets insida talade sitt tydliga språk.

Kormat låg på rygg på den knappt skönjbara stigen. En tunn rännil blod sipprade fram ur ena mungipan, men blicken var stel och glanslös. Det rådde ingen tvekan om att mannen var död.

"Vila i frid", mumlade Stålnacke, samtidigt som han befriade kroppen från vapnet. Sedan drog han bort Kormat från stigen och la honom under en björk. Inte ens en fältgrav hade han möjlighet att erbjuda mannen, men istället kryssade han noga av på kartan var Kormat fått sin tillfälliga viloplats. Därefter skyndade han efter gruppen som redan börjat förflytta sig genom tunneln.

***

Piloten i den lilla ryska attackhelikoptern, som i Ryssland hette Kamov Ka-50*, men som i Nato-sammanhang gick under beteckningen Hokum A, hade just lyft från hamnen efter att helikoptern hade lastats av från ett av fartygen.

Vasilij Kotka var med sina 31 år en erfaren pilot med nästan elva år bakom spakarna och han älskade sin lilla elaka kompanjon som med sina dubbla Klimovmotorer kunde toppa trehundrafemtio kilometer i timmen om det behövdes.

Med noskanonen laddad och full last av raketer och robotar under de trubbiga vingarna var han livsfarlig för de flesta fiender som hukade på marken och nu var hans uppdrag att leta efter fientliga motståndsfickor och utplåna dem.

Han hade flugit norr om den brinnande depån eftersom vinden låg på från det hållet, vilket drev den stickande oljeröken mot sydost. Så fort han var fri från röken svängde han söderut och kom att på ganska låg höjd sniffa fram över det tidigare slagfältet vid golfbanan, passera över Gestrins väg innan han flög ut över Inre fjärdens vatten. På andra sidan hade han Södra hamnpiren och precis framför honom sträckte en banvall ut sitt stela finger över vattnet.

Vasilij befann sig mitt ute över fjärden när en röst hördes i radion.

"Hajen från *Gdansk*, kom in."

"Hajen här, kapten. Vad gäller det?"

"Rapporterad skottlossning söder om Stigslundsområdet, i höjd med järnvägsövergången. Undersök och nedkämpa hot."

"Uppfattat, kapten. Inleder sökning och bekämpning."

Han tog upp helikoptern i en brant stigning och gjorde sedan en tvär sväng samtidigt som han gjorde kanonen klar. Tydligen ville ödet att han skulle få döda lite svenskar med en gång.

Kapitel 47

Mitt i stridszonen
Gävle
Tidig morgon den 7:e maj 2017

De hade försökt undvika stridszonen genom att gå rakt söderut över den småbrutna terrängen vid Römyran för att på så sätt i förlängningen nå riksväg 76, men det hade inte gått riktigt som de tänkt.

En grupp om tre ryska stridsfordon hade upptäckt dem och omedelbart öppnat eld varvid en man hade fallit, genomborrad av 14,5 millimeters kulor från de ryska kulsprutorna. David Rasha hade skilts från de övriga när var och en gjorde sitt bästa för att söka skydd undan den mördande elden.

Genom en kombination av tur och snabbhet hade han kunnat ta skydd inne bland träden för att sedan korsa en liten skogsväg och försvinna i terrängen på andra sidan. Bakom sig kunde han höra eldgivningen, men det fanns inte så mycket annat att göra än att fly.

Tyst för sig själv tänkte han på att det var så här det hade börjat på eftermiddagen två dagar tidigare. Han hade flytt undan ryssarna och det kändes som att han antingen hade sprungit eller suttit stilla hela detta förbannade krig.

Natten var kylig och berövad vapenrocken och skyddsvästen drog det kallt och han frös. När han väl slutade springa skulle han frysa ännu mer medan svetten dunstade från huden och kylde ner honom. På något sätt måste han få tag på mer kläder och helst också ett fordon, om så bara en cykel så att han kunde spara på krafterna. Magen knorrade efter alla timmar utan mat och i den här takten skulle hans krafter snart vara uttömda. Dessutom skulle ryssarna säkert kalla in mer personal för att jaga rätt på rymlingarna och det gällde därför att snabbast möjligt ta sig bort från området.

Skogen tunnades ur framför honom och övergick till en öppen äng. En smal väg, inte mer än ett par hjulspår, banade sig fram över den öppna ytan. Ett femtiotal meter söder om honom fortsatte skogen och hellre än att korsa det öppna området sprang han nu parallellt med det till dess han nådde bryggan av skog som skulle hålla honom fortsatt dold. Sedan rusade han vidare mot öster.

David visste att han var på väg mot kusten och att det lite längre fram skulle komma en asfalterad väg och sedan en klunga hus vid det som kallades Alvik. Han hoppades att han skulle hitta något där som han kunde använda för att ta sig vidare. Bakom honom hade det blivit tyst, vilket betydde att antingen var alla hans kamrater nu döda, eller så hade de överlevande, liksom han själv, lyckats sätta sig i säkerhet och att det inte längre fanns något att skjuta mot.

Med andan i halsen kom han fram till vägen. I fredstid var den hyfsat vältrafikerad, men nu låg den öde utan så mycket som ett vrak ens. Fortsatte han söderut skulle han nå riksväg 76 som antingen skulle leda honom till Furuvik vid kusten eller tillbaka in i Gävle åt andra hållet.

David stannade till och lutade sig flämtande mot en högrest tall innan han fokuserade på fortsättningen. Tacksamt noterade han att trafikanterna som använde vägen inte skyddades av något viltstängsel som skulle försvåra för honom att snabbt ta sig över vägen och in i skydd på andra sidan.

Två filer, åtta meter asfalt och sedan skulle han vara dold igen. En slänt gick från skogsbrynet ner till diket vid vägrenen och sedan samma sak på andra sidan. Det skulle handla om några sekunder att ta sig över, men under dessa sekunder skulle han vara extremt utsatt om fienden kom körande eller någon helikopter kom flygande.

David slöt ögonen och bad en tyst bön, sedan spanade han av himlen, drog efter andan och rusade ner för slänten, snubblade i diket och höll på att lägga sig raklång, men återvann balansen och var uppe på vägen. Asfalten kändes hård och stum under skosulorna efter att ha sprungit så länge över den mjuka skogsmarken. Han hoppade över diket, landade i slänten och kastade sig huvudstupa in bland träden.

När han låg på rygg i riset och tittade upp mot tallarnas kronor kunde han inte hålla tillbaka skrattet. Aldrig hade han trott att man kunde bli så lycklig av att ha lyckats ta sig oupptäckt över en väg.

När han reste sig var det med en ny beslutsamhet. Hade han klarat sig så här långt skulle han klara resten också. Han skulle ta sig igenom stridslinjen, nå svensk mark utanför den ockuperade zonen och överleva för att fortsätta slåss mot de män som så orätt hade angripit hans stad och land.

Han skyndade vidare in bland träden, men kom snart fram till Alviks gårdsplan där han stannade i skogsbrynet och såg sig omkring. Bostadshusen såg ofördärvade ut. Inga bränder hade härjat och inga granater tycktes ha landat inom det område han kunde överblicka.

Till vänster fanns en låg, avlång byggnad som skulle kunna var allt från ladugård till maskinstall. En röd bil stod prydligt parkerad framför byggnaden, men var lite för uppseendeväckande för att han skulle välja den i första hand. Flera byggnader låg utspridda omkring planen och till höger såg han taket till ett bostadshus sticka upp.

Han valde att gå åt höger. Bostadshus innebar människor och människor innebar kläder och mat, något som han var i behov av.

Han skyndade över planen och in bakom några lägre byggnader innan han såg en äldre vit trävilla i två plan med rött tegeltak.

227

Huset såg ut att ha blivit utbyggd i flera omgångar genom åren och hade flera utstickande flyglar.

På infarten framför huset stod en Volvo tillsammans med två stycken 250 kubiks crossmotorcyklar, kompletta med startnummer. På styrena vilade öppna crosshjälmar. David gick fram till huset och hade hunnit nästan ända fram till trappan framför dörren när denna öppnades och en man steg ut.

Mannen var obeväpnad, men ägde en imponerande kroppshydda. Han tittade på David.

"Är du svensk?"

"Ja, det är jag. Syns inte det?"

"Du bär på ett ryskt vapen."

"Man tar vad man kan när man är på flykt."

"Det stämmer. Kom in."

Mannen flyttade på sig så att David kunde skynda in i huset. Väl i hallen såg han två vuxna män, utan tvivel mannens söner, samt en kvinna.

"Varför har ni inte flytt? Kriget rasar runt omkring er och kan när som helst drabba er."

"Vi tänkte på att fly, men då svärmade redan ryssen omkring här så det kändes säkrare att stanna där vi har mat och en bastant källare än att söka sig ut på oskyddade vägar. Vad är din historia?"

David sjönk ner på en stol, lutade vapnet mot väggen och sträckte ut benen. Sedan såg han på mannen, kvinnan och de båda vuxna sönerna.

"Min historia är ett koncentrat av de senaste dygnens händelser", sa han sedan.

"Då vill vi gärna höra den, men du är säkert hungrig. Lite mat och andra kläder kanske kan få dig på ett bra berättarhumör."

Det kunde inte David neka till utan lät sig villigt ledas ut i köket där kvinnan ställde fram en tallrik.

"Hoppas det går bra med varm köttsoppa", sa hon en smula urskuldande.

228

"Just nu skulle mögligt bröd funka fint", svarade han tacksamt och tog emot en sked innan han började sörpla i sig den varma soppan.

Kapitel 48

Hamnen
Gävle
Morgon den 7:e maj 2017

Det var djupt olyckligt att de hade blivit upptäckta när de var i färd med att minera en rysk containerfraktare i den yttre hamnen, men ändå tur att det inte skett tidigare. Enligt hans dykarur hade det gått tjugofem minuter sedan de första minorna hade fästs på *Marskalk Ustinovs* skrov. PDSS-personalen skulle aldrig hinna avlägsna dem innan det small och *Marskalk Ustinov* skulle bli ett nytt sjömärke i inloppet till hamnen.

Svante såg nu två PDSS-operatörer i det svarta vattnet framför sig. Dykarna i sina svarta dräkter och fyrkantiga rebreather-system verkade inte ha upptäckt honom där han tyngdlöst svävade i vattnet intill fartygets köl. Eftersom hjärnan har lättare att registrera rörelser än stillhet höll han sig kvar medan han betraktade fienden. Ryssarna hade vapen som fungerade under vatten vilket inte han och hans män hade. Deras karbiner var avsedda för markstrid och under ytan fick de förlita sig på sina knivar och sin snabbhet.

En rörelse snett bakom fienden fick honom att rikta om blicken. Två av hans egna operatörer kom snabbt simmande ur det svarta vattnet. Han såg de kraftiga benrörelserna som drev männen igenom havet sekunden innan de nådde fram. Knivarna svepte ut och borrade sig genom kött och ben. Ryssarna var döda redan innan de hunnit förstå vad som hände och de svenska operatörerna tog över deras ADS-karbiner innan de lät kropparna sjunka mot botten.

Han gjorde tummen upp till männen i samma stund som en av dem ryckte till. Vita strimmor bröt genom vattnet när de besköts av en fiende som gömde sig i dunklet utanför Svantes synfält.

Den andra operatören dök kvickt neråt och vred sig sedan runt i vattnet och avfyrade karbinen. Fler vita streck jagade iväg när vattnet komprimerades framför kulan för att sedan pressas undan. Svante tittade på minan som han strax innan hade fäst på skrovet. Tre minuter till detonation och det var hög tid att ta sig bort från zonen.

Med kraftiga bensparkar dök han ner mot botten. Det var närmare åtta meter och han visste att han bara kunde stanna en kort stund på det djupet, men han behövde den döda kollegans tappade ADS. Inom några sekunder dök den mörka leran upp. Han simmade parallellt med botten till dess han såg en kropp som livlöst hängde i vattnet framför honom. Det var en av PDSS-operatörerna. Svante simmade fram och såg SPP-pistolen i bältet. Snabbt frigjorde han den och sparkade sig sedan uppåt och stannade på fem meters djup. Där hängde han och syresatte lungorna medan blicken sökte av vattnet ovanför. En mörk skugga tog form två meter närmare ytan. Skuggan följdes av ännu en. Svante höjde pistolen. Han hade fyra kulor och två fiender. Borde med andra ord klara ekvationen.

Fingret kröktes runt avtryckaren och vapnet ryckte till, först en gång och sedan en gång till. Ovanför honom upphörde männens bensparkar. En av dem blev hängande stilla i vattnet medan den andra vred sig runt. På mindre än två meters avstånd såg han ryssens uppspärrade ögon bakom cyklopets linser. Mannen började rikta ett av PDSS-divisionernas granatgevär mot honom. Svante visste att granaterna i dessa hade en sprängverkan som var riktad framåt för att inte den avfyrande dykaren skulle drabbas av den ofrånkomliga stötvågen från undervattensexplosionen. Hann han avfyra skulle Svante slitas sönder när han penetrerades av granatens stålpilar och därför tryckte han snabbt av sina två sista kulor rakt mot mannens ansikte.

Ett rött moln virvlade ut från dykarens huvud. Granatgeväret svängde åt sidan och granaten passerade flera meter från Svante. Samtidigt skakades vattnet av ännu en detonation när en eller flera minor exploderade.

Nu var det hög tid att ta sig upp på land.

Han började simma mot den överenskomna landstigningsplatsen efter att ha tagit ut riktningen med hjälp av kompassen som satt fast i sin ficka på dykardräktens ena ärm. Ännu en detonation talade om för honom att ytterligare ett ryskt fartyg hade gått under.

***

Att hamnen i Gävle var strategiskt viktig i händelse av krig var något som Försvarsmakten varit medveten om ända sedan rysshärjningarna i skärgården 1719. Under kalla kriget hade man kunnat följa Warszawapaktens intresse för området genom oräkneliga ubåtskränkningar. Fynd av militärt ursprung hade också gjorts, varav det kanske mest kända var en jutesäck med plastiskt sprängämne, komplett med kyrilliska bokstäver, som hittats på fyra meters djup våren 1986. Vid ett annat tillfälle hade en polishund fått upp spåret efter vad som troddes vara främmande grodmän som jagats, dock utan resultat.

För att kunna möta hoten hade Försvarsmakten under senare delen av 1970-talet lagt upp förråd av utrustning som i händelse av krig skulle kunna användas av svenska diversionsförband. Det var främst sådant som skulle vara svårt eller direkt omöjligt att föra med sig av dykare.

Under den tid som allmänt kallades för avspänningen efter kalla kriget hade förrådens underhåll kraftigt eftersatts, men från 2014 och framåt hade överbefälhavaren åter sett ett behov av att ha tyngre materiel tillgänglig för de svenska förbanden och flera av förråden hade fått genomgå modernisering och upprustning. I dag innehöll de, förutom ammunition av olika slag, även minor och kustrobotar i form av HELLFIRE *Shore Defense System* eller kort och gott HSDS. Robot 17 är med sin maximala räckvidd på åtta kilometer en kustnära, strategisk robot mot inträngande fartyg i det svenska skärgårdslandskapet där mobiliteten är viktigare än avståndsbekämpningen.

Ett av förråden fanns nedgrävt vid Lugnet i Gävle. Ingången till förrådet var maskerat som ett vanligt flerbilsgarage och för den som tittade in i garaget skulle inget ovanligt synas så länge man inte mätte och jämförde garagets yttermått med det fria utrymmet på garagets insida eftersom den trycksäkra luckan ned i marken doldes bakom en falsk vägg i garagets fönsterlösa, bortre kortsida.

Hälften av Svante Turessons män skulle sammanstråla vid detta förråd medan den andra hälften skulle söka sig till ett förråd på andra sidan fjärden i skogen vid Orarna.

När han bröt ytan intill stranden kunde han se att solen nu hade började gå upp, vilket sa honom att klockan borde vara runt halv fem på morgonen. Försiktigt tömde han lådan på vatten och plockade bort pipskyddet medan han vadade in mot land. Ute på fjärden brann flera fartyg medan andra redan helt eller delvis hade sjunkit som ett bevis på den dödliga effektiviteten hos diversions-förbandet.

Han tog sig upp på land nordost om Engeltofta badplats och skyndade in i skogen efter att ha gömt rebreather-systemet och simfötterna på en meters djup utanför stranden. Sedan ägnade han några minuter till att plocka fram radion ur den vattentäta packningen. När han anropade över den krypterade frekvensen fick han omedelbart svar:

"Thorleif 1 till övriga. Kom."

"Thorleif 1. Detta är Thorleif 2 och 4. Vi befinner oss vid Bas 1. Kom."

Han log. Männen hade lyckats med sitt uppdrag och nått basen före honom. Han bekräftade att han var på väg, det sista han ville var att bli skjuten av sina egna.

Kapitel 49

På andra sidan järnvägsviadukten fanns en bilramp, mer asfalt och sedan den välsignade grönskan. Som sista man i den reducerade plutonen hade Stålnacke precis börjat ta sig genom tunneln när den relativa stillheten bröts av det ihåliga hackandet från en trettio-millimeters automatkanon. Från ingenstans kom den fula, svarta attackhelikoptern svepande ner från himlen, spyendes död och eld.

Det första anfallet skar som en lie genom operatörerna som försökte ta sig i skydd så gott det gick, men minst två man genom-borrades av den mördande elden. Helikoptern svängde runt och kom sedan in för ett andra anfall från öster. Stålnacke, som befann sig under bron, kunde höra de första nedslagen från kanonen som trasade sönder järnvägen ovanför honom.

Han skyndade framåt och tittade ut från skyddet lagom för att se när de kontraroterande rotorbladen åt sig fram igenom luften, sedan slog rökkvastar ut under de trubbiga vingarna när piloten gav eld med sina åttiomillimeters rakettuber.

"Stålnacke. Har du skottläge?" Major Lestins röst hördes i head-setet

"Inte än, major. Han måste visa sig från sin vackra sida för att jag ska få en meningsfull träff."

Raketerna slog ned i vägen där de vräkte upp asfalt, jord och sten i luften. En av jägarna som rest sig upp för att rusa åt sidan när raketerna for iväg träffades av bråte och föll ur Stålnackes synfält.

Någon öppnade eld med sin automatkarbin, men några få gnistor visade bara på att kulorna rikoschetterade bort från den bepansrade förarkabinen.

"Någon som har ett pansarskott redo?"

"Ingen som har skottläge", svarade major Lestin över radion på Stålnackes fråga.

"Han vänder nu." Stålnacke fick upp geväret och sökte av himlen till dess han fick in helikoptern i siktet.

Ett ensamt skott ekade genom tunneln och slog lock för öronen på honom, trots hörselkåporna, sedan följt av ännu ett och så ett till. I luften vek helikoptern åt sidan. Först hoppades han att piloten träffats och att helikoptern nu skulle störta mot marken, men sedan rätade den upp sig ungefär som en boxare som skakar av sig en klenare motståndares rallarsvingar.

"Helvete."

Piloten hade tydligen gissat varifrån skotten hade kommit, för nu riktade han in fronten nästa rakt mot Stålnackes position och avlossade fler raketer. Utan att vänta för att se mer vände han om och sprang tillbaka in i tunnel i samma ögonblick som de första explosionerna smulade sönder asfalt och betong i tunnelmynningen.

***

Den svarta hajen i skyn vände på nytt och kom nu svepande ner mot viadukten från andra hållet. Stålnacke stannade mitt under bron och väntade, men istället för att skjuta sönder vägen och fortsätta, sänkte sig piloten istället ner och hovrade bara någon meter över marken så att han kunde titta in under viadukten.

Den svarta kanonen pekade rakt mot honom och det fanns inte längre någonstans att fly. Bistert rätade han på ryggen och mötte pilotens blick bakom hjälmvisiret. Skulle han dö skulle han i alla fall inte göra det hukandes i skräck, utan rakryggad och stolt.

Han mindes förra gången han trodde att han skulle dö. Då hade det varit i ett sjukvårdstält på den svenska campen i Irak och ett Daeshkräk hade skjutit honom på nära håll med en Kalashnikov. Det var två saker som räddade honom då – västen och *Trigger*, den SOG-operatör som med en kniv hade avslutat kräkets liv genom att hugga ner honom bakifrån.

Den här gången skulle inte västen hjälpa ett dugg och någon *Trigger* fanns inte tillgänglig.

"Skit ner dig din djävel."

Stålnackes högra hand gav piloten i helikoptern det universella tecknet som inte kunde missförstås och sekunden därpå rullade en explosion genom tunneln. Det kändes som om Gud själv hade sträckt ut sitt finger och knuffat till honom när han kastades bakåt av stötvågen.

Först trodde han att det var klart och att han nu var på väg till Valhall, eller var nu fallna krigare hamnade efter döden, sedan insåg han att han hade ont i rumpan och ryggslutet, vilken inte kunde stämma. Var man död borde väl all smärta ha försvunnit?

När han slog upp ögonen stirrade han oförstående upp i ett grått betongtak, sedan växte major Lestins ansikte in i bilden, samtidigt som han kastade ifrån sig det förbrukade pansarskottet.

"Bra jobbat, kapten. Ni uppehöll den där piloten tillräckligt länge för att jag skulle få till ett bra skott."

"Är jag inte död?"

"Så i helvete heller. Ni får nog stå ut med mig ett tag till."

Majoren skrattade och sträckte ut en hand som Stålnacke greppade innan han blev uppdragen på fötter.

"Det där fingret ni gav ryssen sekunden innan jag sköt kommer jag aldrig att glömma. Fan så synd att jag inte hade en kamera redo då. Det skulle ha blivit århundradets bild."

Kapitel 50

Norrlandet, nordost om Gävle tätort
TOLO-plats för Jeagers stridsvagnskompani
Morgon den 7:e maj 2017

Det luktade en blandning av svavel och fosfor från den svartbrända fronten på Ted Jeagers stridsvagn 122*. Brandgranaten som träffat dem hade givetvis inte lyckats göra någon skada på pansarskyddet, men hade sotat ner samtliga prismor så pass att föraren hade tagit chansen att stanna och hoppa ut för en snabb rengöring så att han kunde se vad som fanns framför vagnen. Väl framme vid basen hade tekniker genast börjat jobba med skadorna, vilket bland annat omfattade Jeagers trasiga prisma för periskopet.

Himlen ovanför trädtopparna var nu markant ljusare än för bara några minuter sedan och det berodde inte enbart på att solen höll på att gå upp. Utifrån fjärden pulserade skenet från flera brinnande fartyg som hade minsprängts av svenska diversionsförband och inifrån själva hamnområdet hördes sporadisk eldgivning som ekade över vattnet och tack vare något märkligt akustiskt fenomen nådde ända fram till Norrlandets skogsområde.

Jeager ställde sig upp på vagnen och tittade ut över manskapet. Sedan sa han med lagom hög röst:

"Cheferna till mig. Uppdragsgenomgång."

Han hade precis fått veta från den nya förbandsledningen vad som var i görningen. Snaran höll på att dras åt kring ryssens hals och Ivan hade just börjat märka det.

239

När vagncheferna samlats runt omkring honom tog han sig tid att se var och en av dem i ögonen, samtidigt som han noga noterade vilka ögonpar det var som saknades och som troligen dött på sina platser när deras stridsvagnar träffats.

"Vänner", började han stilla. "Det har varit ett intensivt dygn och jag önskar att jag kunde säga att det blir mer rast, vila, men ÖB vill annorlunda av förklarliga skäl. Sedan 03.00 nu på morgonen har strategiska jägarförband satts in för att påbörja återtagandet av Gävle. Från luften har stridskrafter från 323. Fallskärmsjägarskvadron satts in och från havet har kustjägarkompaniets attackdykare innästlat sig i hamnen och där sprängt flera ryska örlogsfartyg."

Männen och den enda kvarvarande kvinnan runt honom sprack upp i de första leenden som han sett sedan striderna inleddes för deras del.

"Vår uppgift har nu utkristalliserats sedan 323. fallskärmsjägarskvadronens stabspluton har tagit över den omedelbara stridsledningen. Vi ska, tillsammans med jägarna, anfalla hamnområdet för att slå ut fiendens lastkapacitet. I den händelse ryssen sträcker armarna över huvudet tar vi krigsfångar, annars kör vi över dem. Är ordern uppfattad?"

"Ja, kapten. Ordern är väldigt tydligt uppfattad. Vilka är våra exakta anfallsplaner?"

"De kommer muntligt nu och sedan finns det på er TCCS."

***

Marken vibrerade under de sextiotvå ton tunga stålmonster som startade upp sina motorer och sakta började rulla ut ur grupperingsplatserna.

Jeager satt upp i vagnchefsluckan och tittade snabbt på den kvarlämnade trossen. Det manskapet hade nu order om att uppsöka alternativ grupperingsplats B, på säkert avstånd från den stundande striden. Med bland de sista vagnarna som lämnade grupperingen var också en bärgningsbandvagn 120 som förhoppningsvis skulle kunna ta hand om eventuellt skadeskjutna stridsvagnar.

Längre bort i skogen, utom synhåll från Jeagers position, startade även 2. pansarskyttekompaniet upp sina stridsfordon för att ansluta till de anfallande styrkorna.

Jeager stack ner huvudet i vagnens innandöme och hojtade till föraren nedanför sig:

"Krocka inte nu. Det är mycket fisk i vattnet."

Mannen skrattade mot sin chef och svarade att det nog inte var någon risk. Stridsledningssystemet plottade noga de andra vagnarnas rörelse och under TOLO: n hade han hunnit rengöra sitt prisma ordentligt. Det var mer upp till chefen att hålla koll så att alla höll sig till planen.

Jeager rätade på ryggen. Han var otroligt stolt över sin besättning som hållit huvudet kallt under striderna, trots att vagnen tagit flera träffar. Han sneglade ner på fronten. Det luktade fortfarande illa, men med all dieselånga som var i luften just nu fanns det annat att oroa sig över. Han var glad att han hade sin shemag som han dragit upp över nederdelen av ansiktet. Alltid sorterade den bort lite av alla de sotpartiklar som virvlade runt.

När den tanken slog honom kunde han inte låta bli att skratta. Här satt han och oroade sig över risken för att dra på sig lungcancer om tio eller tjugo år när han kunde dö inom de närmaste timmarna. Sinnet har sitt eget sätt att hantera den bistra verkligheten på.

Det sprakade till i headsetet och en röst sa lugnt:

"Uppmärksamhet. Flygare i öster. Ser ut som Mi-24 eller Mi-35*. Över."

Jeager vände sig om och kisade mot den gråa himlen. Mycket riktigt såg han två välbekanta siluetter som såg ut att färdas parallellt med deras egen kurs, som om piloterna inte hade sett dem. De kom utifrån havet, vilket indikerade att det fanns någon form av

241

flytande plattform därute, möjligen ett hangarfartyg av *Mistral-klass**.
Han var tvungen att tänka efter vad den ryska motsvarigheten hette, sedan kom han på det och ropade ut över radion:

"Misstänkt helikopterfartyg av ryssens nya *Vladivostok*-klass på ingång. Är det hon kan hon medföra upp till sexton stycken av de där skithelikoptrarna, plus en del annat gulligt krims-krams som landstigningsfarkoster, stridsvagnar och spetsnaz."

Han slog om till bataljonsfrekvensen och anropade fallskärmsjägarskvadronens stabspluton för att meddela detta eventuellt nya hot. Kvinnan som tog emot rapporten meddelade att hon skulle anropa attackdykarna för bekämpning av målet. Nu hade han gjort vad han kunde i den frågan och såg på hur de två klumpiga fåglarna flög förbi dem, vidare in mot Gävle centrum.

Kapitel 51

Alviks gård
Norr om Furuvik, Gävle
Morgon den 7:e maj 2017

Kriget hade för en stund känts overkligt och främmande medan David Rasha satt i bondköket och åt, samtidigt som han berättade för familjen om de senaste dygnens händelser och hur han hade hamnat där han nu var.

När han till slut tystnade kliade sig den äldre mannen i skäggstubben på hakan innan han sa:

"En imponerande berättelse. Du har haft en vidunderlig förmåga att klara dig undan."

"Hoppas bara att turen håller i sig."

"Var finns den svenska fronten?" Det var den äldsta sonen som frågade och David såg på den unga mannens blick att han ville delta i striden.

"Jag vet inte exakt. Fronten ser ut som en krokig landsväg där ryska styrkor kan vara blandade med svenska. Vi slåss med allt vi har, så striderna böljar fram och tillbaka. Men den svenska basen finns någonstans väster om E4:an och dit måste jag ta mig på något sätt."

Sonen tittade på fadern som nickade tyst.

"Jag kan ta dig dit. Vi har två crosshojar klara utanför och om du byter om till andra kläder sticker du inte ut så mycket. Jag vill bidra och eftersom jag har jägarexamen kan jag hantera vapen."

"Jag lånar gärna en cross om jag får, men ska du verkligen med? Det här är krig och ingen älgjakt. De här älgarna skjuter tillbaka och risken för att dö är överhängande."

"Hur ska jag kunna leva med mig själv om jag inte ställer upp för mitt land? Vi har suttit här och hukat sedan de första skotten föll. Nu vill jag skjuta tillbaka."

Fadern harklade sig, gick fram till sonen och slog armarna om honom. Efter en lång kram höll han kvar händerna på den yngre mannens axlar, samtidigt som han såg honom stint i ögonen.

"Jag kan inte hindra dig, men tänk efter först om det verkligen är det här du vill."

"Ja, pappa. Det är det. Vinner ryssen vet vi inte hur våra liv kommer att bli. Att inte kämpa emot när det fortfarande finns en chans ... nej, det är en plikt. Jag följer med David."

"Då så. Jag älskar dig, grabben. Det vet du."

Mannen harklade sig innan han vände blicken mot David.

"Ta hand om sonen min, men lyssna också på honom. Han kan varenda liten stig i området och om det är någon som ska kunna leda dig till sambandsplatsen så är det han. Jag tror förresten inte att vi har presenterat oss. Jag är Bengt Mogård och Linda är min hustru. Din guide heter Tim och lillebror heter Gustaf."

"Det har varit en ära att lära känna er", svarade David sanningsenligt och skakade hand med Bengt Mogård. Hans hand försvann nästan i bondens valkiga näve och för en sekund var han rädd för orolig för att mannen skulle visa hur stark han var och krossa handen på honom, men givetvis behövde inte Bengt demonstrera sin styrka på det viset. Istället drog Tim med honom ut i garaget där de bytte om till crosskläder och han fick prova ut en hjälm som passade honom.

När det var gjort gick de ut till motorcyklarna. David grenslade den ena hojen som hade en skylt med nummer 66 tryckt framtill. På Tims motorcykel stod det 77. De kickade igång motorerna som startade utan några protester och strax därpå rullade de ut på vägen. Tim körde först, sneddade över vägen och in på en knappt synlig stig på andra sidan. Sedan passerade de genom ungskog innan de kom fram till en stor öppen grustäkt. Där ökade de farten och körde så att sand och grus yrde runt bakhjulen på hojarna.

De två ryska helikoptrarna dök upp på himlen bakom dem i samma stund som de kom ut på en asfalterad väg som skar genom området söder om grustäkten. Om piloterna såg dem i samma stund som de lämnade skogen eller om de redan fått syn på dem genom sin FLIR, skulle David låta vara osagt. Nu hade de i alla fall blivit sedda och uppenbart ville piloterna ha något att skjuta på. Även fast Mi-8 *Hip* är en transporthelikopter är den inte obeväpnad. De här hade kapslar med grovkalibriga kulsprutor monterade under nosen och marken runt dem perforerades när den främsta helikoptern öppnade eld.

***

Göran Fahlström var major vid F 21 i Luleå. När kriget började på eftermiddagen den femte maj hade han tvingats skicka iväg i princip alla sina piloter för att möta den ryska anstormningen.

Han var egentligen för gammal för att flyga jaktplan och med sina fyrtiotre år, av vilka drygt tjugo hade spenderats inom flygvapnet, var han bekant både med den sista generationen JA 37 *Viggen** som JAS 39 A* och sedan också Ceasarversionen.

Flyga aktivt i krigsförbanden – han föredrog att kalla det för vad det var – hade han slutat med så sent som 2013, men passade på så ofta han fick en möjlighet att hålla färdigheterna vid liv, om så bara i en simulator.

När kriget bröt ut hade F 21, precis som de övriga flottiljerna, fjärrbekämpats med kryssningsrobotar och eftersom det inte fanns något luftvärn värt namnet inom Försvarsmakten hade de bara kunnat tacka den dåliga ryska tekniken för att inte fler plan förstördes på marken. Fyra *Gripen* hade slagits ut helt innan de hann lyfta från Kallax, medan två fick skador som faktiskt gick att reparera. En av dessa individer hade nummer 231 väl synligt på stjärtfenan och det var i denna som major Fahlström nu satt. Planet hade under några intensiva dygn servats och reparerats på en skyddad uppställningsplats innan teknikerna meddelat chefen att 231 nu var redo att ge sig in i striden.

Vid det här laget hade ryssen i stort sett luftherravälde över främst de delar av Sverige som låg söder om Dalälven. Norr därom räckte tydligen inte det ryska jakt- och attackflyget till och där var det mest helikoptrar som flög. Helikoptrar var en barnlek för *Gripen* och beväpnad med en 27-millimeters Mauserkanon, jaktrobot 98 och bombkapsel DWS 39* tänkte han ställa till så mycket elände han kunde.

Väl medveten om att det fortfarande fanns luftvärnsförmåga kvar, trots en hyggligt framgångsrik bekämpning, hade han sniffat fram i höjd med trädtopparna och ibland också under dem. Hans mål var i första hand att slå ut det som fanns kvar av det ryska luftvärnet på marken och när hans radar hittade den ryska spaningsradarn matade han in data till DWS 39 kapslarna under flygplanets buk. Därefter steg han till sextio meter och fällde båda kapslarna innan han åter sjönk ner och girade för att snabbt ta sig bort från området.

Bomberna skulle nu på egen hand glidflyga in mot målet och detonera på låg höjd för att därmed helt slå ut det som fanns kvar av *Buk*-batteriet.

Hans radarvarnare talade om att den ryska spaningsradarn, som fått korn på honom när han steg för att släppa bomberna, nu åter hade tappat bort honom och han hade inga planer på att hjälpa dem hitta honom igen innan bomberna nådde fram. Tjugo sekunder senare gjorde de det och den ryska radarn slocknade omedelbart.

Major Fahlström tog upp planet och fick nästan genast upp två fientliga helikoptrar i hjälmsiktet. Lugnt lät han en robot 98 gå iväg medan han tänkte ta och använda Mausern på den andra. Radarn visade robotens väg mot helikoptern och markerade när den träffade. I väster lyste en blomma av eld upp himlen under några sekunder innan den åter falnade, men då hade Bengt redan kramat om avtryckaren och öppnat eld med kanonen.

***

Den första helikoptern flammade plötsligt upp i en enorm explosion som spred ut glödande metallbitar i en konisk tratt från detonationspunkten. Nästan genast därpå kunde David höra hackandet från en automatkanon som överröstade ljudet från motorcykelns motor.

Den kvarvarande helikoptern träffades och plöjde ner i marken ett hundratal meter bakom dem där den satte skogen i brand. Ett svenskt jaktplan svepte förbi på låg höjd med siktet inställt på Gävle centrum. David ställde sig på bromsen och jublade. Aldrig hade räddningen kommit så precis i tid och bäst av allt var att piloten förmodligen inte hade en aning om att han just räddat två svenskars liv.

Kapitel 52

Området Lugnet
Yttre Fjärdens norra strand
Tidig förmiddagen den 7:e maj 2017

Ryska MPR-operatörer hade svärmat som bin omkring honung i området under den senaste timmen, men aldrig varit i närheten av nedgången till det dolda bergrummet där attackdykargruppen vilade upp sig, bedrev vapenvård och inventerade förrådet. Det fanns totalt fyra robotlavetter och tio skarpa robotar tillsammans med laserutpekare, maskering, minor av olika slag och ammunition till vapnen. Kapten Turesson visste vad som skulle göras och höll ett öga på klockan. Om planen fungerade som det var tänkt skulle fallskärmsjägarskvadronen vid det här laget ha engagerat sig i striden och stört det yttre försvaret, vilket skapade utrymme för dem att agera.

Han reste sig från stolen i samma ögonblick som han var klar med vården av sin AK5:a och tittade på männen runt omkring honom. Ett ansikte saknades och hade med stor sannolikhet fallit offer för de marina spetsnaz-operatörerna, men det var dessvärre en del av de förutsedda konsekvenserna av striden.

"Då var det dags gubbar. Del två av operation *Gefle Freedom*. Är ni redo?"

"Har aldrig var mer redo i hela mitt liv."

Det svartmålade ansiktet hos sergeant Ivar Pinto klövs av ett vitt leende och det övriga instämde. Turesson nickade allvarligt.

"Pinto och DeSoto. Ni bildar grupp ett tillsammans med mig, medan Stenlund och Martinsson utgör belysningsgruppen och ni utgår nu. Övriga kvarstannar."

Belysningsgruppen reste sig och plockade under tystnad ihop sin utrustning där en av de viktigaste komponenterna var den elva kilo tunga belysaren, som med sin frekvenskodade högenergilaser skulle leda in robotarna mot de valda målen. Dessutom tillkom sikte och batteri, ändå skulle de släpa på den lättaste utrustningen. Varje robot vägde fyrtioåtta kilo och med den i sin låda hade man sjuttioen kilo att släpa på, förutom lavett och tillbehör. Turesson förstod att de skulle få springa flera gånger och valde därför att gruppera uppe i garaget. Visserligen skulle skyddsplatsen då bli röjd, men det till priset av fler möjliga robotskott och förhoppningsvis större verkan i mål.

De skulle ha förmåga att gruppera två stycken lavetter i skydd av garaget och först när man var redo för skott skulle dörrarna öppnas. Han spände ögonen i kamraterna och sa:

"Nu gäller det. Primärt mål blir att slå ut helikopterfartyget *Vladivostok* tillsammans med fartygsgruppen som initialt bestod av fem eskortfartyg, men en finländsk robotbåt som tog strid med gruppen i Ålands skärgård lyckades sänka en korvett. Vi tror alltså att det är minst en jagare av *Udaloj*-klass och tre korvetter, möjligen av *Tarantul*-klass, kvar utöver själva hangarfartyget. Det här är det vi har övat för. Nu kör vi."

***

Gunnar Stenlund och Axel Martinsson var båda sergeanter med skarp erfarenhet från Mali. De hade befunnit sig på plats i FN:s supercamp strax söder om Timbuktu hösten 2016 när lägret attackerats av militanta islamister. Under flera timmar hade området beskjutits med raketer och granatkastare samtidigt som

Daesh försökt infiltrera campen med soldater utklädda som FN-medarbetare.

Anfallet hade slagits tillbaka av franskt stridsflyg som lyft från baser i Niger, samt med allierade trupper som flögs in med hjälp av helikopter. Det hade varit hårda gatustrider, men till slut gav islamisterna upp och drog sig tillbaka.

När de nu ryckte fram mot stranden gjorde de det i skydd av en skogsdunge. Den genomskars av en smal grusväg som sedan slutade på en stor öppen grusplan som de båda operatörerna hade för avsikt att hålla sig borta ifrån. Istället drog de sig närmare badplatsen för att ställa upp belysaren vid skogsranden på udden vid badbryggan. Där skulle de ha fri sikt över hela fjärden och robotarna skulle utan problem nå en bit bortom Limön.

Det var Axel som först uppfattade rösterna som på ryska lågmält talade med varandra. Han gav tecken till Gunnar och försiktigt lade de ner utrustningen på marken och tog fram sina vapen. Mellan träden kunde de se vattnet glimma till när förmiddagssolens strålar träffade ytan. Sedan nattens snålblåst hade vädret stabiliserats och molnen skingrats, i alla fall delvis. Några envisa molnflak hängde fortfarande kvar på himlen, men skillnaden mot gårdagen var markant.

Rakt framför dem syntes ännu en grusväg som ledde upp mot Engeltofta norr om badplatsen. Mellan dem och skogsdungen ute på udden låg ett öppet område som de måste passera och precis där hade fyra ryska operatörer slagit sig ner. Dessvärre var det ganska tydligt att det inte var några vanliga värnpliktiga eftersom kamouflagemönstret på deras uniformer skiljde sig från armésoldaternas. Dessutom var de iförda den allra senaste ryska utrustningen – ratnik – och gjorde det med en hållning som visade på att de var väl förtrogna med både utrustning och vapen.

Männen hade bildat en igelkotte och hade därför uppsikt i samtliga fyra väderstreck. Utsikten att försöka smyga sig på dem för att jämna ut oddsen med kniv, utan att dra till sig oönskad uppmärksamhet, var därmed borta. Ryssarna skulle se dem innan de nått halvvägs över det öppna området. Deras enda möjlighet var att gå tillbaka och ta sig åt nordost för att gruppera på nästa utstickande udde. Det skulle säkert ta ytterligare fyrtiofem minuter, men de hade inget annat val. Försiktigt drog de sig tillbaka innan Axel meddelade Turesson om de ändrade planerna.

***

De båda lavetterna var nu på plats och varsin robot vilade i sin vagga redo att flyga när order gavs. Längs väggarna i garaget hade robotlådor staplats för att man efter avfyrning snabbt skulle kunna ladda om och skjuta igen.

När Martinsson rapporterade in om förseningen kände Turesson en snabbt övergående frustration, men gav sedan klartecken till de två underlydande att de skulle rycka fram mot plats B istället för att ta strid med vältränade MPR-operatörer.

När sambandet bröts tittade han upp på de övriga.

"Plats A är inte säker så belysningsgruppen rör sig mot plats B istället. Cirka fyrtiofem minuter."

Han såg sig omkring i det rymliga garaget. Precis som i vilket garage som helst fanns där en uppsjö av vanliga bruksföremål, från borrmaskiner till snöskyfflar, allt snyggt och prydligt ordnat, hängande på krokar eller liggande på hyllor. För den observanta skulle det bara vara en sak som stack ut – det fanns inget i garaget som var direkt brännbart. Väggarna var beklädda med en speciell sorts brandhärdigt gips och betonggolvet var bestruket med ett flamskyddsmedel som skulle försvåra att utspilld olja eller liknande skulle kunna antändas. Allt för den eventualitet att garaget i ett skymningsläge skulle komma att användas till just det som Turesson nu avsåg att använda det till.

Garageportarna var vända ut mot fjärden istället för mot Bönavägen norr om dem, något som kunde förklaras med placeringen av bostadshuset och än hade inte fienden genomskådat arrangemanget. Turesson var faktiskt uppriktigt förvånad över att inga spioner hade röjt förrådet, men till och med Ivan var ju mänsklig och kunde missa saker. En dörr ledde ut på gårdsplanen i garagets ena sida. Utanför fanns något som vid första anblicken såg ut som en mysig uteplats, komplett med ett högt staket, vilket försvårade upptäckt om någon passerade förbi och där skulle de ta betäckning vid robotskotten. Allt var noga uttänkt.

Turesson slängde en blick på klockan. Lika bra att ta det lugnt. Grabbarna hade minst en halvtimme kvar av sin förflyttning och under tiden fanns det inte så mycket annat han kunde göra. Istället gick han bort och satte sig på en av lådorna. Det militära livet brukade ofta betecknas i termerna skynda-vänta och som yrkesutövare var han med andra ord van. Enda oron var väl om belysningsgruppen skulle bli påkommen och sedan bakåtspårad. Då skulle de inte ha stor chans.

Kapitel 53

Fredriksskans
Hamnen i Gävle
Tidig förmiddagen den 7:e maj 2017

De hade tagit sig över ån genom att utnyttja bron som skapades av Hamnleden. Därefter hade de genom dold förflyttning genom skogen på andra sidan vägen, söder om golfbanan, tagit sig in i det skogsområde som enligt kartan hette Avan. Därefter hade då lyckts trixa sig fram till Barsagrundet och genom att följa Gamla Depåvägen in i området hade de lagt största möjliga avstånd mellan sig själva och den döende branden norr om dem, ändå var värmen stark och allt omkring dem var täckt av det kladdiga, svarta sotet.

Fördelen med branden var att inte heller ryssarna frivilligt uppehöll sig i det förorenade området och de kom ganska långt in i hamnen utan att behöva ta strid. Nere vid den första hamnbassängen gjorde gruppen halt och major Lestin skickade ut spanare för att få tillförlitlig information om läget framför dem. Under tiden tog Stålnacke kontakt med ledningsstaben och fick åter prata med kapten Frida Stolt som meddelade att stridsvagnskompanierna var på väg för att anfalla området från norr samt att övriga jägargrupper höll på att formera sig i sina stridszoner. Vid fronten hade de svenska förbanden dragit sig ur stridskänning för att vila och reorganisera sig och tydligen var även ryssen i behov av detta eftersom de inte hade tryckt på. För tillfället stod det alltså stilla när två slutkörda fiender ivrigt tog tillvara på fristen.

Mycket att tacka för detta strategiska läge hade man genom den inledande bekämpningen som gjort att fienden inte kunnat få i land så mycket trupp, och framför allt pansar, som de från början planerat för och när attackdykarna hade sprängt fartygen i Yttre fjärden tvingades man dra tillbaka trupper för att skydda hamnen. Det försvaret borde med andra ord finnas någonstans framför dem. Kapten Stolt avslutade med att förmedla att Jeagers stridsvagnar förväntades inleda anfall inom tjugo minuter.

Stålnacke tackade för informationen och avslutade samtalet. Sedan lyfte han kikaren och tittade över vattnet mot Yttre fjärden där de minsprängda fartygen vid det här laget hade sjunkit. Endast några spretande master stack upp över ytan inne på grundare vatten.

Vid de yttre pirerna låg fartyg som hade klarat sig och där var lossningen i full gång. Ett fartyg, som tydligen var lossat och klart, höll på att ta sig ut från hamnen och när han lyfte blicken kunde han långt ute på fjärden ana konturerna av *Vladivostok*. Som en bekräftelse på detta kom två Mi-35 dånande över hamnen på väg tillbaka ut till hangarfartyget. Stålnacke bedömde att fartyget låg runt fyra kilometer ut från hamnen räknat, i höjd med ön Båkharen. Gott och väl inom robotskottavstånd för Rb17.

***

Marcus Fredell hukade bakom en hjullastare som stod utbränd på en uppställningsplats norr om Fredrikskansvägen.

Här hade eldstormen ett par dygn tidigare svept fram och bränt sönder allt i sin väg. Byggnaderna var sammanrasade ruiner som det fortfarande rykte från och containrar på uppställningsplatsen hade deformerats av värmen vilket tvingat upp plomberade ståldörrar. Det var som att befinna sig på helvetets förgård och han var kladdig av oljesot som smetats ut över uniformen. Fördelen med det var att han smälte perfekt in i bakgrunden och fast det hade

254

burit emot, hade han rullat sig i skiten. Oroa sig för hygienen fick han göra senare, om han överlevde vill säga.

Framför honom kom två ryska soldater gående. Båda iklädda det nya *ratnik*-systemet med ballistisk skyddsväst och kevlarhjälm med påkopplad termografisk monitor. Beväpningen bestod av den moderna AN-94 karbinen som kunde spy ur sig 600 handhjärtan i minuten.

Det var med andra ord inga rekryter det var frågan om utan två spetsnazoperatörer, förmodligen från 561. MPR i Parusnoje, Östersjömarinen. Marcus hade ingen önskan att ge sig in i strid med de två männen om han kunde undvika det. Inte för att han tvivlade på sin egen förmåga, utan för att han skulle samla in information utan att meddela hela hamnen att svenskarna redan var där. Det var illa nog med den nedskjutna helikoptern som hade dragit till sig oönskad uppmärksamhet.

Han tittade genom ett hål i karossen på lastmaskinen. De två männen var bara några meter bort. Om de bestämde sig för att gå runt lastaren på var sin sida skulle han sitta i en kniptång. Sekunden senare gjorde ryssarna just det och delade på sig.

Marcus svor till och kastade sig till marken. Hans enda chans var att rulla in under vraket och hoppas på att de inte skulle vara så nitiska att de skulle göra detsamma.

Han såg ett par kängor som passerade på bara någon meters avstånd. Sedan stannade kängorna upp när de fick sällskap av ett par till. Männen stod nu i lä för vinden bakom vraket. Marcus tittade på spåren i sotet. Där fanns tydliga avtryck av hans sulor och om ryssarna sänkte blicken skulle de inte kunna undgå att se dessa. Så tyst han kunde drog han fram pistolen och la ifrån sig automatkarbinen bakom hjulet.

Ryssarna sa något till varandra och skrattade, sedan hörde han hur någon av dem strök eld på en tändsticka. Därefter kom några ord som han tolkade som ett "Vad fan?".

Han var upptäckt.

Det fanns inte så mycket annat att göra. Han sträckte fram pistolhanden och pressade mynningen mot sidan av en känga och tryckte av. Skottet dämpades av kontakten med kängans läder, men kulan krossade benet och slet sönder köttet. Mannen skrek till och föll omkull. Marcus satte nästa kula mitt emellan ögonen i det ansikte som slog i marken bara några decimeter bort. Sedan rullade han ut och sköt igen, men ryssen hade fått fram sin karbin och istället för att träffa mannen i skrevet som var tanken, slog kulan in i den nedåtriktade pipan på vapnet.

Nu blev effekten något liknande det som han avsett då kraften i pistolskottet gjorde att pipan brutalt slog in i mannens oskyddade juvelpaket. Ryssen flämtade till och tog några stapplande steg bakåt vilket var precis den respit Marcus behövde för att komma på fötter, trycka in mynningen under skyddsvästen och rikta den snett uppåt.

Niomillimeterskulan slet sönder magmusklerna och stannade uppe i brösthålan där den åstadkom massiva inre blödningar som gjorde att mannen föll med ett gurglande. Kroppen ryckte spasmodiskt några gånger innan den blev liggande stilla. Marcus tog sin kniv och såg till att på ett barmhärtigt sätt avsluta mannens plågor. Sedan anropade han major Lestin för att rapportera det inträffade.

Kapitel 54

Bakom de svenska linjerna
Ledningsplatsen
Tidig förmiddag den 7:e maj 2017

Det sprakade till på förbandsfrekvensen, sedan hördes en röst som på bred norska sa: "Detta är major Trond Kielland vid 2. bataljonen i Norges Brigad Nord som anropar de svenska styrkor som försvarar Gävle. Kom."

"Detta är kapten Frida Stolt, 323. fallskärmsjägarskvadronen."

"God morgon, kapten. Vill meddela att vi kommer in från nordväst med fyra kompanier och tunglastare. Ledsen att det tog sådan tid, men vi har haft lång väg att resa."

"Förlåt, major. Vilka kommer in från nordväst?"

"Vi får prata mer när vi möts, kapten. Under tiden kan ni meddela era soldater att de inte skjuter på oss."

"Det är uppfattat, major. Jag låter ordet gå. Hur många är ni?"

"Cirka sexhundra man, kapten."

Det svindlade för henne. Kom norska armén för att bistå dem? Hon trodde att Norge hade beslutat sig för att avvakta och inte intervenera i striderna förrän styrkeuppbyggnaden av främst amerikanska förband hade vuxit sig större på den norska sidan av gränsen.

Om nu denna major Kielland kom med fyra kompanier ur Brigad Nord innebar det välbehövlig styrketillväxt med granatkastare och amerikanska pansarvärnsrobotar av modellen FGM-148 *Javelin**.

Sexhundra friska soldater. Det skulle kunna få förhållandena att väga över till svensk fördel.

Under några sekunder stod hon i valet mellan att meddela förbanden först eller överstelöjtnant Axel Modigh. Modigh vann och hon ropade till sig en äldre hemvärnssoldat och bad honom hämta överstelöjtnanten. Medan hon väntade anropade hon alla förband som hon stod i kontakt med och bad dem meddela närmaste chef att viktig information skulle följa. En mjuk hand på hennes axel fick henne att förstå att hennes egen chef nu fanns på plats.

"Vad var det kaptenen ville?"

"Jo, chefen. Jag fick just ett anrop från en major Trond Kielland vid 2. bataljonen i Norges Brigad Nord. Han är på väg hit i spetsen för fyra kompanier. Det är sexhundra soldater med pansarvärns-robotar och granatkastare."

"Verkligen? Kan du anropa denna Kielland åt mig. Jag vill tala med honom."

"Absolut, chefen."

När majoren var på tråden gav hon ett par extra lurar till Modigh som lugnt sade:

"Detta är överstelöjtnant Axel Modigh. Vem talar jag med?"

"Överstelöjtnant Modigh. Major Kielland här. Är det samma överstelöjtnant som var på konferensen i Moss 2015 och som sa att det svenska enveckasförsvaret var en väl positiv bild av en för-svarsmakt mer vikt åt utlandsmissioner än för att insättas till det egna landets försvar?"

"Kanske det. I vilket samband sades detta?"

Mannen i andra ändan skrattade.

"I baren den sista kvällen. Överstelöjtnanten hade nog tagit lite för många öl då."

Modigh slängde en snabb blick på Frida som försökte hålla en neutral min. Sedan sa han:

"Major. Ni är varmt välkomna. Vi ska låta meddela våra soldater så att ingen skjuter på er. När beräknas ni vara framme?"

"Max om en timme om inget oväntat sker, som till exempel flyganfall."

"Major. Det kan jag inte lova att ni slipper."

"Jag vet, men kommer det några ilskna ryska insekter har vi insektssprej med oss. Kielland slut."

Axel Modigh la ifrån sig micken.

"Kaptenen glömmer det där snacket om baren, okej. Sedan meddelar ni våra grabbar och tjejer att det kommer vänskapligt infanteri från nordväst."

"Uppfattat, chefen. Ska utföras med glädje."

"Det är gott kapten Stolt. Återgå."

Inom en halvtimme hade meddelandet spridits. Norrmännen kommer. Nu har vi en reell chans att slå ryssen.

***

Det var en spänd Trond Kielland som stod upp i flygspanarens lucka där han lutade sig mot kulsprutan, samtidigt som blicken sökte av vägen framför dem.

Han färdades i en kamouflagemålad bandvagn 206* som stod uppställd på flaket till en tungtransportbil. Framför dem körde en sandfärgad Dingo 2* från tyska KMW med vapenstation för tung kulspruta på taket. Dingo-bilarna hade precis skeppats tillbaka till Norge efter att ha tjänstgjort i Afghanistan och skulle egentligen ha målats om efter noggrann genomgång, men kriget bröt ut och när ryssen anföll Gävle utgick en diskret order från den norska regeringen.

Samla ihop kompanierna och understöd svenskarna. Hindra ryssen från att upprätta brohuvud i Gävle. Dölj alla nationalitetssymboler. Order slut.

259

2. bataljonen, Brigad Nord, hade sin hemvist vid Skjolds garnison i Målselv kommun i Troms fylke uppe i Nordnorge och hade alltså några mil bakom sig. Man hade påbörjat marschen vid fyratiden på eftermiddagen föregående dag, detta efter en rekordsnabb ordergång. Att hela förbandet var samlat till följd av det rådande omvärldsläget hade både underlättat och snabbat på förfarandet. I annat fall hade svenskarna fått vänta på hjälp, men vid krigsutbrottet stod 2. bataljonen redan mobiliserad och klar.

Att Kielland var så spänd berodde på att många av hans soldater ännu inte hade prövats. Visst, de hade utbildats och var så förberedda som en fredlig nations soldater kunde vara, men det var endast officerarna som hade hunnit med utlandstjänst i stridszonerna i Irak och Afghanistan där de stått öga mot öga med Daesh.

Han var övertygad om att spjutspetsen av de ryska trupperna skulle vara betydligt svårare att möta än några vrålande jihadister beväpnade med AK-47.

Vinden låg på från Gävle och under de senaste minuterna hade man börjat kunnat känna stanken från brinnande olja. Vid horisonten syntes tydliga rökslöjor, men ännu hördes inget stridsmuller. Det var som om besten där framme höll andan, väntade och gjorde sig beredd att slå till.

Kiellands blick svepte runt himlen, men ännu kunde han inte se något som hotade dem. De körde på en liten väg vars nummer han inte hade memorerat, men den sträckte sig i en båge norr om riksväg 68 där den började ovanför Sandviken och slutade väster om Valbo. Ju närmare de kom Gävle, desto mer ökade risken för att fientligt flyg skulle upptäcka dem.

Han böjde sig ner, såg på telegrafisten och sa:

"Dags att vi sprider ut oss, gossar. Säg till dem att splittra formationen enligt givna order. Nu tar vi oss fram i skydd av terrängen."

Kapitel 55

Jeagers stridsvagnskompani
Norr om Gävles hamn
Förmiddagen den 7:e maj 2017

Mål. Rysk T-80*."
Skyttens utrop följdes av braket när kanonen skickade iväg pil-projektilen av volframkarbid. Jeager kunde se träffen i kroppen på den ryska vagnen.

"Verkan okänd. Ett skott till."
Ännu ett brak och nästa pil träffade något till höger och strax över den förra träffen. Anslagsenergin räckte denna gång till för att bekräfta vagnen som död när en av tornluckorna trycktes ut och spottade fram en kvast av eld.

"Alla vagnar – framåt!"
"Uppfattat, chefen", ropade föraren från sin plats nere på vagnens högra sida. Några sekunder senare skar Jeagers vagn över diket och ut på Bönavägen.

"Opansrad rysk trupp. Spränggranat."
Tornet svepte över vägen mot de två ryska patrullbilarna. Jeager kunde se ryska soldater med pansarskott sekunden innan vagnen skakade till när kanonen skickade iväg den gamla vinggranaten. Den träffade rakt i fronten på den främsta bilen och slet upp motorrummet samtidigt som metallsplitter från både bil och granat for tjutande omkring. Det var som att se en osynlig lie gå genom soldaterna som föll likt käglor.

Sedan såg han något annat. En rökkvast på väg rakt mot dem. Granaten träffade mitt i fronten på vagnen, där pansaret var som tjockast. De blev omruskade, men mer skada än så blev det inte. Tyst för sig själv prickade Jeager av att detta var den tredje träffen som vagnen tog. Tre gånger hade ingenjörerna på Krauss-Maffei och Bofors räddat deras liv.

"Allt väl?"

"Tur man har kåporna, annars skulle jag ha varit döv nu", ropade föraren som suttit nästan precis framför detonationspunkten. Sedan kom det en fortsättning. "Jag tror vår gamla tös klarade av den här smällen också. Allt verkar fungera som det ska och inga skador på banden."

"Då så. Full fart framåt."

"Mål. Ryskt stridsfordon."

Skytten svängde runt tornet mot den fientliga BTR-80 som just tvärnitade i skogsbrynet på andra sidan vägen. Innan den ryska föraren hunnit få i backen träffade pilgranaten i fronten och hade inga problem med att tränga igenom det sju millimeter tjocka pansaret.

Det small till bredvid dem och vagnen krängde till. Jeager kunde inte se vad som var orsaken, men fick det istället över radion när en röst ropade:

"Vagn fyra utslagen. Jag har satt en pil i mördaren. En död T-80."

De kom in i skogen. Jämte dem fanns vagn två och tre på vänster sida och strax bakom kom vagn fem.

"Stridskontakt med ryskt, avsuttet infanteri. Rikligt med vampyrer."

Jeager tittade ner på stridsledningsdatorn. Rapporten kom från en punkt strax söder om deras egen position och från en plutonchef i en CV90.

"Håll utkik efter ryskt infanteri med RPG-29*, troligen med pilammunition."

"Kontakt."

262

Han såg figurer röra sig i skogen framför dem och tryckte automatiskt in avtryckaren till vagnens kulspruta 94*. Med något som kunde liknas vid sorgsen tillfredsställelse kunde han se minst två figurer som föll på ett sådant sätt att det stod utom varje rimligt tvivel att de hade blivit träffade.

En tjock tall träffades av ett pansarskott som splittrade stammen, vilket fick det ståtliga trädet att först hoppa av den spretiga stubben och sedan under några korta ögonblick stå direkt på marken innan den vägde över och föll med ett brak rakt in bland ryssarna. Tung eld hamrade mot pansaret, men gled av och skytten rörde tornet åt det håll varifrån skotten kommit.

"Pansarspräng. Skott kommer."

Utan att låta sig stoppas brakade vagnen över de yttre ryska värnen. En kraftig explosion fick Jeager att nästan bita av sig tungan.

"Skaderapport?"

"En mina, chefen. Dock tror jag att det var en personmina, ingen pansarmina. Inga skador."

"Uppfattat."

Han flyttade tillbaka uppmärksamheten till striden. Stridsledningssystemet visade att en del av första pansarskyttekompaniet i sina 9040C var i strid med det ryska infanteriet. Ryssarna tänkte tydligen sälja sig dyrt för rapporterna om döda CV90 var en dyster läsning, men de hade sina order: Bryt upp fronten, krossa det initiala motståndet och låt pansarskyttet ta hand om infanteriet.

Stridsvagnen lämnade skogen och kom upp på en smal grusväg. Han gav skytten order att följa vägen åt väster, vilket skulle leda dem mot Kullsand och hamnen som var deras mål. Bakom dem skumpade flera stridsvagnar fram ur skogen och följde efter.

Bara några meter framför vagnen vräktes sten och grus upp när vägen exploderade. Först trodde Jeager att det var en försåtsminering, men sedan såg han de två Mi-24, eller möjligen Mi-35, som steg mot himlen från sin plats bakom träden. Den första salvan hade varit illa riktad och missat. Han misstänkte att nästa salva skulle vara farligare.

"Flygare. Skydd. Skydd." Föraren trampade till och stridsvagnen krängde över det grunda diket och in bland träden. Bakom dem missade *Sjturm*-roboten* sitt mål med minsta möjliga marginal och slog ner i vägen utan att göra någon skada.

Skytten i den ena *Hind*-helikoptern började vräka ner raketer bland träden. Trettiotvå ilskna bestar slog på några sekunder ner som asteroider bland stammarna och sprängde sönder träden som föll som plockepinn över dem. Hade de riktig otur skulle de fastna i bröten och vara lika tydliga mål som ankor på tivolits skjutbana.

"Vi behöver Lvkv* till fronten. Fientlig flygare hamrar ner oss annars."

"Uppfattat. Lvkv är på ingång från nordost."

Det tog bara några sekunder, sedan passerade fyrtiomillimeters-granaterna från luftvärnskanonvagnen över deras huvuden. Verkan i mål var omedelbar när den främsta *Hinden* tippade över och föll med sidan före ner mot marken. Den andra helikoptern valde att fly och dök ner i skydd bakom träden för att undkomma beskjutningen.

"Fientlig flygare bekämpad. Lycka till stridsgrupp Jeager."

"Flygare bekämpad. Tack Lvkv."

De fortsatte framåt över de krossade stammarna och lyckades ta sig fram utan att fastna. Där mellan träden kunde Jeager nu skymta blänken från fjärdens vatten.

***

När Jeagers stridsvagnar dundrade in i striden hade Gunnar Stenlund och Axel Martinsson precis grupperat sig ute på udden. De

264

första avlägsna detonationerna från stridsvagnskanonerna kom mullrande som åska samtidigt som de snabbt närmade sig.

Gunnar tittade genom siktet på laserpekaren. Där ute låg *Vladivostok*. Han ville inte slå på enheten ännu eftersom fienden utan tvivel genast skulle märka att de var belysta. Istället rapporterade de in till Turesson att de var redo för inledning.

Svaret kom några sekunder senare:

"Vi öppnar eld om femton sekunder. Slå på belysningsenheten."

Gunnar bekräftade och slog sedan på apparaten som genast målade en pricktavla på hangarfartyget.

Kapitel 56

Helikopterhangarfartyget Vladivostok
Yttre fjärden
Förmiddagen den 7:e maj 2017

Det hade varit en inte helt problemfri överfärd för kapten av 1. rangen, Maks Mihailovic Gusev och hans fartygsgrupp. Först hade lätt svensk jakt sett till att de förlorat en helikopter och sedan hade finska sjömålsrobotar slagit ut och sänkt ett av eskortfartygen. I samma veva hade de även förlorat ytterligare en helikopter. Krig var fyllt av överraskningar och variabler som underrättelsetjänsten hade svårt att kontrollera. Den underdimensionerade svenska flottan hade exempelvis visat sig vara en svårare nöt att knäcka än vad GRU hade förutspått eftersom de svenska fartygscheferna på ett mycket förtjänstfullt sätt hade utnyttjat skärgårdens alla möjligheter till dold strid.

Ändå var Gusev övertygad om att det bara var en tidsfråga innan både svenskarna och finnarna skulle tvingas inse det omöjliga i att fortsätta den ojämna striden. Där de nu låg för ankar ute i fjärden hade Gusev redan skickat in ett flertal helikoptrar mot Gävle för att stödja de hårt ansträngda ryska marktrupperna. Även nytt pansar hade tillförts tillsammans med över trehundra man. Han hade inga tvivel rörande utgången av striden.

När larmet gick genom fartyget blev han först förvånad. Signalen varnade för inkommande robotar, men chefen för 561. MPR-avdelningen hade försäkrat dem att det inte fanns några svenska sjömålsrobotar att oroa sig för och att det innästlade attackdykarförbandet, som under natten sänkt ett antal fartyg, hade jagats på flykten.

Han höjde kikaren och tittade ut över fjärden i samma ögonblick som de fyra grova kulsprutorna började dunka för att bemöta det inkommande hotet. Även stödfartygen öppnade eld och han skulle just dra på smilbanden över det misslyckade försöket av svenskarna när korvetten *Zaretjnyj* träffades i höjd med vattenlinjen. Av explosionens omfattning drog han slutsatsen att det inte var de tunga robot 15 utan istället den mindre, kustnära robot 17.

Ännu en explosion tvåhundra meter ut från fartyget visade på var artilleriet hade träffat en av de inkommande robotarna. Nästa träff var i *Vladivostoks* skrov.

Gusev kastades omkull, men var nästan omedelbart på fötterna igen.

"Skaderapport."

"Träff för om mittpartiet. Omfattande inre skador, men okänt hur illa det tog. Vi tar inte in vatten för närvarande."

Gusev skulle just svara när ännu en robot tog sig igenom fjärrskyddet. Denna gick något högre än den föregående och han hann med att se en skugga som slog in i bryggan strax under den övre bryggvingen. Golvet fläktes upp av kraften från stridsspetsen och denna gång reste sig inte Gusev upp efter att han kastats bakåt och slagit i den bakre väggen där hans kropp sjönk ihop på golvet samtidigt som bryggan började brinna kraftigt. Det optroniska stridsledningssystemet slogs ut vilket fick kulsprutorna att tystna.

Ytterligare två robotar träffade *Vladivostok* i vattenlinjen och fick henne att börja ta in vatten i samma stund som *Admiral Tributs* träffades i sin överbyggnad.

Därefter blev det tyst, men tystnaden var kortvarig då den fylldes ut av dånet från elden och de skadades skrik. Det hemska ljudet av metall som bröts sönder färdades dallrande genom fartyget som vibrerade i dödsångest.

***

"Slut på robotar."

Tre korta ord över radion talade om för dem att det var dags att dra. Snabbt drog de ett kamouflagenät över lasern innan de lämnade utrustningen och tog sig bakåt, bort från vattnet.

En explosion precis framför strandkanten visade att någon hade lyckats pejla lasern och nu sköt mot området med en kanon. Nästa träff kom närmare och kastade upp jord och sten i luften, men vid det laget var Gunnar och Axel redan utom räckhåll för splittret. Det gjorde att de heller inte såg hur den kvarlämnade utrustningen träffades av den tredje salvan som krossade laserpekaren och spred ut delarna över udden.

Framför dem knäcktes träden när ett enormt metallmonster närmade sig. På sidan av tornet stod det 191. MekB. Stridsvagnen stannade när föraren upptäckte de två operatörerna. Vagnchefens lucka öppnades och ett huvud stack upp.

"Hallå där soldater. Striden är åt andra hållet."

"Ursäkta, kapten", svarade Gunnar. "Vi slängde lite Rb17 på fienden och då blev de putta och beslutade sig för att slänga tillbaka en del skrot på oss, så då tyckte vi att det var dags att dra sig undan. Vi har ju ingen pansarkostym."

"Robot 17? Då tillhör ni med andra ord KJ/A-dyk?"

"Stämmer."

"Bra gjort, grabbar. Om ni fortsätter att ta er bakåt kommer ni snart att få kontakt med 3. brigadspaningskompaniet. Men se upp, för de ryska linjerna ligger också där. Vi åkte rakt igenom, men pansarskyttekompanierna håller på att städa upp och som ni hör är det hårda strider."

"Uppfattat, kapten. Vi kanske kan hjälpa till med att städa."

Kapten skrockade.

"Det tror jag säkert att ni kan."

Med de orden drog han igen luckan och stridsvagnen började röra på sig. Axel och Gunnar skyndade vidare med siktet inställt på stridslarmet framför dem.

***

Den ryska soldaten sköt mot honom och drog sedan tillbaka huvudet bakom knuten. Stålnacke kände vinddraget från minst en kula som passerade ohälsosamt nära hans högra kind samtidigt som han duckade bakom en svart SUV som stod parkerad på den öppna planen.

Framför dem fanns det ett mindre berg av containrar med brutna plomberingar som han misstänkte hade innehållit rysk krigsmateriel och bland alla dessa containrar höll uppskattningsvis en rysk pluton stånd.

Att bryta igenom skulle bli extremt kostsamt och vare sig Stålnacke eller major Lestin var villiga att offra män på ett så osäkert uppdrag, samtidigt som reträtt inte fanns med bland de valbara möjligheterna. Istället försökte han få kontakt med staben för att se om de kunde förmå någon av de mekaniserade enheterna norr om hamnen att komma till deras hjälp.

När kapten Stolt svarade hörde han direkt på rösten att något positivt hade hänt, men visste bättre än att fråga vad det var. Istället framförde han sin begäran.

"3. brigadspaningskompaniet kan avdela en brigadspaningspluton med CV9040C. De befinner sig strax nordost om er position. Kom."

"En brigadspaningspluton, det är uppfattat. Avvaktar deras ankomst. Stålnacke slut."

Flera kulor slog in i karossen och han tänkte att det där ljudet när plåten gav vika för kraften i kulan, det var ett av de otäckaste ljud han hört i hela sitt liv. Att sitta nedkrupen i bilens front gav honom skydd av motorblocket samt framhjulsupphängningen, men att söka skydd mitt på var ungefär lika effektivt som att hålla upp ett rött skynke när tjuren anföll. En av jägarna kastade en handgranat. Stålnacke såg den segla genom luften innan den studsade mot marken, rullade någon meter för att sedan detonera framför containern bakom vilken ryssarna gömde sig. Jägaren som kastat passade på att förflytta sig till en mer fördelaktig position.

Från norr hördes ännu en explosion, närmare än tidigare. Brigadspaningsplutonen var på väg. Stålnacke slog på radion och ropade.

"Lägg rök, sedan framryckning."

Kapitel 57

Bakom de svenska linjerna
Gävle
Sen förmiddag den 7:e maj 2017

När David Rasha och Tim nådde fram till de yttre vaktposterna beordrades de omedelbart att kliva av motorcyklarna och hålla händerna synliga. Sedan, när de blivit identifierade, ställdes de framför en bister löjtnant som bar det vinröda förbandstecknet för fallskärmsjägarregementet på ena armen.

"Det var ingen dålig historia ni kommer med, herr Rasha, men allt vi kunnat kontrollera verkar stämma så min fråga till er blir väl på vilket sätt ni kan tillföra något till det här kaoset som kallas för krig?"

"Tim kan fungera som MC-ordonnans. Han kan varenda stig omkring här. Jag skulle vilja sättas in i striden igen."

"Vi ska nog kunna få till något sådant. Fast jag hade nog mer tänkt mig att ni båda skulle få fortsätta köra hoj. Vi har fått ett oväntat personaltillskott som är redo för strid, men som dessvärre har dålig lokalkännedom. Ni två verkar vara de perfekta guiderna."

"Personaltillskott, löjtnant?"

Mannen nickade och bad dem följa med honom. De hoppade in i en gammal terrängbil 11 med taklavett för kulspruta, sedan bar det av längre in i grupperingen. När de till slut stannade gjorde de det vid en tydlig stabsplats. David såg tält, kamouflagenät och en uppsjö av fordon. När han tittade närmare på några av dem knackade han fundersamt löjtnanten på axeln.

"Vad är de där ökenmålade fordonen för något? Det är inga *Galten**, så mycket kan jag se."

"Ni är uppmärksam. Det där är norska försvarsmaktens *Dingo 2*. Sedan en timme tillbaka har Norge ställt trupp till vårt förfogande och ni två ska få äran att guida dem på lämpliga vägar fram mot fienden."

***

"Vi har tre huvudsakliga anfallsriktningar."

Överstelöjtnant Axel Modigh slog ut med handen mot kartan på bordet framför den samlade gruppen av stridande befäl.

"Dels från norr där 191. mekaniserade bataljonen, tillsammans med delar av 3. brigadspaningskompaniet, sedan ett antal timmar tillbaka stöter mot fiendens center i och omkring hamnen. Denna offensiv har tvingat ryssen att dra samman sina styrkor från övriga frontavsnitt, vilket har lättat på trycket mot den västra flanken, det vill säga från Valbo och in mot Gävle. Där håller hemvärnet och det lilla som finns kvar av 192. mekaniserade bataljonen, ställningarna efter bästa förmåga. I den anfallsriktningen har vi för tillfället ingen förmåga att gå på offensiven utan det är uteslutande försvarsstrid som gäller där. På fiendens södra flank har vi för närvarande endast en handfull fallskärmsjägare samt delar ur 193. jägarbataljonen. Dessa utför störstrid samt underrättelseinhämtning, något som för övrigt även pågår inne i Gävle centrum. I hamnen är även fallskärmsjägare inblandade i direkt strid med fiendens mekaniserade förband. Där har jägarna valt att backa för att ge mer manöverutrymme till 191:a.

Modigh tystnade och lät blicken vandra runt bordet innan han tittade direkt på major Kielland.

"Major. Är era män redo att sättas in i strid med fienden?"

272

Kielland nickade samtidigt som han fundersamt studerade kartan. Sedan satte han fingret på en punkt nordväst om centrum.

"Vad är detta för område? Vad kan ni säga mig om det?"

"Det, major, är Sätra. Innan kriget bodde det över tio tusen människor där. I de östra delarna av området finns det främst hyreshus, medan det i den västra delen, alltså området närmast skogen, är övervägande villor och radhus. I mitten finns ett centrum med en matbutik, lite affärer och det lilla av samhällsservicen som fortfarande tillämpas. Vi har även ett Campus med över fyrahundra studentlägenheter och en pub. Större delen av Sätra, precis som Gävle i stort, evakuerades under natten mellan den femte och sjätte maj."

"Kan inte se att det finns några blåa markeringar där."

"Korrekt, major. Våra resurser har inte räckt till och Sätra har i stort sett klarat sig undan kriget. Vi tror att delar av området används för att inkvartera rysk trupp eftersom inte ens de röda kan kämpa dygnet runt utan vila. Jag skulle vilja ruska om i den grytan, men har saknat resurser till det."

Majoren log ett tvetydigt leende och mötte Modighs blick.

"Jag skulle kunna tänka mig att ta trehundra man och anfalla in i Sätra medan jag håller mina kvarvarande trehundra som reserv bakom fronten. Hur är det med fientligt pansar?"

"Vi har gjort överflygningar med drönare och kunnat räkna in fyra T-80 stridsvagnar som placerats ut på strategiska platser här, här, här och här." Modigh pekade på fyra röda punkter på kartan. "Dessutom har Ivan fört i land ett antal BTR-fordon och BMP-3* som förstärker upp deras flanker."

"Jag tänker mig flera mindre patruller med Javelin som går före och bekämpar ryskt pansar innan huvudgruppen stöter in i området. Går allt som planerat följer sedan reserven efter och håller ställningarna samt utför upprensning medan huvudgruppen, Grupp Alfa, fortsätter in mot Marielund och Nynäs. Jag ser blå markeringar här. Finns det svensk trupp i området?"

"Ja, major. Spridda svenska jägarförband utför störstrid."

"Gott. Meddela om möjligt dessa att kungariket Norge kommer att bistå dem. Vore väldigt förargligt om vi skulle börja skjuta på varandra."

Kapitel 58

Den imaginära stillheten på Sätrahöjden bröts tvärt när den första Javelinroboten dök ner och träffade ovanifrån rakt i vagnchefens öppna tornlucka på den T-80 som stod parkerad i korsningen in mot Skyttestigen.

Sekunden därpå träffades även den ena av de två flankerande BMP-3 vagnarna som stod på gräsmattan mellan garagen och Sätrahöjdens väg. Medan detonationen i T-80 stridsvagnen effektivt dödade både vagn och besättning på ett förhållandevis barmhärtigt sätt, blev det inte lika barmhärtigt för skytten, föraren och vagnchefen i pansarskyttebandvagnen.

Den roboten träffade rakt i motorpaketet där den utan några större problem krossade pansarskalet och antände motorn. Värmen från träffen rullade genom vagnen och drabbade först personalen innan den nådde ammunitionen. Vagnchefen var den som dog först, men han hann ändå uppleva flera sekunder då huden kokade bort på hans kropp. För föraren och skytten var det ännu värre och deras lidande tog inte slut förrän ammunitionen detonerade efter ungefär tjugo sekunder.

Den kvarvarande pansarskyttebandvagnen backade med högsta hastighet rakt igenom garageväggen och klättrade över en veteranbubbla från 1969 som stod parkerad innanför. Javelinroboten som var avsedd för den vagnen missade målet med minsta möjliga marginal och därför kunde ryssen smula sönder, inte bara den kärleksfullt omhändertagna Bubblan, utan även stora delar av taket innan andra garageväggen och dörren splittrades så att vagnen kom fri från byggnaden.

Vagnchefen la rök och lät även samtliga tre kulsprutor öppna eld i blindo medan vagnen försökte vända på garageplanen. Nu var inte marginalerna så stora så BMP-3:an kraschade med sidan före in i nästa garage innan föraren lyckades få framåtdriften att fungera. Den närmare tjugo ton tunga vagnen började röra sig i en riktning som var parallell med de två, nu mera rätt illa tilltygade, garagelängorna.

Tornet svängde åt höger medan skytten letade mål. Han fann ett när hans skärm fylldes med bilden av en bandvagn 206 som kom farande in på Skyttestigen. Utan att fundera vidare på saken sköt han och granaten träffade det opansrade fordonet i fronten och klöv det mer eller mindre på mitten eftersom plastkarossen inte var något problem för den laddade pansarspränggranaten som inte detonerade förrän den kommit fram till den andra sektionen av den midjestyrda vagnen.

Vid explosionen kastades delar av karossen åt alla håll och lämnade endast underredet kvar på marken. Skyttens jubel avbröts tvärt när den fjärde Javelinroboten träffade tornet snett uppifrån och gjorde slut på vidare krigsinsatser för vagnen och dess besättning.

Ut ur skogen vällde nu hundratals norska soldater tillsammans med bandvagnar och hjulade terrängfordon. De fåtaliga ryska försvararna var för få för att kunna bjuda effektivt motstånd och de drevs snabbt djupare in i bostadsområdet.

Vid Skyttestigens slut fanns en vändplats. Upp mot skogen låg två kedjehus som hade ockuperats av ryska befäl som både stabsplats och natthärbärge. På vägen utanför husen stod två BTR-80, pansarterrängbilar, parkerade med de hotfulla KPVT-kulsprutorna riktade ned längs gatan.

När de första detonationerna från exploderande pansarfordon rullade ner genom området gav gruppchefen genast order om att starta motorerna. De båda pansarbilarna mullrade igång och började röra sig i riktning mot striden, vilket lämnade stabsplatsen oskyddad.

Två norska skyttegrupper, som hade kringgått striden i området och istället tagit sig fram i skydd av skogen mellan de två bostadsområdena, bröt nu fram mot husen.

Den ryska kapten som yrvaken kom utstormande ur ett av husen hann aldrig lyfta sin AK-74 förrän han träffades av kulorna från en norsk karbin vars träffbild på ett brutalt sätt bestal kaptenen på både mandom och mod.

Soldaterna tog sig in i huset som man identifierat som stabens tillhåll genom överflygning med UAV. Det sporadiska motståndet orsakade inga egna förluster, men berövade motståndarsidan en löjtnant och två fänrikar. I vardagsrummet hittade man en veritabel guldgruva med både kartor och den ryska fältplanen.

Löjtnant Ander Hauge stoppade noga ner allt i sin ryggsäck innan patrullerna drog sig undan. Deras del i den här striden var tillfälligt över. Nu skulle man ta sig tillbaka till den egna krigsledningsplatsen med materialet man tagit hand om. Hauge hade sett både numerär och förbandsidentifikationer på det han stoppat ner i säcken och svenskarna skulle tvivelsutan ha stor nytta av informationen.

***

David Rasha hade lett den norska anfallsstyrkan genom skogen och noggrant pekad ut de olika anfallsriktningar som hade bestämts på mötet. När striden gick igång var han beordrad att dra sig tillbaka till reserven som väntade en dryg kilometer in i skogen där två mindre vägar korsade varandra.

Om grupp Alfa stötte på mer motstånd än de klarade av skulle han leda Betagruppen till deras hjälp. I annat fall skulle reserven hållas tillbaka till dess det initiala motståndet var brutet och styrkorna behövde flankskydd när man tog sig längre in i stridsområdet.

Tim Mogård hade en liknande uppgift i en annan del av upphämtningsområdet och om någon av dem stupade skulle den andra parten ta den stupades plats. Därför gick David tillbaka till sin motorcykel i samma stund som den första Javelinroboten träffade sitt mål.

Det var med blandade känslor som han vände striden ryggen och kickade igång crossmotorcykeln. Med en sista blick över axeln gasade han på och försvann längs en knappt skönjbar stig. Det var ganska exakt tretton hundra meter till reservens grupperingsplats och det tog endast några minuter av aggressiv körning innan han var framme.

"Hur går det?"

Oron i den norska löjtnantens ögon gick inte att ta miste på. David grinade upp sig och visade så mycket tänder som han kunde när han flinade och sa:

"Ryssen har det fett hett om öronen just nu. Era Javelin är förbannat effektiva."

Mannen nickade och David förstod honom. Just nu stred hans kamrater på liv och död medan han själv satt här och endast kunde lyssna till mullret. Norrmannen ville själv vara med och skydda sina vänner av vilka många aldrig skulle återvända till hemlandet när kriget var över.

* * *

Det amerikanska hangarfartyget *John C. Stennis* låg utanför den norska kusten och dess befälhavare kokade av ilska efter att ha nåtts av nyheten om vad som hänt med *Stennis* systerfartyg *George H.W. Busch* som seglat in i Östersjön.

När hans sekond meddelade att SACEUR* sökte honom var han som en hök som kastade sig över den avlyssningssäkra linjen.

"Sir, kommendörkapten Arthur Coolidge ombord *John C. Stennis*. Vad kan jag göra för er general?"

"Vad skulle kommendörkaptenen säga om att ta aktiv del i kriget i Sverige?"

"Inget skulle glädja mig mer, general."

"Det är bra, Coolidge. Ryssarna klämde till *George H.W. Busch* fartygsgrupp rätt rejält. Det var ett taktiskt misstag att ta in henne i Östersjön. Vi trodde att det skulle gjuta olja på vågorna och få ryssen att besinna sig, men Potemkin överraskade oss igen. Därför beordrar jag nu *Stennis* att ge stöd åt de svenska, och numera även norska styrkor, som kämpar med att stoppa ryssen i Gävle. Ni har fria händer att utnyttja det ni har, kommendörkapten. Insatsreglerna är att skydda allierad trupp och slå ut rysk. Hur ni avser göra detta står er fritt så länge ni avstår från att använda kärnvapen."

"Det är uppfattat, general. Jag har redan en plan klar."

"Gott. Inkom med vidare rapport när ni skjutit era första skott. Lycka till, kommendörkapten, och god jaktlycka."

"Tack, general."

279

Kapitel 59

Fiendens pansar hade tvingat Stålnackes jägargrupp att dra sig bakåt och söka skydd i terrängen nordväst om oljedepån, något som åter gjorde golfbanan till ett slagfält. I åtskilliga timmar hade striden böljat fram och tillbaka och nu började ammunitionen tryta. Samtliga pansarskott var förbrukade och han hade endast ett och ett halvt magasin kvar, vilket var en av huvudorsakerna till den taktiska reträtten eftersom 191. bataljonens TOLO-grupp meddelat att de var på väg med ny ammunition och nya pansarskott.

Tyvärr hade de ryska förstärkningarna hunnit bita sig fast i hamnen och inte ens de grymma svenska stridsvagnarna klarade av att skyffla undan den månghövdade fienden. Minst två stridsvagnar hade förlorats och han visste inte förlusterna för den mekaniserade truppen i sina stridsfordon.

Vid yttre hamnen låg fortfarande flera ryska fartyg som med sina kanoner höll hamnområdet fritt, något som gjorde att de kvarvarande stridsvagnarna hade svårt att komma till skott. Han skulle ha gett vad som helst för möjligheten till indirekt eld, men samtliga Archerpjäser befann sig på andra sidan Dalälven och 1291:a granatkastarplutonen var en så länge bara en papperstiger i försvarsbeslut 2015. Förbandet hade ännu inte hunnit sättas upp och utbildas, än mindre tilldelats några granatkastare. Ville de ha indirekt eld så fick det bli stridsvagnarna, men att skjuta från en position där man inte kunde se målet och inte hade någon eldledare skulle bara vara att slösa på ammunitionen. Han tittade försiktigt upp över pansarvraket som han gömde sig bakom. Från sin position strax söder om Bönavägen såg han ut över det som en gång varit en golfbana, men som nu var överströdd med krigets lämningar. Det fanns rysk trupp rakt framför dem, samt i söder. Vände han sig in mot Gävle centrum fanns det ryssar även där, men på den norra flanken var det gult och blått. Stålnacke skulle just ge order om att förflytta sig åt det hållet när ett obekant ljud hördes från ovan. Sekunden därpå detonerade något i hamnen som han inte kunde se. Däremot såg han det orange eldklotet som rullade mot himlen. Sekunden därpå hann han se en skugga jaga förbi och insåg att han blev vittne till kryssningsrobotar som med god precision slog mot de ryska trupperna.

Eftersom Potemkin knappast skulle avfyra robotar mot egen trupp borde det betyda att det var Nato som stod för den oväntade hjälpen. Stålnacke hade hört talas om det amerikanska hangar-fartyget som manövrerat sig in i Östersjön för att lägga sig som en buffert mellan Sverige och det ryska hotet, men han visste ännu inte att detta hangarfartyg hade beskjutits med Iskander från Kaliningrad. Det var omöjligt att USA inte skulle svara upp mot det angreppet och det han nu såg var steg ett i kommendörkapten Arthur Coolidges plan för att säkra hamnstaden Gävle.

***

Kaptenen Chuck Hopkins, med anropsnamnet *Devil,* spakade sin F/A-18E *Super Hornet* med van hand där han flög på drygt hundra meters höjd och i tusen kilometer i timmen. Radarn spanade hela tiden av terrängen framför honom och hade redan varnat för rysk luftspaningsradar längre fram.

Hopkins slängde en snabb blick åt sidan. *Royal* låg precis där han skulle, en halv flygplanslängd bakom honom och trettio meter till höger. Framför dem slocknade nu i rask takt de ryska radarhoten när kryssningsrobotarna hittade fram och började bekämpa sina mål.

Hopkins osäkrade sina två *Paveway III* och visste att *Royal*, eller kapten Antony Harris, gjorde samma sak.

Under flygplanet började de första husen dyka upp och när målsökaren meddelade att den låst på målet lät han bomberna lämna flygplanskroppen. Därefter kopplade han om till sin enda AGM-88 *HARM*. Anti-radarroboten siktade in sig på de få kvarvarande radarekon som levde inom målzonen. *Royal* och *Devil* avfyrade sina robotar nästan samtidigt innan de svängde av för att lämna fritt för nästa rote som låg två minuter bakom dem.

Hopkins tittade över kanten på sittbrunnen och såg en blandning av skog, enstaka hus och smala, krokiga streck som förmodligen var vägar som skar genom terrängen. I nordväst fanns flera mindre sjöar insprängda bland allt det gröna och om inte krigets fasor i form av rök från bränderna hade förstört det hela skulle det ha varit en rofylld scen att vila ögonen på.

Hans hotvarnare pep till.

Något eller någon hade avfyrat en robot mot honom. Eftersom han inte hade uppfattat någon luftspaningsradar inom området utgick han ifrån att det var en bärbar robot som avlossats av ryskt infanteri på marken, troligen en SA-18 *Grouse**.

Devil avlossade facklor eftersom SA-18 var värmesökande och la sedan Hornet-planet i en rad undanmanövrer för att försöka bränna ut robotens bränsle. Detonationen kom lite för nära och han kände, mer än hörde, hur något med full kraft slog in skrovet. Ett ilsket pipande i hans hörlurar varnade för att känsliga system hade skadats och i hjälmsiktet blinkade ett rött varningsljus. Därefter slocknade ena motorn medan den andra förlorade kraft och planet fick samma aerodynamiska färdigheter som en gråsten

282

vilket fick Chuck *Devil* Hopkins att dra i utlösaren för raketstolen. Huven sprängdes bort och armar och ben säkrades innan stolen slungades bort från det fallande planet.

När skärmen vecklades ut över hans huvud kom han på sig själv med att hoppas att hans fjorton ton tunga flygplan skulle landa i huvudet på den ryss som skjutit ner honom från himlen.

***

De norska soldaterna hade genom en kombination av eld, rörelse och överraskning trängt undan de förvirrade ryssarna och hade redan efter en timmes strid lyckats säkra större delen av norra Sätra. När Hopkins plan med buken först slog ner i skogen norr om Gävle hade norrmännen i stort erövrat två tredjedelar av området, men i höjd med linjen Pingeltorp och Majgården tog det stopp.

Där fanns den fruktade ryska pansarnäven och stoppade upp infanteriet. Att anfalla T-80 stridsvagnar med bandvagnar med plastkaross var inte att tänka på. Istället beordrade befälen ut små skyttegrupper med Javelinrobotar för att försöka bekämpa stridsvagnarna från vinklar där de inte förväntade sig att bli anfallna.

Det kom som en överraskning till och med för norrmännen när en amerikansk röst bröt in på förbandskanalen med orden:

"Delta Charlie One från Whiskey. Vi kommer in från väster med JDAM* mot *onkel röd*. Inta säkerhetsavstånd med egen trupp. Jag repeterar – egen eld mot *onkel röd*. Inta säkerhetsavstånd."

Fyrtiofem sekunder senare var inte de ryska stridsvagnarna längre något hot och de överlevande ryska soldaterna antingen flydde, sköts ner eller sträckte händerna över huvudet när norrmännen intog det sönderbrända landskapet där de GPS-styrda bomberna nyss hade utplånat det sista motståndet i Sätra.

***

De amerikanska kryssningsmissilerna, tätt följda av vågor med Super Hornet-plan som svepte in över området och levererade sin last, lyckades på mindre än en halvtimme med det som marktrupperna försökt göra det sista dygnet.

De ryska fartygen, mestadels lastfartyg, som inte träffats av missiler eller smarta bomber, var likväl satta ur spel då den sista roten attackflyg hade fällt minbomber över hamnen, något som gjorde att det var förenat med livsfara att röra sig där. Stålnacke kunde höra flera dämpade explosioner när ryska soldater lärde sig den hårda vägen *hur* farligt det egentligen var att röra sig bland de förrädiska minorna. Varje laddning var stark nog att spränga bort en fot, men dödade sällan offret, vilket band enorma resurser för att hantera alla skadade.

Kapitel 60

Det var en mycket moloken och medtagen kapten Armand Edelman som tillsammans med en lika illa tilltygad rysk överstelöjtnant stelt slog sig ner mitt emot överstelöjtnant Axel Modigh.

Modigh satt bakom ett nött skrivbord i ett kontor på Nobelvägens industriområde, ett av få ställen som inte hade drabbats av total ödeläggelse under striderna. Lugnt, utan vare sig ord eller gester, betraktade han den besegrade fienden på andra sidan bordet.

Den ena av männen, den som verkade ha lägst grad, vägrade att möta hans blick medan Modighs ryska motsvarighet betraktade honom med en svårtydd min. Att de två ryssarna var i klart underläge underströks av de svenska jägarsoldaterna som med sina skarpladdade vapen stod beredda längs rummets väggar. Ännu fler operatörer väntade utanför där de höll koll på delegationens eskort.

När alla tycktes ha funnit sin plats började Modigh att på väl modulerad engelska säga:

"Jag tänker inte hyckla om anledningen till detta möte. Ni anföll oss, utan föregående varning eller provokation. Era trupper har dödat urskillningslöst bland ej krigförande civilbefolkning, som enligt alla krigslagar skall vara fredade. Ni är här i egenskap av

285

ansvariga befäl för att underteckna villkorslös kapitulation. Sedan kommer ni att interneras i väntan på krigsförbrytarrättegångar som med stor sannolikhet kommer att hållas när Ryssland har förlorat hela detta krig. Jag räknar med att dessa rättegångar kommer att ske under EU-jurisdiktion, varför ni troligen kommer att slippa galgen, men inte straffet. Har ni något att säga så gör det nu."

"Jag protesterar mot ert krav på villkorslös kapitulation. När eld upphör blåstes i natt hade ryska trupper fortfarande betydande områden av staden i sin hand. Det ger oss ett förhandlingsläge."

Modigh spände blicken i den ryska överstelöjtnanten och när han talade var rösten lika vass som ett rakblad:

"Ni. Har. Inget. Förhandlingsläge. Över. Huvudtaget. Ni kan välja att skriva under kapitulationen frivilligt och sedan behandlas respektfullt, eller vägra och se precis hur eländigt era liv kan bli. Det är ert val. Men bara så att ni förstår läget. Ni är omringade av ett gäng mycket arga operatörer som tillhör gräddan av den svenska *krigsmakten*. De har alla förlorat kamrater och det enda som avhåller dem från att ta lagen i egna händer är den att de respekterar befälskedjan. Vad tror ni händer om jag reser mig upp och lämnar rummet några minuter?"

Överstelöjtnanten försökte se kaxig ut, men såg i ögonvrån hur en av de skitiga männen längs väggen drog sin kniv och tog ett halvt steg framåt. Han tittade tillbaka på Modigh.

"Ni skulle bryta mot Genevekonventionen."

"Vem skulle vittna?"

Armand Edelman tittade upp, vred huvudet mot överstelöjtnant Turgenev och sa på ryska:

"Kamrat, var realist. Vi har förlorat. Gör det inte värre än vad det redan är"

Modigh flinade och vände blicken mot Armand.

"Jasså. Ni vaknade till slut. Jag undrade just om ni hade förlorat tungan under striderna."

När Armand hörde den svenska överstelöjtnanten tala till honom på hans modersmål kunde han inte hjälpa att han ryckte till. "Ni har en fruktansvärd accent, men talar i övrigt god ryska." "Känn din fiende som dig själv. Nå, kamrat", han riktade åter blicken mot officeren. "Ska ni trilskas och lida i onödan, eller skriver ni på dokumentet?" "Har jag något val?" "Man har alltid ett val. Det beror mer på hur man önskar leva sitt liv och er kollega här tycks vilja leva ett friskt liv i ytterligare några år. Frågan är var ni ställer er?"

***

"Skulle överstelöjtnanten verkligen ha kunnat släppa loss oss på två obeväpnade fångar?"

Stålnacke hade för länge sedan stoppat tillbaka kniven i slidan och betraktade nu hur operatörerna förde bort de två ryssarna till ett väntande fordon. Modigh stod med händerna på ryggen och tittade ut över den skräpiga gården. Sedan sa han med ett sardoniskt flin hängande vid läpparna:

"Aldrig, men det visste inte de. Vissa gränser kan man töja på, andra inte. Grejen är att motståndaren inte ska veta vilka dessa gränser är. Som det nu blev skrev de på kapitulationen och de ryssar som överlevde bombinfernot i natt har internerats i avvaktan på övriga åtgärder. Med tur och skicklighet, samt mycket hjälp från våra allierade, gick vi segrande ur det här. Vi kan nu hålla linjen Gävle-Oslo i avvaktan på utgången av de övriga striderna som pågår i söder."

"En delseger med andra ord."

"Helt riktigt, kapten. Men en mycket viktig sådan. Hotet mot Norge, och därmed Nato, är för tillfället avvärjt. Kan vi få fortsatt stöd finns en liten, men reell chans att vi även vinner det stora kriget."

Stålnacke skulle just svara när löjtnant Stenman kom skyndande fram. Mannen var så upphetsad att han glömde göra honnör. Med andan i halsen sa han:

"Potemkin är död. De sa det alldeles nyss på radion. Han blev skjuten av en prickskytt under ett tal i Sankt Petersburg.

Ordförklaring

GMU:
Grundläggande militär utbildning: Denna ersätter den tidigare värnpliktsarméns grundläggande soldatutbildning (lumpen).

TEU:
Detta är ett mått på hur många containrar med måtten 20 fot i längd, 8 fot i bredd och 8,6 fot i höjd som ett fartyg kan lasta.

9040C:
Svenskt stridsfordon. Beväpnad med en 40 mm automatkanon, 7,62 mm kulspruta 58C och 6st Galix 80,5 mm rökkastare.

ARCHER:
Artillerisystem 08, är ett självgående eldrörsartillerisystem från BAE Systems Bofors AB, utvecklat för Sverige. Det är beställt av FMV (Försvarets Materiel Verk) och en uppgradering av Haubits 77. Systemet utvecklades för att, förutom konventionell ammunition, även kunna skjuta XM982 Excalibur, ett GPS-guidat granatartilleri.

RBU-6000:
Ett ryskt raketvapen för ubåtsjakt.

DAB:	*Digital Audio Broadcasting*, DAB, är en form av digitalradio, som använder MPEG1 Audio Layer 2- eller AAC+-formatet. DAB-sändningar sker i block, eller ensembler, vil-ka motsvarar en frekvens.
Aerosolbomb:	En termobarisk bomb, även kallad för FAE-bomb. Det är en sprängladdning som är bestående av ett lättflyktigt bränsle som fördelar en aerosol i luften som sedan antänds och reagerar med luftens syre.
AIP:	Air-independent propulsion, luftoberoende motor, en motor som tillåter en ubåt att verka utan tillgång till luftens syre.
P-500 *Bazalt:*	En sovjetisk/rysk tung sjömålsrobot
SK60W:	Ett tvåmotorigt svenskt jetflygplan tillverkat av Saab och används som skolflygplan. SK60 flög för första gången den 29 juni 1963. Flyg-planet är normalt tvåsitsigt då instruktör och elev sitter bredvid varandra.
F21:	Är en flygflottilj inom svenska flygvapnet som funnits i olika former sedan 1941. Förbandsledningen är

	förlagd i Luleå garnison vid Luleå flygplats.
F-117 *Nighthawk:*	Ett flygplan utvecklat av företaget Lockheed Corporation för det amerikanska flygvapnet. Flyg-planets främsta egenskaper är dess smygförmåga, det vill säga att det lämnar ifrån sig ett förhållandevis litet radareko. Togs ur aktiv tjänst 2008.
2. brigaden:	En brigad inom svenska armén som verkat sedan 2012. Brigadstaben är förlagd i Skövde garnison i Skövde.
DGB:	Dykgruppbåt - en svenskutvecklad farkost som kan transportera upp till sex attackdykare på och under vattenytan.
Återandningsapparat 11:	Ett slutet andningssystem som kan hantera både 100% syrgas och nitrox.
CV:	*Combat Vehicle* – stridsfordon, exempelvis svenska 9040C.
Tjetjenienkriget:	Första Tjetjenienkriget: Ryska styrkor försökte 1994 till 1996 återerövra utbrytarrepubliken Tjetjenien i Nordkaukasien.

Slaget vid Narva:

Ett fältslag som utkämpades vid den då svenska staden Narva i det som i dag är nordöstra Estland den 20:e november 1700 mellan svenska och ryska styrkor.

Pansarskott:

Ett militärt rekylfritt, bärbart engångsvapen som främst används mot pansarfordon.

BTR 80:

En rysk 8x8 hjuldriven pansarterrängbil.

Buk-batteri:

Novator 9K37 Buk – ryskt luftvärnssystem.

Globemaster:

Ett tungt amerikanskt transportflygplan. Togs i tjänst 1991.

BRDM-2:

Ett lättare, ryskt (sovjetiskt) militärt spaningsfordon.

Mare Balticum:

Ryskt kodord för krigsplanerna mot Sverige och Finland.

Artikel 5:

Den artikel i Natofördraget som säger att om ett Natoland angrips är det ett angrepp på samtliga Natomedlemmar som då ska sluta upp bakom det angripna landet.

Politruk:	Politisk kommissarie, en parti-funktionär som har till uppgift att övervaka de egna väpnade styrkorna och ansvara för deras politiska skolning, organisation och lojalitet till partiet.
I19:	Ett pansarförband inom den svenska armén vars förbandsledning finns i Bodens garnison i Boden. Ingående enheter är: - 3. Brigadspaningskompaniet - 191. mekaniserade bataljonen - 192. mekaniserade bataljonen - 193. Jägarbataljonen
GRU:	Rysslands militära underrättelse-tjänst.
Genevekonventionerna:	Internationella överenskommelser som reglerar väpnade konflikter, internationellt såväl som inbördes-krig.
BNP:	Bruttonationalprodukt, ett mått på den totala ekonomiska aktiviteten i ett land under en tidsperiod som vanligen omfattar ett år.
Gävleborgsgruppen:	En svensk utbildningsgrupp inom Hemvärnet.

323. fallskärmsjägar-kompaniet: Ett jägarförband inom den svenska armén.

A2/AD-bubbla: *Anti-Access/Area Denial.* ett samlingsbegrepp som handlar om förmågan att genom ett nätverk av sensorer och långräckviddiga robotvapen förneka en militär motståndare tillträde eller tillgång till ett geografiskt område.

TOLO: *Tanknings- och laddningsomgång* är namnet på de förband som sköter om påfyllning av ammunition och drivmedel inom Försvarsmakten.

TELAR-fordon Är ett radarfordon som kan avfyra sina robotar utan att lösgöra dem från fordonet.

Slava-klass: En rysk fartygsklass bestående av robotkryssare utvecklade under kalla kriget åt den sovjetiska flottan.

Parchim-klass: En klass av ubåtsjaktkorvetter som utvecklades för den Östtyska flottan under 1970-talet. Sovjetunionen köpte in tolv fartyg av den förbättrade modellen Projekt 1331M för att stimulera den Östtyska ekonomin.

MPR:	Ryskt, marint elitförband, spetsnaz.
PDSS:	Styrkor för att bekämpa diversions-förband under vattnet.
Proton-S:	Rysk undervattensfarkost.
SOG:	Särskilda Operationsgruppen. Svensk militär elitstyrka.
Kamov Ka-50:	Rysk, ensitsig attackhelikopter. Kallas inom Nato för Hokum A.
Stridsvagn 122:	En svensk vidareutveckling som bygger på den tyska stridsvagnen Leopard 2.
Mi-24/Mi-35:	Rysk, flersitsig attackhelikopter med plats för upp till åtta stridsutrustade soldater.
Mistral-klass:	En klass av konventionellt drivna helikopterbärande hangarfartyg i den franska flottan, som fått stå mall för den ryska Vladivostok-klassen.
JA37 *Viggen*	F.d. svenskt jakt/attackplan.
JAS39 *Gripen*	Svenskt multiroll plan Jakt-Attack-Spaning

DWS 39	En tysktillverkad multipelbomb. Kan maximalt bära 72 multipel-stridsdelar. Numera förbjuden.
AN-94:	Rysk automatkarbin och den erkända efterföljaren till den numera legendariska Kalasjnikovkarbinen.
FGM-148 *Javelin:*	En amerikansk så kallad fire-and-forget pansarvärnsrobot.
Bandvagn 206:	Ett svensktillverkat (Hägglunds) terrängfordon för upp till 17 st stridsutrustade soldater.
Dingo 2:	Ett tyskt, kraftigt bepansrat militärt terrängfordon, en s.k MRPA (Mine-Resistant Ambush Protected) för det mobila infanteriet.
T-80:	Rysk stridsvagn.
RPG-29:	Ett ryskt militärt rekylfritt raket-gevär för bekämpning av strids-vagnar.
Kulspruta 94:	En tysk kulspruta som bygger på den äldre MG42.
Sjturm:	9K114 Sjturm är ett rysk, helikopter-buret pansarvärnsrobotsystem.

Lvkv 90:	Luftvärnskanonvagn som bygger på CV90 chassit.
Galten:	Terrängbil 16 ett sydafrikanskt, fyrhjulsdrivet terrängfordon inköpt från BAE till det svenska försvaret, främst avsett för trupptransport. Fordonet är nu i bruk.
BMP-3:	En rysk amfibisk pansarskyttebandvagn med en 100 mm kanon och pansarvärnsrobot *Konkurs.*
SACEUR:	*Supreme Allied Commander over armed forces in Europé.* Natos högste militäre befälhavare över de allierade styrkorna i Europa.
F/A-18E *Super Hornet:*	Ett amerikanskt, hangarfartygsbaserat multirollflygplan.
Paveway III:	Laserstyrd flygbomb, tillverkad i USA.
SA-18 *Grouse:*	9K38 *Igla* är en rysk bärbar, värmesökande luftvärnsrobot.
JDAM:	Amerikansk, flygburen bomb.

Källa: Wikipedia